星河

雪花

大/型/新/诗/丛/刊
2017年【冬季卷】

骆寒超 黄纪云 主编

人民文学出版社

图书在版编目(CIP)数据

雪花：星河2017冬季卷/骆寒著，黄纪云主编. —北京：人民文学出版社,2018

(星河)

ISBN 978-7-02-013672-8

Ⅰ. ①雪…　Ⅱ. ①骆…　②黄…　Ⅲ. ①诗集—中国—当代　②诗学—中国—文集　Ⅳ. ①I227　②I207.22-53

中国版本图书馆CIP数据核字(2018)第012434号

责任编辑:李明生
责任校对:菡　莟
封面题签:黄纪云
封面摄影:恒　父
美术编辑:戴小栗
篆　　刻:姚伟荣
内文插图:麦浪　等
责任印制:洛　依
印制助理:李春芝

人 民 文 学 出 版 社 出 版

http://www.rw-cn.com

北京市朝内大街166号　邮编：100705

浙江广育爱多印务有限公司　新华书店经销

字数340千字　开本787×1092毫米1 / 16　印张15.25　插页1

2018年1月北京第1版　　2018年1月第1次印刷

ISBN 978-7-02-013672-8　　定价 39.00元

目录
MULU

主　编
骆寒超　黄纪云

执行主编
骆苡

责任编辑
李明生　菡萏

星河浮雕
主持人　周小波

星河组曲
主持人　怀尘

繁星满天
主持人　袁丹丹

理论与批评
主持人　安操

雪花
XUEHUA
【冬季卷】
DONGJIJUAN

01 / XINGHE　星河浮雕

037 / XINGHE　星河组诗

075 / XINGHE　　　　　　　　　　　　繁星满天

雪花
XUEHUA
【冬季卷】
DONGJIJUAN

137　XINGHE　当代抒情小诗选萃

192　XINGHE　理论与批评

雪花
XUEHUA
【冬季卷】
DONGJIJUAN

233　XINGHE　历 史 档 案

必须还我一片正在为你怀孕的大海。

2016年7月19日

春事将尽

摸清你我的边界,春事将尽。
回忆者
坐在回忆的锁孔里,
如同南山路上那堵上书"总店木市大井巷,
电话二三三三;
分店上海北京路,电话九六四九"的白墙对
　　着西湖发呆。

风刮过一阵算一阵。雨下过一场算一场。
走神的不是季节。随闪电返回的也不是余
　　生。
送葬的队伍已经出发。
尽管那死去的人并没有准备好——
嘘!偷来的
诗句大意如此。但不为你肝脑涂地。职业
　　哭丧人的舌头

拔地而起。
人民币买来自来水似的眼泪。拉动内需死
　　神龙颜大悦。
不幸的是,我的孝子穿着我的鞋子离我而去。
我只能赤着脚走完他走过的路。
不过,回忆者并不想在人面桃花似的岳王庙
　　前停下。

而锁孔却被它自己的手指转动起来。发出
　　钩子的尖叫。
必须醒来。
白堤是女主人的裙带。苏堤是男主人的裤带。
你想把中国的故事讲好,
必须让女主人用男主人的裤带将自己高高
　　挂在假牙似的雷峰塔上。
男主人呢,必须披发纹身为"二胎"奔忙。

2016年清明节

暮色如画

一边夕光如瀑布。一边铁幕似的黑。
作为季节的刑具——闪电,还不时找寻
施暴的手。
雨不多,但不少于老人一次小便。

暮色不是难民。是迁徙
的血迹(神迹?)。
听见吧了——必用肚皮行走,终身吃土。
——不知为何,此刻,我竟如此诗意。

裤兜里的硬币,
隔着裤裆瑟瑟作响。从月台到出口,我为自己
旁若无人,像一个从净身房穿过太和殿的
"自宫"的太监而感到惊讶。

什么阴阳昏晓。用安全带将目的地
绑定在后座上最重要。
静静地瞧瞧那些冒雨赴约的事物吧。我和
　　祖宗
不正如这轮子、灯火?

管它德国匈牙利,三七二十一,
坐中国制造的高铁到拉斯维加斯玩老虎机
看"O"上空秀就他妈的牛逼。
就像老子骑青牛出函谷关——道行天下。

2015年10月2日

给父亲

第一次见你,隔着主体性,缺席地哭喊。
哭声却全被你吸附。——那时,我是个楞头
　　青。
怎么也抓不住理想信念的"总开关"——
非得脱掉祖传的麻布丧服。
和你相互推搡着走向父亲的墓地。

仿佛还没来得及转身,二十五年过去。

我躺在120急救车里。
忽然想起——
父亲睡在病床上，我睡在床边的地下。
父亲的呼噜声如同他手里的锯子的锯齿似
　　的。
并拿住你的脖子使劲地锯，锯。

2015年8月7日

受难地

海洋向陆地移动。
悬崖式高楼长满海蛎子似的嘴。
不幸的源头
仍然隐藏在奥秘中。
与其站在海岸长城看天地交媾，
不如以身体为殿，装神弄鬼。

夜篝火，狐鸣呼曰：
王者（亡者？往者？）归来。
哦听不明白的总因听明白的而受难。
众声喧哗——
为他加冕！为他加冕！
（皇冠曾经被窃，后失而复得。）

2015年8月1日

风中的辨认

从风中辨认沉默，海浪，向你聚集。
长满耳朵的岸石是聋子。它坐着，
你就不会塌陷。除非——
你喧嚣的形状"被黄蜂狭小的视力武装"。
向最后的王者致敬！哦，大海，
没有人不知道，你的权力大于罪恶的半径。

所有的眼，网眼最毒。
独角鲸出没于劣质空气裹着的自由。

选择秋风起。因为皱纹多。落日
如金色的色拉油凉拌"蝴蝶梦"。
当海蛎子登陆花岗岩基座，
披上开着高衩的"黄袍"，"杀个回马枪"。

吞噬自己。吞噬被文明枪杀的灵魂。
向列御寇学御风术。挂起"蒙昧
主义"云帆。落叶为你送行——
高天上，如昏鸦如沙砾如阴魂盘旋的落叶呵！

2014年7月28日

当你老了

灯光组建着身体性。
黑暗迅速抵达它的
周围。
楼梯如舌头伸出带齿痕的那部份……
把声音踩死。不能惊醒她的白天也会梦见
她的祖父的老祖母
（为此，老人家革了一辈子的命）。

毕竟黑暗不是药。
呼吸急促，也不是因为灯火如钓钩似的
摇晃……
可谁又想到，四十年后那被拯救的恰是
世代重复的老调——天干物燥，小心火烛。
至于爱情。
除了——关门关窗，防偷防盗。还能说什么
　　呢？

2017年6月10日

伊甸的诗

致乌苏里江

我熟悉你的名字,就像我熟悉
曼杰施塔姆的名字。1938年12月
你被冻得浑身僵硬的日子里
就在你身边,一种可怕的低温
冻死了这位伟大的俄罗斯诗人
你一次次从冰冻中醒来
正如他的诗,也一次次从冰冻中醒来
你们流淌着,带着你们的清澈、幽深
带着你们的温暖和伤痛
你们呼吸,歌唱,喘息,呻吟
两个国家的历史,众多的灵魂
也跟着你们呼吸,歌唱,喘息,呻吟……

我熟悉你的名字,就像我熟悉
曼杰施塔姆的名字。但你们如此遥远
陌生,我握不住你们的手
我和你之间隔着吉林、辽宁、河北
山东、江苏,隔着辽河、黄河、淮河、长江
我看不见你的脸……我看不见
曼杰施塔姆的脸,他在最后的挣扎中
(他有最后的挣扎吗?)
是否发出过一声两声绝望的哭泣?
如果没有,你就是挂在他脸上的
一行永不干涸的泪水

我想穿过大半个中国,把你紧紧抱在怀里
我想穿过近一个世纪的暴雨,雷电
把曼杰施塔姆紧紧抱在怀里

天阴得像慈禧太后的脸

天阴得像慈禧太后的脸
时间、语言、大地都屏住了呼吸
乌云的大锤仿佛马上要
落在人们头顶,整个世界惶恐不安地
等待着什么事情发生

光线微弱,然而还像原野上的青草一样茂盛
山峰犹豫了一下,仍然义无反顾地
扛起摇摇欲坠的苍穹
大海仍然以大海的慈悲,一刻不停地
抚摸颤抖的海岸

孩子们仍然从母亲的怀里挣脱出来
奔向野花和松鼠。银杏和木棉
仍然用深深扎向土地深处的根须
证明一种幸福的存在。我用泪水看见
铁塔之上一只想去拍打天空的鸽子

面对大海

这是特朗斯·特吕姆的大海
有灵魂的大海。我把他当做兄长
我向他倾诉我的喜怒哀乐
他告诉我一些奇闻,一些
做人的秘密,比如洁净,比如宽恕
他从来不炫耀他的广度和深度
他总是藏好自己的伤口
用歌唱代替呻吟

我静静地坐在他对面,把每一道目光
倾注在他身上
他呼出的气息正在丝丝缕缕涌入我的身体
我的五脏六腑在发生一些变化:我的心脏
更急促一些,我的血流得更快
我麻木的神经突然敏感起来

我只是面对大海,没有足够的勇气
把他抱在怀里,我还需要修炼
需要不断地面对他
就像那些虔诚的佛徒
在菩萨面前合掌祈祷
他对我如此宽容,像一个幼儿园老师
用世上最美好的声音
安慰我的恐慌,我的愚钝

大 地

我们一说出"大地"这个词
大地就升到空中,他不允许我们
像摆弄一件玩具一样摆弄它
它有它的呼吸,但我们不洁的语言
在空气中散布了太多的细菌和病毒
它咳嗽着,我们以为它是强大的
第二天就会不治而愈
但它的病情越来越重
它喘息着,呻吟着
我们的忏悔怎样才能变成良药?
我们怎样才能让大地的精气
在广袤的原野、山峦和河流之上继续升腾?

树木,这大地的手
并不是用来鼓掌和欢呼的
它承接的阳光和雨水
是人类的血液
岩石,这大地的骨骼
它在寒流中裸露的时候
人类躲在它身后
避开了一场又一场灾难

大地允许我们把脚踩在它胸膛上
是因为它把我们当成它的孩子
我们却残忍地在它的胸膛上
插进刺刀,射进子弹
往它的毛孔里注进各种各样的毒

噢,我们衰老而又疾病缠身的父亲
我们如此忘恩负义
你痛苦地弯下身子,是不是在忍受
心脏的撕裂?
失望像冰雪和飓风一样折磨着你
但我们是你的孩子
你仍然用你的疼痛代我们承受
苍天的惩罚,你看着我们
你的眼睛和额头在流出血来
总会有一个人,两个人……十个人……
匍匐在你脚下
乞求你的宽恕,为你,也为整个人类
祈祷:愿有第十一个人,第一万个人
舀太平洋的水,来洗自己身上的罪恶
洗你的血痂和污浊

那时,我们重新说出"大地"这个词
像说出我们最爱的那个人的名字
我们的眼睛像太阳一样发亮

我们在夏天的某个时刻 一齐叫喊起来

我沉默得太久了
一只蝉儿也沉默得太久了
像约好了似的
我们在夏天的某个时刻一齐叫喊起来
我们撕肝裂肺地叫
我们呕心沥血地叫
我们用几千年的恐惧叫
我们用一生的伤痛叫……

假如我们的叫声突然消失
肯定是一场野蛮的暴雨袭击了我们

在看大海的阳台上看一只麻雀

在看大海的阳台上你厌倦了大海
一个孕妇用骄傲的隆起为小巷收集着阳光
滚动的椰子使一个城市像婴儿一样天真
在背朝大海的角落里，一只麻雀
专心致志研究着这个喧嚣的正午

它研究，它试验着变喧嚣为宁静的药品
它在高楼的阴影里提炼一首死亡之诗
它在我的白发上发现了爱情的遗址
它不像大海那样虚张声势，它轻声的啁啾
仅仅是提醒自己：日子，比风暴还要残忍

一只和我一样卑微而又神经过敏的麻雀
用它不断的摇头暗示生命的真相
它发现我在研究它时，生气地垂下头颅
我听见它在嘀咕：我们各有各的命运
大海不是你的草帽，麻雀也不是你的一声叹息

百　姓

为了寻觅一个屋顶他们的脚被石子磨烂
为了一盏灯他们把眼睛押给了黑夜
他们的泪水只有流成江河的时候
云遮雾绕的山峰才会惊叫一声

他们用一片树叶抵挡雷电和暴雨
用一根树枝横渡大海
他们总是往自己的脊椎骨上插翅膀
折断的翅膀遮蔽了一条条道路

他们在一滴水里游泳，在蜗牛壳里
睡眠。他们总是被恐惧塞进
一块块石头，他们和石头一起紧闭嘴巴
他们一点点被石化时，世界安静得

像一个古墓。如果他们挣扎
地球就会晃动，如果石头碎裂
大陆就会漂移，就会有海洋站起来

把每一张脸擦得洁净而又明亮

我们在黑暗中看不见黑暗

我们在黑暗中看不见黑暗
我们把魔鬼派来试探虚实的几粒萤火虫
看成一个个太阳

我们在洪水中看不见洪水
我们像一片落叶漂浮在波涛上
在沉下去之前，我们赞美着洪水

我们在瘟疫中看不见瘟疫
我们面无表情地绕过呻吟的人
绕过死去的人，就像绕过一块块石头

我们在寒冷中看不见寒冷
我们说河流的冰冻是河流的自由选择
我们兴高采烈地成为冷漠的冰雕和雪人

我们在虚无中看不见虚无
我们以为只有肥皂泡会一个个破碎
其实天空也在一个个破碎

一块被遗弃的稻田默默无语

一块被遗弃的稻田默默无语
没有一粒米会回来看望它
除了荒草过分的殷勤，没有一棵树
一只鸟叹息一声

大地的心脏病久久未愈
祖父在泥土底下急出一身冷汗
生锈的农具像旧时代的寡妇
永远不允许再嫁
水车被乔装打扮之后送进了博物馆
天气和季节是两片枯萎的落叶
一头无聊的水牛把它们踩在了脚下

村庄如此遥远，仿佛久久断绝音讯的
昔日情人。黄狗和公鸡纷纷跑进电视机

绵羊和兔子跑到天上
屋檐下的红辣椒和红玉米
跑进了流浪诗人的忧伤

一块被遗弃的稻田披头散发
像一个道士在坟墓前作法
要唤回失踪的魂魄

像几只黑蝴蝶扑进山谷

像几只黑蝴蝶扑进山谷
自由就如花粉一样
被我们采撷？正午的阳光
挤不进树叶过于密集的竹林
时间躲在厚厚的落叶底下
偷窥人世间的痴迷、疯癫、沉沦
以及大海捞针般的救赎

天空是淳朴山民的笑容
和枇杷树的招手、黄鹂的舞蹈
组成一个近似于虚构的世界
就把空气当老农精心酿造的米酒
喝啊喝，醉与不醉
就看你坐在一棵千年白果树下
读的是李白，还是曼杰施塔姆

如果一辆公交车载满山外的诱惑
突然闯入，我们是否会把山岗的多情
溪水的美妙喘息
杜鹃和杜鹃花的殷勤挽留
当成一首诗中可有可无的一行
狠着心删去？我们发现山岗在摇晃起来
就像我们动荡不安的一生

在卡夫卡墓前

在你的墓前，我发现我在缩小，缩小
我会成为你身边的一颗小石子
一株小草，还是一片悲伤的落叶？
也许我会缩成一粒小小的甲虫
跳进你的小说，缩成一团

弗朗兹·卡夫卡，我瘦小的兄弟
你进不去的城堡我也同样
敲不开它的大门
孤独是我们唯一的粮食
你夹在胳肢窝的那把黑伞
一辈子都来不及撑开——也无须撑开
整个天空都在塌陷
几滴雨算得了什么？

墓园宁静得
听得见一滴血在什么地方流动的声音
犹太人，高高矮矮的犹太人
老老少少的犹太人
他们的灵魂在树叶间飘荡
缄默无言。我看见每一块墓碑在刹那间复活
像严肃的审判官端坐在法庭上

卡夫卡，你也在审判我吗？
我虫子一样怯懦，木偶一样顺从
冰块般僵硬和冷漠
我在不断地变形
我像风一样
失去了自己的形状和色彩

而你是黑色的，比黑夜更黑
比煤块更硬，比世界上最好的墨水
更难退色
你穿一身黑西装站在天空
你黑色的瞳仁像一架最精确的摄像机
忠实地记录人世间的
荒谬、狰狞和恐惧

卡夫卡，你寒冷而又暗藏温暖的目光
久久注视着我
我这只卑微的甲虫
能不能重新回到人的躯体里
找回坚硬的骨头和灼热的鲜血？
我离开你的时候
脚步虚弱、慌乱
我害怕我永远不能摆脱
一粒甲虫的命运

宋 晓 杰 的 诗

住的酒店叫：桔子

大雪已下了一夜，又两天
黄昏再次降临
街道上空无一人
更找不到一辆出租车

这时候，出现了
炉火、热汤，橘的光晕
苏醒的落日和夕阳
有人替我掸掉
驼色大衣上的积雪
以及，鞋面上的

我已尝到缓慢的滋味
咖啡……伴侣……
深度掩埋的部分，开了天窗
有时，神是个小角色
一个人，就是人类

大雪封锁了前方的消息
水晶的世界里——
万家灯火，团团围坐：
桔子和伤疤
都要一瓣一瓣地
剥

骨头馆

靛蓝底色，方正的白字
长方形的牌匾

在花花绿绿的匾额中
过于肃穆
那是二十多年前
城乡结合部的工厂门外
在两个幌的饭店、报废车厢改装的
小卖店之间
它的出现令我惊愕、悚然
——那时，我不知道它是饭店
以为是一家私人诊所
瞬间，血、腥抢占了嗅觉

……花在开，刀在磨
女友刚刚堕了胎，她的笑声虚幻而空洞
而我浑身松软——
每道骨缝儿，都有阴风穿梭

高压线

它是魔鬼之鞭
要命的闪电
它生来就是生化武器
吃人不吐骨头

小时候，它霸占旷野
方圆几十里被划为禁区
一指禅，便化作齑粉。没有硝烟
我们避瘟神般躲着
却见排排小鸟稳稳端坐
弱小，没有罪愆
世界滚滚向前，最初的寓言和真理
在鸟儿的两只脚尖之间移动——
我们因露珠般幼小、无辜，得以幸免

阴雨布拉格

我们交换枕头
像交换日月和时空
一支烟变成灰的过程
是不是就像——人变成梦
一次虚拟的往生？

这个让人操心的世界,的确需要
有人值夜班,一刻不停地让
蝙蝠的心,免于倒悬之苦

我的雄狮沉睡着
阴云、凄风和薄雪,虚设了背景
地球这一边,我无言端坐
身披雨水和繁星
等你推门而入,湿淋淋地
搭救我,于水火……

七夕·流年

你陷在一个陌生的地理
我们视频,交换呼吸
一个人的七夕
我开始读曼德尔施塔姆
读马蹄铁、流放、远东集中营
尸骸、土地和虚名,成谜
一个外国人给予的敬意
让我想起夜夜抱冰而眠的你
三,是个大数据
时间久了,话越来越少
疼,开始走心

昨天,女友的一只乳房废弃了
如烂掉的桃子——
生年多艰,需要用糖哄一哄
又必须时刻抵御
对甜的恐惧

怀揣瓦罐的人

娜杰日达·哈金娜
用19年的婚姻,加上42年的余生
成为曼德尔施塔姆的私人秘书
她不用纸,不用笔
用记忆和命,代替钟表誊写

阿曼,谁说你死无葬身之地
你不见一位垂老的妇人
燃烧成炭。用白色的骨灰
声音的纪念碑
替你,说出真理
羞涩的眼睛却说着——
你的列宁格勒、童年、腮腺炎
还说:"我是你的小姑娘"

是的,你"不是任何人的同时代人"
但哈金娜,是你的母亲——
她是怀揣泉水的瓦罐
让你和诗章一次次
清澈、嘹亮地
重新出生

早春,遇到我虚拟的生活

正月十六,日子回到正轨
早起,我从菜市场归来
见一辆搬家的汽车停在小区单元门口
哦,又换了一个新邻居

会不会有一天,她在灯下的日记中写道:
那个春天,空气中充满情人节的味道
泡了碗速食面,卷起长发和袖管
我独自开始了京漂生活,从此,
再没眼泪,再没回头……

三月将尽

对旧年的献祭
需要几个鲜活的人
他们说:冬天喜欢"收"老人
熬不过严寒的、顶不住风雪的
总要劫几个"打狼"

但是,今年春天
我认识的好几个人都"回去"了
人们面面相觑:经验也被时序错乱
卡在活着与病着之间
就像卡在不上不下的中年——
一边往逝者身上撒土
一边转身去嗅迟开的桃花

列车掠过田野

沟垄齐整,深浅一致
旋转,缺氧,致命的眩晕
哪个方向都有匀称美
这时候,北方的春天才有点模样
谁是缔造者,地球的修理工?
锄犁、黄胶鞋、铝饭盒里的午歇,水罐
器皿相互碰撞的声音太小了
也能让心——动一下!

列车、流星以及速度
是没有疼痛的缝合
万千风云奔涌
但花草植物,用关节发声
魔术师不停地翻动毯子,层出不穷
大地沉默着,又被烫熟了一回
——转盘,也是磨盘
人,是折页,才能合上
尘土越积越厚,奶、血或豆浆
喂养死人,也埋活人
全在这土里刨食的小铲上

黄河石

苦难已远,水落石出
静卧在书柜的玻璃后面
木是床,纹是浪
它一声不吭地模拟着我们的晚年
缓慢,持重,心藏巨澜——
黄河与黄昏的品质,似有所同
翻卷的云霞,与浪潮
同族同宗

天黑前,茶已喝了几泡
你看了看窗台上新开的兰花
手书一首唐诗:酒,边关,长风……
叼着长长烟灰的烟斗,歪着头
站在庭院里,你开始剥蒜
——哦,黄昏恋上什么都有可能
唯有被胃口终生挟持
它向所有的违逆说:不!
大雪、盐、水饺、酸菜汆白肉
一条道儿跑到黑……如滚烫的辽河
它就是你的黄河,你的父
像兄弟,等你在入海口
……压住半生惊涛!

可能的傍晚

迷恋那件烟色的大衣
及膝的羊皮靴,它沉默的黑色
适宜搭配大雪的中年
清冷的傍晚,我锁好车门
在林荫里走一走

笛声远去
摸爬滚打的人世已远
白杨静穆,浑身的伤口
只有风雪能够止痛
树梢搭建了微缩的苍穹
又挂上月牙的弯刀

孤寒的图腾

雪花儿旋舞
童话的城堡中,灯火交错
乐音,细如微风
——命若琴弦! 星子飞驰
拜神所赐的夜晚
我看见:青年的我,临窗独坐
少年的我,在炉火旁清洗一堆白骨

柿子树

像苹果树一样
它常常出现在电影、小说里
带着家常的温热和宿命的光辉
我一直记得那年的宋庄
魏克和漠子的潘安大院里
那棵深秋的柿子树
值得我歪着头郑重地仰望
早炊温暖的炉火,又使它额外
蒙上一层清霜

那天,我在水果店里遇见柿子
它软软的,鲜亮的橘色,圆润可人
但我不想碰它——
离老年还有一段距离
不过,我只找它的"软处"捏
——一个人与它终生为敌
因为爱那个人
我颤抖着心,无缘无故地恨它

某个梦境

你和陌生人围坐在圆桌前,喝清酒
有人建议去乘船(我想:船太危险了)
你始终阴沉着脸喝酒,没有看我
也没打招呼。切换了画面——

石滩上一个老男人,恶狠狠地向我
掷石头(圆的,拳头大小)

我不记得打中或躲过
三两次的躲闪中
我看到一张邪恶的脸
然后幻化成一排大人物的头像

我笑了一下
……单位换了新办公室
对着楼梯。有人和我说话,门敞着
看得见化验室的操作台
我们艰难地说话,隔着雾霾——
他年年是先进,脸色和声音取悦于我
而你始终没有回来

凌晨一点,你发来醉后的模样
取消的视频,还亮着红灯
那个时间,我刚刚把你想一遍
并按下手机静音
这荒诞的世界真是一个冷笑话
容我按住沸腾的心
把我们的无奈和挣扎,缓口气
再翻身

节日的清晨

当树叶摇醒风铃
送来雨声——
其实,秋雨并没有下

节日的清晨,远如太古
一些人在梦中,一些人在路上
我,在两者之间
把爱着的人,想了一遍
顺便,还有恨着的人
往咖啡里加点糖

墙头的枯枝败叶下
安静地卧着一个老南瓜
孕妇一样
自带慈祥之光

霜扣儿的诗

不只是我的惆怅与山坡

像转山的异乡人那样，我在秋日的河边
拾捡苇草的尖芒，脚趾微疼
我想我是遇上了更安静的晚风

落日昏睡。鳞片眨动大河的眼睛
秋天的帏帐下一切都是高远的
比如我背后的生活，指点的对岸野山
河水倒映我瘦削的脸
秋荷梦晚，自己抱自己的
距离感

在秋日的河边，少年的风筝是天空的碎屑
我抬头的凝望是一段副歌
世上的奔流归于一对鸳鸯的相卧中
杂于其间的虫鸣
正好掩盖了我别于此处的心情

一春一夏已逝。在秋日的河边
早飞的蒲公英有没有扔下种子？
我每一步都踩着春花遗址，眼镜后
变色的河水被堤岸窒息
多余的流痕是云朵
有的地方丰厚、凉薄，没有的地方
空荡荡

倾于内心。秋日的河水收回我兀自的话语
一道土坎隔了此年此月此夜
更多的黑将被河水泛开，被生埋
隐隐约约
不只是我的惆怅与山坡

在秋日的河水边

来的时候，河水还在歌唱
河水跳着余晖的金光
它使我的衣衫起风，飘动的部分
朝向多情的人

对着山棱，河水有透明的心思亲吻那些
倒入怀抱的
激滟的生物浸着河水的涟漪
我把身影送给它
它会发现
我使河水更深，我是一个有点怕冷的人

在秋日的河边，我有勇气用手势
排一排雁阵
云头广荡，我一眼
就看到了那个带走我灵魂的人

温柔的，一大片秋日的河水
跟着我随意去哪里
我与它互为知音，雏菊
我说多么美好啊
它就让我看看
鱼儿咬水草，童话般纯真

多么美好啊，我这时还不是一个怀旧的人

我看见了那片叶子的飘落

我看到那片叶子的飘落，我看到死生易料
几分萧索

人间又少了一个八月

同饮淡酒。不猜它来路的翠绿，缱绻
或雨或阳光的生年
天地之间的事逃不出天地之间
我深信它有过青春，深信它现在有劫难
我也深信
我是她路过的一片黑影
会流泪的一场云烟

看不看清不是问题。当枯萎成为万物的最
后意义
眼睛赋予的映像古今都平常
世道有它
可有可无的寓言，世道有我
可有可无的伤感
呵，一杯酒向夕阳而洒
点水而过，这声响牵起了诸事由头
短促，轻
之后的长夜是个令人痴迷的雕像

我看到那片叶子的飘落。肉体很轻
我在其中

怀念故乡的人

那怎么能够省略
内心的流水更容易在秋天
唱出有乡音的歌

一曲千里，总有几处破音扎进
更为遥远的春事
陌生啊，出发的地方垄断于齐腰的黑暗
每每这么想
碎骨的西风更加欺近窗棂
躲闪不及的灰尘在对面的墙壁
崩裂出漫天火星儿

白月光会爱我吗
越发瘦削的人

拾捡地板上的断发
对于根节纤弱，失血的草木
我卑微地捧心入手
我又只是雁影追不上的浮云
中年的原野多么浩大，我极尽目力
也收不回炊烟之气
它又是多么窄小
仅能容下我一个人抽烟的姿势
与阴影有相同意义的这些，输赢早有定论
我能翻开青春的厢底，但翻不动旁边的激情
江河失色了
任何涟漪都是爱恨交织的事故
诗歌是自由的，它像小鱼在狂跳
我是无能的
写完它，鱼群里就不再有我

坐在地板上的这个今夜
故乡的名字更小了
我的烟头将它烙成斑驳之铁
我呢？我只是一片隐约的锈痕
贴着岁月深处的明月

不飞扬

我在东北的方向，看大风吹过白杨
一片树叶
染黄一小块秋天

古道依然
窗口依然
秋水的花影，在徘徊的人身上荡漾

天空一会倒挂，一会高悬
"秋风起兮白云飞，草木落兮雁南归"
更远处
峰岭坐在背影里
没有任何流浪的消息

身上开始有芦花
那么白，里面的人像睡着了

时光在皮外
开始了又一年

秋水谣

我的倒影在哪里
我轻声问,雁影轻声摇
云朵推着霜寒向南飞
它们素描着我的形态与心情

山棱排成纽扣儿
在视线,我是说我的波浪就要到达的地方
青蓝色的风没有方向地吹
一轮落日贴着我的脸
追赶余晖,又带走了余晖

船,它拖着陈旧的桅杆
划开我的皱纹,浅色的一道
填不尽的感情色彩
我不愿起身,我推不开倒伏在肩头的苇草

一地凉薄
我细小的灵魂分散于更细的水流
尽头,一片星光照耀
弦月搭着我的腔调,恰如暮色沉吟

秋天的画框

秋水流过去,成为远方
行走的街带着我的脚
成为远方

风吹散我的盘发
亲爱的,这时候我是一个人
不是主题,也不是风景
开着迎春的窗台
躲在叫青春的词汇之外

但又是多么热闹
轰鸣的车子,不断倒进喉腔的酒浆

不利于选择的路口
躺着像落叶一样的翅膀

钟声在其中,晨昏无数
色彩偏重的野地对照灰白的天空
我在画外,看一树的果子就要掉下来
我身体的框子
眼见着小了,甚至装下不
其中一枚果核

秋天,独看半片夕阳

也可以是我的披肩,在就要结冰的湖面
野花野草全部隐身了
我的脚印踩踏着十几行秋凉
呵,秋天因此是多么苦涩或空荡

微微的迷蒙,直落落的视线
云朵吊着我容身的地方,一会儿比一会儿苍茫
站了很久,语声滑得更深
再往前,呼唤会更遥远

没有参照可寻了,哪里都要黑下来
来时的路无赖地躺着　它也要睡了
任由哪儿是故土,哪儿是异乡

我被半片夕阳卸在这里了
看不清水天与沟坎
我想我已是无处可去的流年

一片秋水,又一片秋水

却将那一壶淡酒泼了吧
我们说说秋水

越挂越低,需要弯腰才能挂上
中年的枝头总有更多的秋水
一眼望不穿
动辄万事淅沥
落下三两个浓情的时日
母亲走在前面,女儿在后面

她们踩着我的脚印
推推拉拉地让我多活了这么多年

提什么鲜黄的,朱红的,老绿的
季节的鞋子,青春的缢衣,灵魂在不存在
的地方飞
照照秋水,波纹的脸就是秋天的脸
你多么艰难
也说不出它们比谁的心事难看

在秋天,母亲也老了,她不再挎篮摘菜
女儿长大了,不再咿呀学语
曾经我听母亲的话,教女儿说话
现在我自己说话。是的,我沉默地说话
秋水听到我的声音
流得细微又漫长
我觉得它可以比喻一下我们的人生时光

一些花朵正在开,一些已凋零
一些人走在回家的路上一些人在算计行
程
在秋水的旁边,或者在这样的诗歌旁边
我无处放置的平静也不知所踪

秋水或者秋天的花朵

每年的秋天我都是这样
用文字追赶秋水,用临照的脸颊承托它的
波浪
依次萎缩下来的花朵会知道
我心跳里
有血液一样颜色的芬芳

齐飞的大雁排成人字,枫桥灯灭时
无数仰头的女人与我结伴向前
一路霜红染上脸颊,亲爱的
那令人恐惧的羞色来自于腐朽的花朵

所说的秋水,汇成远方的河

涨起来
巧搭无边夜色
所说的花朵都从手指掉出来
沾染我文字的胭脂,这些命,这些
芬芳的沉默
我真不愿意再说了,我怕深处的
苍白引来大雪

这些都是我至亲的人
是过了今天就不能再相逢的你们
我深深爱着,细心地措辞
亲爱的你会看到一个不错的送别

秋水带走了花朵
花朵带走了我

走在秋天的女人

秋风吹凉月光
青春的梦就远了

跳跃的星子,欢乐的汗滴
归于擅长飞奔的年纪
被行走的街道,踯躅的我的脚
连接来路与归处的十字路口
被阳光打开,被阳光钉死
我的背影
横竖都是岁月之轴

钟声隐约,远山的旧庙短了半截香火
熟透的果园,我半世容颜
第一个看到霜寒的人
请我一起采摘
目及之处的甜蜜与腐朽

秋风吹凉了月光
我的心里有你画不出的斑驳
那缓慢隐没的唇红
请你轻声,叫它苍白之痛

赵丽宏的诗

梦中去了哪里

梦境犹如子宫
孕育着无法预测的胎儿
每个瞬间都在变脸

梦见荒凉的岛屿时
汹涌而来的潮汐和礁岩
瞬时变成了森林和楼群
灯火霓虹明明灭灭
闪电在夜幕织网
流星凝结成窗上的冰花

梦见明艳的天国时
蹁跹在空中的天使
突然化作黑色蝙蝠
扑动的翅膀覆盖星月
乌云翻滚
包裹着一轮燃烧的夕阳

做梦好像是坐地铁
从一个光点出发
穿过漫长的黑暗
进入灯火通亮的车站
接踵而来的
又是迢迢无尽的黑暗
……

醒来时
眼前常有天光闪动
耳畔响起

刺破幽暗的诘问
你在梦中去了哪里
为什么
我总是无言以对

凝　视

无形的光
从不同的瞳仁里射出来
凝集在某一点
没有亮度和声息
却有神奇的能量

冷峻时
如同结冰的风
可以使血液凝成霜雪
灼热时
可以使寒酷的表情
熔化成岩浆
烧灼成火焰

四面八方的聚焦
能穿透铜墙铁壁
让被注视者
找不到藏身之地

冷

声音刚出口
就凝成雪片
纷纷扬扬飘散于沉寂
呼出气息

化成固体的霜雾
在寒风中碎裂
流泪瞬间成冰
视野模糊
满目彻骨的晶莹

寒气如刀如针
割破皮袄穿透衣衫
刺戳颤抖的肌肤
即便引火自燃
火舌也会封冻
定格成红色冰棱

我想忘记

我想忘记
那个受伤的夜晚
碎裂的月光和血
却黏住记忆的神经
在我的肉体中
隐隐作痛

我想忘记
那场突如其来的洪水
急流在轰鸣中
渐渐凝冻
我是定格在水声中
一个发不出响声的音符

我想忘记
那个令我迷醉的声音
坠落的钟继续坠落
时光流逝如弦
颤动在我的每一寸
时空

灵魂出窍

灵魂和肉身有时会分离
那便是灵魂出窍
灵魂飞出肉身在空中游荡

却依然未获自由
游荡中的灵魂
想念着曾经寄附的肉身
但是已经无法回去

那就变成一只鸟吧
停在枝头
看肉身在路上匆匆行走

我就是那只停在树上的
我的灵魂
好奇地看着另一个
正在地上行走的
我的肉身
在奔跑,在舞蹈
在人群中东张西望
在屋子里低头发呆
……

树上的我和地上的我
近在咫尺
却天涯两隔
我的灵魂不知道
我的肉身在想什么
不知道去向何方
肉身抬头仰望
却看不见灵魂
只有几片枯叶在风中颤抖
我在哪里呢
我在哪里

出窍的灵魂
也可以变成一面镜子
让肉身在镜子里显形

我就是那面荧光闪烁的
我的灵魂
伫立在床前等候
我的肉身
在镜子里显形
忽闪的荧光中
出现一张惶惑的面孔

却是我不认识的人
一件褪色的风衣
一双露出脚趾的皮鞋
守着一堆打不开的行李
……
或者什么也看不见
空空荡荡的镜子
面对一个陌生的照镜者
茫然失措
相对无语
我在哪里呢
我在哪里

舌

味蕾
隐藏在舌尖
我不知它们的形态
却依赖它们的敏感
尝遍了人间苦辣酸甜

舌根
连接着声带
我说的每一句话
每一个词汇
每一声叹息
都被它牵动

我用它舔舐
用它品味
用它接吻
用它的千丝万缕
连接着食色性
可是我却无法回答
它的疑问——

生在嘴里
到底是为了什么
是为了品尝
是为了说话
还是为了情爱

发　丝

我的头发
曾是柔软的青丝
是阳光下飘动的瀑布
折射天边的彩虹
是风中蓬勃的青草
飘舞着向大地招手

黑,融蓄着
生命中所有的颜色
黑,是告别了白天
却又顽强追赶早晨的夜
黑发成长的过程
使所有的漫长都变成
短促

什么时候
黑变成了白
白如烟灰,白如残雪
白得如此粗糙空洞
像穿过冰山的一声叹息

那丝丝缕缕
依稀还在我的头顶
尽管日渐稀疏
风吹来,依然会飘拂
风说:你的土地还在
我吹不断你

指　纹

我留在世界上的
除了四处行走的脚印
还有那些看不见的指纹
所有我触摸过的地方
都留下它们隐秘的痕迹

母亲的乳房
父亲的肩膀

恋人的面颊
儿子的小手
棉衣、麻布、丝绸
被寒风撩动的衣襟
被冷雨淋湿的帽沿

碗筷,杯盏,茶壶
笔墨,书页,算珠
笛孔,旗杆,琴键
曲折楼梯的扶手
被遗弃的伞柄和拐棍
形形色色的钥匙
数不清的门把手
……

米糕,浆果,瓜菜
我咀嚼它们
也嚼碎了我的指纹
我留下它们
又消灭它们
指纹无数次经过食道
进入我辘辘饥肠
和我的身体融为一体

我的指纹
也曾留在露水晶莹的地方
那些初绽的蓓蕾
那些羞涩的花瓣和草丝
捕获又放生的蝴蝶
用斑斓的翅膀印着我的指纹
满天飞翔

预　感

闪电划破幽暗的梦
睁开眼
天光已在窗口闪动

梦的残片
花瓣般飘散
斑斓如蝶

轻盈如风

瞳仁的愉悦
只是瞬间
目光突然被碰撞
撞见一只猫的凝视
猫在屋顶上俯瞰我
绿眼灼灼如火星

飞翔的身体突然失重
闪电在沉寂中
定格

声　带

我的声带
曾经纯亮如琴弦
一滴露水的触动
也能拨出曼妙清音

曾以为声带就是用来唱歌
世间的任何气息
都会使声带颤动
人人都可能是作曲家
声带追随着天籁
被拨出变幻无穷的和弦

却也有沉寂的时刻
在弥漫天地的喧嚣中
我的声带一度涩哑
自己的声音
被囚禁在无法看见的地方
近在咫尺,却远隔天涯

当周围被死亡的静穆笼罩
我的声带为何忍不住颤动
痛彻心肺的呼喊
让声带颤抖到撕裂
沉默的世界
却留不下一丝回声

韩 文 戈 的 诗

在呼呼响的风里

到处走着孤魂野鬼,甚至在雨天
我也会轻轻地问:下雨时的鸟儿都去了哪里
雨的另一边,有人跟我一样侧耳倾听,小声
　探问
那些高过树冠与屋顶的雨声
也高过了躺下来的父亲与母亲
雨使树叶明亮,客居过的乡间旅馆窗子紧闭
有人在路上呼唤自己的孩子
死亡来临之前,死亡也走在路上
跟随每个新出生的孩子,直到孩子变成老人
而我总是推迟把最后一个愿望变为现实
直到眼前又一个夏天逝去
太阳快要下山,割草机与马车都在忙碌
知了蜕皮,蝴蝶成蛹,纺织娘哭泣
哦,在没娘的日子,纺织娘也是娘啊
秋天的长空正在头顶展开,鸟群钻过雨季
又飞进呼呼响的风里
我们孤寂的童年,在呼呼响的风里,还在列
　队飞

在库布齐沙漠

起伏的沙漠,到处都是黄金与盛世的骸骨
这还远不是全部,风继续吹出沙子藏起的时
　间的形状
像一道道细小的波浪
如果此刻有人谈到另一个人的死,或谈论他
　自己的死

没人会感到惊讶,他们正震惊于眼前无尽的
　时空
站在一条正在枯干的沙地小河上,微风吹动
　红柳与芨芨草
不再谈论死亡吧,所有人想到的其实是生
生也是不能谈论的,它与死一样
一对孪生姐妹,居住在短暂的白天,漫长的
　夜晚

哀 歌

重回还乡河谷,矮松林还站在山岗
眼前几近断流的河道
使我无语,如果此时有人问"你是谁?"
我只好默默地看着他。我的年岁还不太老
虽然经历了太多的事
在这里,我曾有过短暂的最初的生活
却得到了一生中大部分温情
在我走出河谷与山地之前
我要告诉那人,当乡邻们都还健在时
父母呵护着我,在这里
我与同伴们把小身子藏进夏天的水里
人们在河边洗菜,饮牛,挑水浇田
烟霞总是轻轻飘荡在老世纪里
有时狂风追逐燕子,毛驴会挣脱肩扛铁锹的
　农人
焦躁地扬起脖子大叫
冬天白雪覆盖两岸,桑树枝挂着几片黑叶子
春天的羊羔追着花衣服女孩
而秋天,所有村庄都在晾晒着新粮
现在,我的年岁并不多老

可我记忆中的场景都已消失,太多人渡过了河
去
倘若我能活到更老,晨阳等待着落日
一定还会有更多人问我:哦,先生,你是谁

秋风梳理过人间

秋风抵达河北境内,我正行走在燕山卷动的下
午
身边的树叶开始被吸去水分,豆荚从绿转黄
虫子的声音里加进了夜长昼短的叹息
我看到秋风梳过山间的墓碑,瓦屋,山冈上的
小学
也梳过墓碑旁劳动的人。记得有人曾写过
地球上排列的墓碑是一把把梳子
我写到,站着的人也是
秋风不会漏过每一个事物,秋风是空中的流水
人们是行走的墓碑,被秋风梳理,又来梳理秋风
除非那些人躺下沉睡,他们才能躲过这一切

陌　生

我已叫不出村庄四周土地的名字
从前的每一块地都有它们各自的称呼
村口遇到扛农具的人,他会告诉你在哪里除草
又在哪片山坡给果树剪枝
甚至拍拍送水毛驴的屁股,告诉它要去的某一
块地
它就会独自乖乖找了去
西山脚下的墓场,村北的麦田,山南的红薯地,
河边的菜园
都曾有自己的名号,就像一个孩子拥有他粗陋
的乳名
绕村而过的还乡河,一段也有一段的名称
现在很多土地的名称我都想不起来了
很多年我已不在那些山水中走动
当我问起留在故乡的伙伴
他们一样记不起那些田土的名字
就像记不清我们走远的父辈与混沌的往事
那些地已被外乡人承租,邻居们只偶尔外出打
工

大部分时光还守着村庄
却再不能随意踏上土地半步
最多只是在村头或河边望上一望
东边看的是云,西边望的是风

高原蝴蝶

在雨天,打开一盒雪菊准备泡茶
猛然间,一只金色小蝴蝶从菊花中飞出
这该是一只高原的蝴蝶,在雨天它绕着我飞
这么窄小的空间,它分明飞跃了千山万水
我屏住呼吸,像一棵安静的树,它继续环绕我
我在想,何时这蝴蝶再变回一朵雪线以上的菊
花

瓦　松

我想指给你,让你顺着我向上的手指
如果那样,你看到的将是瓦松
但我没有找到打算让你看到的事物
那些从前长在老屋顶上的植株
事实是,老房子不知何时已拆除
人们得以栖身的老屋顶也不知散落何处
现在指给你的是一片荒村的废墟
从前的晴天,幼小的我跳脚仰望斜斜的屋瓦
屋瓦上是碧绿酡红的瓦松
瓦松身后铺展着颂祝的晴空
一层层灰瓦错落向上,通向天空的台阶
人字梁高高地撑起东方的夏日
凉爽的空气中飘逸出植物的香气
屋顶下睡着困倦的人
仿佛一个贫穷的人家居住在尖教堂
那里曾笼罩雨天低垂的炊烟
也曾笼罩雨中嬉戏的少年的话语
而冬天瓦松黑得像过冬的矮树
高过早早降临的黄昏,麻雀掠过它们
随后飞进屋檐下幽暗的小窝

回　声

已经很多年了,我们一起来到太行山深处

嶂石岩,东方最大的回音壁
群山之中,面对刀削的绝壁,我喊出我的名
字
而回声迟迟没有传来
一对双胞胎,一个迷失了
另外一个就再也找不到家,在人世间流浪

我一直等待那一年喊出的名字,盼它穿山越
岭
早点回家
也许到了老年,历经生命的奇迹之后
青春的回音才会传来

这就像秋天晚上的田野,霜、露渐冷渐重
我们抓紧晚上的时间掰下玉米
为播种冬小麦腾出土地
不经意地,在收走了棒子
还没来得及撂倒的玉米田里
两匹白天走失的马,像老朋友一样
把喷着鼻息的马头,探出月光密集的青纱帐
伸到我眼前的幽暗

——那些回声
总要在生命的不经意处传回来

灵魂随时刮过

灵魂随时刮过所有人的故乡,如被放逐的白
云。
一只鸟听着人类丑陋的声音。
一群鸟惊恐地飞。

在江边,浩荡的芦苇藏起闪电。
一棵芦苇,瑟瑟,颤抖。

我的灵魂只刮过自己的故乡。
如同锦衣夜行的人,悄悄回家。
如同千里迢迢的大雁,穿过河谷、尘风与炊
烟。

故乡像被放逐的白云。

灵魂像大雁。

一匹死去的马如何奔跑

那些跑过草原的马,活着的时候
也跑过暗夜里的滩涂

在一年又一年的奔跑里
我撞上了它们,孤独的马领着孤独的马群

当我再次遇到它们
那些远去的脊背上,落满了雪花

我正目送它们老去,喘息
大地留不住飞起来的蹄子

它们就像夏天成群的闪电
消失在秋季的天空

在雨洗白的死马骨架里
我用马头琴安顿下我的灵魂

请远方的野火,在星光下告诉我
死去的马如何更靠近心脏和草地

请那些停止了嘶鸣和呼吸
却依然张开颌骨的马头,落泪的死马头

在逆风中告诉我
一匹死马,如何在死亡里继续飞奔

我弄响了树叶和他的灵魂

我从那些叫年、月、日的物质中穿过,
它们方方正正,被码起。
它们的缝隙间,我遇到吹来的风。
遇到一些叫喊的贼,一些安静的疯子,一些
未来的
向日葵。
遇到自称我朋友的人,一些丑陋的敲钟人。
我遇到另一个我,长长的影子,抖动风声:

我踩住我的影子,有时它尖叫,就像金属被
　　折断。
我活在阴影与大块阳光之间,陷在最深处,
直到底下的水声把我轻轻浮起。
在玫瑰与枯枝之间,意义与虚无之间
我走过很多寂静的地方,
比如古战场与村庄之间
山谷与河湾之间。
在那些巨大喧嚷之上,是广阔而厚重的寂
　　静。
那些寂静是万物的最后回声。
我会遇到死在我前头的人,他不经意的回
　　头
看到雨正擦净他一生的痕迹。
当我走过
我弄响了树叶和他的灵魂
那是他从前的书写纷纷叫出声来,一只猫
跳过落叶和尘烟。在闰月,
在流年。

马　车

拉盐巴的马车,隐蔽地走进冬天的海滩。
在北方,拉庄稼的马车,走在乡村公路上。
马儿啊,有多少伤心事,穿过四季尘烟。

我只能遥望,向后,向那些走远的年景。
向那些早已消逝的人。
月光白白地照着,马车慢慢地晃着。

在我的家乡,谁还会想起老马车,老马车碾
　　过的岁月。

马车接过的新娘,老了。
马车拉过的病人,死了。

马儿啊,有多少伤心事,穿过四季尘烟。
早已死去的马儿,还在河边啃草。
——有多少隐忍的泪水从我眼里进出!

穿　行

我认识的诗人,不再用祖国这个词,它太
　　大。
人民太宽。
人心和谷壳太空。
我和他们一样,就生活在又大又空里,
并彼此赖以生存。
有时,在空无一人的旷野,
我和世界构成一种隐情,那隐情也空无一
　　物,
只有变幻的色彩、味道和声音。
掌灯时分,我正坐在飞机上,斜靠舷窗
俯视朦胧的地面,
向没有尽头的盲点飞去。有时
乘电梯回家,
上升或下降。飞机与电梯一直不停,
它们在空洞里穿行,风吹过空空的枝叶。
当你伸手过来,我们相握
像两股水,在世间倾泻,我的心包裹着
更空的事物。
而在别处,比如在异乡,比如在死亡,遥望
　　地球,
只能看到一个幻影,
是无尽的生命日夜推着它,慢慢空转。

帕 瓦 龙 的 诗

从前回不去

变成一条鱼的时机错过了
变回一只鸟的机会也错过了

闪电过后,镜子里的雨淅淅沥沥不停
北山路上的咖啡馆,漫长的记忆
穿过玛瑙寺前的青石板
烟头一闪一闪,在氤氲的小说插图里
同一旗袍女人相拥而散
西湖荷花到了一年快意的时光
鹊鸲、白头鹎立在荷尖歌唱
游荡的绿鹭,用职业杀手般的喙
撕裂一条哭泣的鱼

深夜寂寥,像一个病孩子
引来咳嗽、无眠和零零散散的梦
携带暗语的领角鸮纠结前世今生的模样
我假装一直健康活着
听见心对我说:鱼也好,鸟也罢
从前回不去

倒 影

倒影呈现的寺庙金顶、琉璃檐瓦
和悠然的蓝天白云
同周边的风景显得一样难辨真伪
我知道这仅是一滩雨水的成果
它很快会随阳光的升腾、灼热和蒸发
化为乌有,就像现实中的我
酣梦醒来,虚汗、惊悸

反复诘问梦里的一切是否是真实

倒影适合在低处眺望,我甚至
站在水平线以下,这样与高处的景致
和人物就有了贴切的角度
仰望而恪守谦卑,一生与颂圣者
被颂圣者保持颤栗的距离
倒影就是还原虚拟的故事,虽短暂、虚幻
却真实,就像一个盲人摸到了
心中温暖的石头,黑暗的世界
营造出一片梦寐的风景

危险的地方

小年夜前后
我所居住的小区
突然成了危险的地方
几只流浪猫
误食了掺了毒鼠强的猫粮后
接二连三地死去
连我喂养四年的黑白小花、狸花母女
也没能幸免
它们的扭曲的尸体
在垃圾桶里睁着冤魂的双眼
悲愤交加的我几夜难眠
当看到
别的流浪猫又在小区游荡
我只好用弹弓不停地射击它们
我希望它们听懂
子弹的语言
马上离开这个危险的地方

伏　日

窗外总有一只疯狂如痴的蝉
不顾口干舌噪,从早到晚不歇地叫嚷
直到完成交配,殒命归土
鹊鸲在树荫下避暑,灼眼的阳光
像一把横在天空的刀子
空气扰流传来低沉的悲咽
这个时节,一些人
无法等到夜色便去了天国
伏日就像一个难过的坎
不是受尽了委屈,用尽了妥协
便可以把生命
无限期地使用下去

我迷恋一朵苦夏盛开的莲花
烈日折射出晕眩、也有美
一炷香如佛影飘忽
鬼节莅临,祭祀之火冉冉升起
巫师又到了装神驱鬼的一天
梦再一次卸下吓人的面具
露出柔软、轻滑的一面
羊在围栏内虔诚俯首,温顺的目光
在草和石头间流转了千年
伏日之光,我逃离众目睽睽舞台
宁如丧家之犬,月色下
想象悲凉也是一种久违的自由

红山军马场

去坝上,红山军马场是必去之地
像回到从前,那些宛若隔世
存活下来的马,残叶般四散飘落
休闲踱步的马,秋日映照桦林的马
雪地啃食草根的马,朝霞染红
将军泡子、小河头的马,北沟三五成群
嘶鸣、追逐、嬉闹,长鬃飘逸
隐入山谷月光深处的马……
如今再也不必祖辈那样冲锋陷阵了
汉武大军横戈立马,成吉思汗

横跨欧亚的铁蹄洪流
统统被风扯成一片片遥远的回忆

这里,时光静得像天上的一朵朵云团
马场在清晨的炊烟里醒来
它们越来越少,牧人
豢养驯服它们像一种怀念、眷恋
它们常常像一个个无辜的孩子
被牵引到电影人和摄影人的镜头里
列阵、奔腾、套马,貌似回到
激情燃烧的岁月,替牧人
挣些酒钱,更多的时候它们埋头吃草
不再野性的目光
隐匿着伤感、无奈和沉默
世界正变得愈来愈和它们无关

梦中的我和生活中的我

梦中总会发生一些稀奇古怪的事
比如,去世多年的父亲回家了
一只猫和一只猫头鹰交上了朋友
站在悬崖上的我,突然
看到了《魔戒》里的白袍巫师甘道夫
抑或在黑灯瞎火的巷子,看到
美丽却忧郁拉着小提琴的白衣女子
所有场景设计得多半有些颤栗
凭空而来又戛然而止
骇然的步声幽灵般
在夜空回荡
直至一身虚汗地醒来……

我知道生活中的我
一直想过一种平和、自在的日子
不管认不认
我就是到了老百姓常讲的
知天命的年龄
习惯呆在光线微弱的地方
不再用心去赶嘈杂热闹的场子
喜欢寻一僻静之地和鸟说一会儿话
晚上回到家,炒几个小菜
喝一碗小酒,嚼着酒鬼花生

陪伴多年一块走来的太太
有一搭没一搭地说一会儿话

手表在雪夜停下了

手表在雪夜停下了
泻满月光的墙突然虚空
安静像一匹黑马的蹄声由远及近
孤寂回响，像切割一小段香肠
风站在门外
一只熟悉的猫虎视眈眈
它能轻易融入夜色
却不肯离开我，外面太冷

我握相机的双手不再优美
意料和意料外的事不断呈现
愈来愈小的空间留不住喝酒
欢爱和远行，一本泛黄的诗集里
夹着我几年前
在肯尼亚追拍狮子袭击角马的身影
非洲不下雪
乞力马扎罗山却终年积雪

未尽的爱

酒精在浮肿的日子里发芽
未尽的爱像易碎的器皿
古琴若隐若现的木屐声里
莲花摊开一张雪白的床单
灰鹤再一次回到浪漫的季节
它们停不下来，雨水四溢的春天
耀眼的闪电，加剧了
一双手握紧另一双手的力度

为什么会有重回爱恋的感觉？
年过半百，许多影子无法复活
去一个地方和不去一个地方
其实都无法抵达
我无限地放松和投降，像一行
未穿戴嫁妆的句子
聆听细雪辉映的红灯笼里

一对喜鹊发出的癫狂

写一首低调的诗

就一个人，穿过清晨
鸟鸣撒落田野的上学路上
心里默默和某个女同学
打一声招呼，然后
遁迹一个蓄谋已久的故事里
直到所有的光线和我
还有想象中的她
隐没伸手不见五指的黑夜里

当我的头发，如老墙一样灰白
沧桑难以回避
我就这样，似一颗
脱轨的流星
回到久远的庆春门外
初恋的地方
守着一盏灰暗的白炽灯
写一首低调的诗

雪来得太晚

怀揣一瓶烈酒
像小时候太平门直街上的酒鬼
在大雪之夜独自出门
找最亲的死党喝一杯

雪来得太晚，灰蒙的天色
一直隔绝我和雪的距离
这个冬天不像冬天，到了大寒
才传说一场大雪将会驾到

无数张脸默无表情，街头
如泣如诉的二胡留不住脚步
没有雪的浸润
天空找不到纯静的底色

雪来得太晚，宛若迷失自我
羁绊名利挣扎的灵魂

忘记了雪的颜色,也忘记了
生与死就隔着一层纸

雨水在六月一路裸奔

六月,似收到一道圣旨
挟带威严、烦躁和些许泛滥
雨水,将不断地光顾

空白的纸、闲置已久的调色板
栀子花低吟,我的体内
月光呈现出辞藻虚度的符咒

窝在沙发里,做个局外人
翻一本70后阿丁的《职业撒谎者的供述》
窗外不合时宜的风来回徘徊

一只纹身的老鼠杀死了一只猫
作为舆情,权力无情封杀了传播
两只乌鸦向佛龛汇报了秘密

圣人再一次降临人间,像从前的太阳
骄傲的小草晨梦后迅速勃起
雨水在六月一路裸奔

早晨,都有一个隐秘的夜晚

早晨,都有一个隐秘的夜晚
月光树隙间轻吟
风沿着目光的方向,惊动猫的触须
针尖划过黑木唱片纹理
醉与醒之间,灯下阴影
自言自语,像一双亲爱的手握住自己
一张白纸终于在炎炎夏日
说出不再沮丧的话

隐秘的夜晚是属于一个人的
包括你,一朵独立雅致的百合
造梦时代,你显得骨感,不和谐地
在千篇一律谄媚的玫瑰花之间露出本真的微笑
难道你读懂了卡夫卡?决意

做一个杜桑式的下楼梯的裸体女人
晨光从玻璃透视出血色
低沉的大提琴里传出木材厂爆炸声

经历口水疯狂的碾压和剥夺
现实中的虚幻,一句话修饰并遮掩另一句话
蒙难者的身后,马拉河之渡
角马依然年复一年上演天堂和地狱的生死一幕
仁者愈来愈少,站在朱漆厚重的门前
谁敢说自己还是一个有灵魂的人?
当目光扭曲,思想家不再吭声
灰色的天空唯有以泪相对

早晨,都有一个隐秘的夜晚
属于卑微,属于梦想
热衷一生里的某年某月某天某一刻
那些尘埃一样折射生活的故事
令我着迷,尊重一个固执的选择
想象许多飞翔的翅膀和唱歌的鸟喙
陪我林间散步、遐想
静静等待又一个夜晚悄然降临

总有一些事会袭扰平静

总有一些事袭扰平静
夜色降落的时候
一支烟袅袅婉约的时候

一片清幽的薄荷叶子
倏忽一闪
一双圆圆的绿松石般的眼睛
欲言又止

它终于没过上新年
误食有人恶意下毒的猫粮
死在了除夕钟声敲响前的那一刻

四年了,我关心一只流浪猫的生死
就像面对我的亲人
这个世道,时常让我觉得
一些人不如一只猫

许 春 波 的 诗

雨中,去一个地方

急促有序,触目即是可有
闭目即是可无
所有的声音集中好,不过是文字的一点凉
冷却了纸面

看来,说起的梅雨确实来了
我得去一个地方
把多年前的信函重新修缮
借几滴雨加持,填满
你收藏的风和虚空着的心情

之前,用一段时间深居
写下攻略
你用醉掉的清风送行,我盘坐于雨滴上
所有的路径在一朵花里,慢慢清晰
双掌合十

那里最安全,以往的人
挥着手臂,收藏着生长与凋败
关上门
我们轻手轻脚,怕惊醒从容
和水的流向

写到这就是清晨了,一个地方
到和没到,都没关系
雨都下到今天,空若琉璃
带来不多的讯息

不去打听揣摩

你看,雨滴都亮了

烛光充满善意

数年过去,庙里的烛火依旧
冬天和夏天,照着雪花和雨滴
有时,月亮是圆的,被烛光烤暖
晃动的光也抽走,结下的茧子

选上橙红的一缕,用来充饥
如你所知,烛火跳动的声响
敲击着淡淡的虚无,出现的回声
即佛家济世的不二法门

红色弥漫,将夕阳倒进口中
宛如倒进半坛烈酒
喷出火,点燃并排的香烛
这是你说起的,皈依的捷径

虽然,某些记忆只有几秒
烛光闪动的瞬间,却充满善意
循环往复后,可凝聚成人形
悟无明,看俗世

当然,要是你在,我就会在烛光前
后退一步

被清晨的凉牵引

沉睡之后,眼睛长出了叶子
绿得透明,和清晨一起
被插到瓶中,远离枯萎

窄去的光,被一缕凉牵引

经声似曾相识,土墙影子摇摆
白色的一阙词,弯曲成半段曙光
慢慢清晰
抻平袖子,触摸水样的本真

挽起归程,即有酒过的斑斓
看来,还欠一杯
将灼目的一点尘喧扫进袋里
视而不见

时间亦是凉爽,匍匐的砍伐声
接连不断
还好,泥土下的根系抵达远方
"野火烧不尽"

一瞬,大道凉而温暖

生活状态

雨天之所以减少,源于光的增加
总之吧,文字飘在手间,很是充裕
按照传统,飘过的故纸堆
有先前的法则

稻粱谋是正确的,熟悉的经验
代代相传。忙碌一天
只为还有早起,无论有没有阳光
这样的清晨都是赚来的

你懂得的活法,总在窗外
日晒雨淋,发黑坠落
旧的树叶,写满理论上的步骤
尽管仿佛是先知,却有更多的自相矛盾

缺什么补什么

继　续

签上名字的静,存放起来

学会慢慢打坐,等到某一刻
激活,再走过去

白发随之浮出水面,设计的真实
可能无法抵达,路的路径
长满香火

矮处的光被摔碎,匍匐前行
北风厚重,裹起你的温暖
倒立的天空,颗粒饱满

如是如是,在你左手的拐角
再签上名字,然后
把清晨,继续背起

雨季时让眼睛入睡

昨天的雨,洗白了身后的影子
温度下降,仿佛一切还是旧的
我确定在天光破晓之时,让眼睛入睡
这样,可以省下加班的费用

于是就想起我长大的乡下,温度升高时
躲在树荫里,露出凉爽的膝盖
很多年后,树下坐过印痕还在
我却站了起来
挂在枝头的野性,却荡然无存

怎么办呢,我单薄的乡心
在氤氲的南方,被白汽缠绕
路宽楼细,只能小心的抬起头
否则,会碰到都市的屋檐

眼睛入睡后,慢慢醒来
声音安静,我让故乡再次出场
盘旋在我的周围,然后睁开眼
让肉身,始入睡

把雨滴一片片削开

倒下的每一粒雨,都难已扶起

就像,无论怎么弯腰
都捡不起,身后的脚印
如此这样,只能向草原诉苦
草原总是哈哈大笑,然后闭口不言

一层层堆积起来,都是我俗家的愿望
不一语道破,透着机锋
于是,只能向漫天的雨滴
躬身施礼,宛若,与青草请安

堤岸,草原,和脚印扶持
倒退着行走,走到雨天
借风力,挥手
一层层,削开北方的雨滴

把削好的雨片摊开,覆住慢慢流失的脚印
及简单的光阴,这是愿望
其实,都无能为力,总是等到丢失殆尽后
才会,举手投降

计算在秋天遗失的

遗失在蒙古的,不光是口音
还有静止的马骨

风展得太开,复述着
草地的柔软,和活着的印迹

向前走,关隘几乎没有
周边的围栏慢慢陌生

我和我的手
被一次次牵挂起来

土垣是一面镜子,映出皱纹
薄薄的烟,裹住残碎的往和来

试着开始清醒,长调的连接处
渗出蜜,渗出湍急的时间

随后低空飞翔,可以看见结尾

擦拭好的灯光,还在一个一个计算

算不清了,遗失就遗失吧
仿佛,一切还在那里

冬天,南方有雨

雨还是降临了,不是很突然
楚楚的颜色,切割了一些我不重视的表情

在生物角度上,雨滴就像露珠
温差大时才会分外晶莹

细雨中,把一粒种子种下
不用浇水和施肥,自由生长

很快,就长出一种错误
连着归途。唯美的白

逆光和顺水的玄音里
守在路口,为来往的生灵披上哈达

雪白雪白的火焰
燃烧了充满冥色的心

是你,传达了回归的圣旨
乡间的小路上,长出指路的灯笼

绿色的邮筒旁,摘下雨中的雾气
顺手寄出,远方擎着签收的笔

当然,没有地址
肯定会退回

幸好,印在雨里的南方
来自回声

到过秋天的一个寺院

之前的详尽过程,不能一一描述
很多次的重复中,都进行了删减

说到后来
很多情节开始安详,或者断裂

只是,在秋天一个寺院
绝对没有错的,天真的很蓝

浑厚的钟声,以及持续的经文
我抬头看天,看见宏大的古往

你合十的手,摇曳不定
佛高高端坐,一眼看来,种种如常

设计好的仪式,已有二千年
味道庄严清醇,长满厚厚的沉默

这是另样的温暖,南方的桂花开起
笼罩了俗世的一点慈悲

总的说来,时间的安排下
习以为常的相遇,会成为偶然

仿佛颇为神秘,其实不过是
简单的温暖或慈悲

以及,偶一回眸

冬天了,总会有问题

浸泡水以后,最终的落叶
都会回到树上,注定的归宿?

远离居住的城镇,寒接着来临
好像准备就绪,碰巧我和过去都来自北方

通常风小了很多,冰色的雾也垂下来
一般注意不到,那些影子只是片刻

再者,对青色的寒有一些疑惑
如果愿意,会找到答案

有一阵,能看见设计好的黄昏
颜色清冽,从山坳边隐去

古老的寒,驱赶异地的陌生
所有的方式,是最好鱼饵

冬天剩余的期限里,熟悉的生活
差上几个台阶

之前没有发现,你竖起的衣领
只能挡住稍许的寒

拍一张照片,永远保留下来
放到冬过去以后吧

可能是错了,最终的落叶
会有一些,回到树上?

想着冬季

必须眨一下眼,或微闭
才能关掉冬季的漫长

行走在路上,远方的人
穿着飞雪

空地上,长出旧时的心跳
月光下,有异色的白

你和北方,隔着一微米的雪
恍若,伸手可及

没有定期,都是未知数
木鱼声声,是归去的号角

用雪泡茶,总是很淡
很淡,几乎

淡过了,所有的流年

乔国永的诗

灰烬里的火焰

时间的茔地到处是骨头
它们并未死去
随便喊出一个日子
都会有一块骨头应声而起
如果再喊出一个名字
就会有一团蓝火来撞击胸口
母亲没扎完的针脚
父亲没咽完的汤药
被蛀虫噬空的老情书
消失的瓢虫，走散的苦苦菜和向日葵
一次次在十字路口的纸灰里
摆着手，佯装告别
转身离开时
又悄悄跟在身后，寸步不离
这让我相信
即使成为一抔灰烬，里面仍有一点星火
让我悄悄地活过来

旅　途

踩在百山祖狭窄的石阶上
像踩着谁柔软的肋骨
我被一股力量推进空旷的巢穴
在水东村落寞的石凳上
裸体的夜丰润洁白
我坐上一条石凳
等一场遗传学里的邂逅
但我无法像山上的那几株冷杉
每一步都超绝尘世

也不能像石凳下日新月异的蚂蚁
看淡失足的悲情
这就是我的悲剧所在：
知道有一条路通向一颗卵
却怎么也走不到跟前
要时常找些罪名挑断豹子的脚筋
或许我该参考一些别的植物
不求结果，只要每年长出不同的叶子
或是像某天晚上遇见的那只白猫
悄悄走出灌木丛，忘掉身份
在清寂的土地上打几个脏兮兮的滚
或许我更应该忘记去向
走到哪里算哪里

绿草渡口

一只铁船
让这个以草命名的渡口
硬实起来，而草的属性
让时间的锈迹，让莫名的悲伤和幸福
都变得柔软、可人
让遥不可及变成鲜艳的蝴蝶
轻轻落在掌心
之前，那些适宜告别的地方
我已视为禁地
折断过翅膀的鸟
哪敢再贪恋竹筐下金灿灿的玉米
这次，来的正是时候
暮色里，被驯服的千峡湖
经过一只歪斜在水里的铁船时
发出大海才有的声响
在这里，试着掀开伤痂时

痛感全无
我很欣慰,身体里的野性还活着

夜色里的鸟

它们飞得很吃力
好像刚从一场劫难里突围出来
从灯火通明的水东大桥
到黑色更浓的北方
不过是一次普通的飞行
但诡秘的夜色,让它演化成一个隐喻
是离难还是归巢,并不重要
重要的是飞行本身
因为痴迷于夜晚,我的白天好像都变成了
借助他人之手砸向自己的石头
所以,我常常潜匿在夜色里
这也不重要,重要的是
我站在灯火通明的水东大桥上没有一丝悔意
不想来处和去处
在大喜和大悲之间不动声色
我不想成为另一种隐喻
所有与夜色相关的悲情、混沌或透悟
我不想再往下传递

信

从中原迁到塞上
父亲母亲把自己装进牛皮纸信封
他们以为只要地址无误
早晚他们会被寄回故乡
奶奶睁着快哭瞎的眼睛来过几回
母亲专注地为她清理眼里的秽物
像被锁在门外的孩子
在杂草里翻找丢失的钥匙
姥爷来过一回。就这一回
便让他客死异乡。他的棺木
藏在一车尖尖的煤里
父亲为他的身体精心安排了一次偷渡
他的魂魄却被永久地卡在贺兰山口
最终,他们决定把自己抛进早已废弃的
邮箱。他们明白了

即使地址准确无误
可哪里还有收信的人

走西街

西街有自己的教义:
人这一辈子就是一块顽铁,
淬了火就有了可塑性,
一锤一锤地敲打才能成器。
店铺摆满铁器,炉火通红,
但打铁的人却越来越孤单。
中药铺子也是如此,
悬在梁上的药方如弥历千年的服饰,
期待着穿越,重回唐朝。
它们回不去了,不如就这样
让在西街徘徊的人一次次瞻仰,
让渐淡的苦涩稀释甜腻的愁绪,
让在旗杆上束发的旅人安于四海为家。
张铁口命馆以命抵命,
信命就来算算命,
不信命就认命吧,
有多少人的命运是属于自己的?
还是得有杆秤,
称一称唐朝和民国,称一称人民和公仆,
称一称灵魂和肉体,
称一称西街骨瘦如柴的身体和西街人三里长
    的那根筋。

三月生了一场病

杏花、枫香树、百草
庙宇、祠堂、老屋
灵魂的疫苗挖了身体的墙角
灵魂和肉体为了统一打得不可开交
药和病相互蔑视
我必须补充大量的药剂才能堵住肉体的漏洞
也许一场透彻的痛可以还我清白——
我没有偏袒哪一方
不然,我怎么能过得如此坦然

实际上,这种想法是浅薄的表现

我的浅薄连累了三月
咳嗽打断了夜的骨头
断骨一截截插进光阴的齿轮里
春风撒下了百草
阴雨缠住了老屋
母亲的百天之祭深深卡在喉咙里

为了百草
为了百鸟
为了心田里的百年基业
我代表灵魂向肉体虔诚地妥协
我开始豢养我的肉体

大雪，我遇到仇家

不清楚我的体内潜伏了多少仇家
也不知道它们是否已结成联盟
至少，它们无序的攻击总是有效
今天，它们让我晕眩
让我继承一部分母亲的苦难
如果这些仇家是母亲留在世上的
我愿意抚养它们
我愿意用高血压关节炎脑溢血来取悦它们

我知道有一些仇家是我自己的
对于它们我总是过于随意
潜伏在这样一个酒肉与诗情交集的世界里
它们应该是惬意的
它们与我共生，它们不想在讨伐中伤了自己
今天，大雪。我担心起来
我体内的仇家会不会像母亲那样
突然离我而去

我们很少提及月亮

父亲没有提起过月亮
这并不奇怪
一个背离故土的人一生都在
躲避月光的追赶
这个目不识丁的人知道
一旦惊动了这两个字

他没有更多的词语能拦住洪水

母亲没有提起过月亮
这有些奇怪
她替父亲拔掉脊背上月光的芒刺
她当着孩子们的面
一寸寸搓洗那个陈昧的村庄
作为从犯，她的祈祷和积疴之痛
足够解禁尚未扩散的愧疚
难道她是怕加重父亲的孤苦

身为逆子，我也很少提及月亮
上次是在想他们的时候
这次，也是

有　殇

村庄被锋利的路刺穿
田野并没有受伤
那只狗被铁链拴在树上
眼神里没有丝毫尴尬
它似乎看见了无数隐形的链条
正套着我的脖子和腿脚
还能自由行走
是因为我已经无处可去

那只鸟也在讲述同一件事
鸟巢已贴上封条
隐匿在一片树林里
它用六种语言一遍遍告诉我
不应为一间房屋而缄默
站在阳台里，情不自禁地喊了一声
我的声音已变得陌生而空洞
冬至，遇见雷雨

时间早已鸣枪
假山上的红叶偏不听号令
一只蜜蜂在墙角垃圾筐的筐沿上
歪歪扭扭地走着
一声惊雷，它四脚朝天摔下来
挣扎着翻过身，慌不择路地飞走了

除了这只蜜蜂，那天
还有很多人受到惊吓
我突然想起天天晚上失眠、冰箱里
塞满羊肉却无人可送的张大姐
她是否也受到惊吓
或许她这个走在偏路上的人
会喜欢那天下起的春雨、响起的夏雷
会把北边的那道彩虹看做希望
我开始仔细琢磨
为什么那位已归顺于大势的兄弟
仍像从前一样，总是输得精光

一只逆飞的蜻蜓

每年这个时候
秋风都会混迹在阳光里
在季节的城门口捕捉不合时宜的人
这只蜻蜓逆行而来，
经过我时，它打了个趔趄
然后向我身后激战正酣的战场飞去
我知道它再也回不来了
它不像我，数次和时光较劲之后
还来得及妥协
虽然最终没得偿所愿
但学会了靠降低标准来保全自己
留意这只蜻蜓
是想对回头者致敬
想安抚与死亡擦肩而过时的摩擦声
我会设法搜索到它的尸体
把它葬在有蚊虫飞舞
有鲜花依次开、落，有狡黠腐烂气味的原野
把像它一样死去的蝴蝶、燕子
以及那些反季节开败的花朵
一起葬在它的周围
——就像当初厚葬我的初恋

与一间小屋告别

这三条鱼要带走
秀气的神仙学会了像小狗一样摇尾巴
两条壮实的蓝鲨仍然提防着我
因此，神仙鱼过着神仙般的日子
蓝鲨一直活得像逃犯
它们的和谐生活让我惴惴不安

压在抽屉底的日记本要带走
霉菌已经为它们上了锁
我也不想为了粉饰过去的一些坏心思
去得罪阳光的宿敌
在这间潮湿的小屋里，我已慢慢容忍了
阴暗之物
但那些教科书我就撒在这里了
我接受了真正的黑暗
却无法容忍虚假的光

很可惜，我无法带走印在窗户上
寺院金黄的墙壁
我无法不受戒，也能通融普世的戒律

大寒诗

相处久了
我不再对一些不祥之物
心存芥蒂
白发、皱纹、药片，已和我的骨血相濡以沫
不屑于囤积居奇的我
像早已故去的姥姥，悄悄地
把攒起来的落发塞进墙缝

分开久了，我开始念起仇家的好
我的仇家大都屯集在西北的数九寒天里
从不反悔的我，就想
再蹲一次
冻透屁股的厕所，就想在南方
再生一次故乡的冻疮

大海系列诗（组诗）

●鲁 子

在海角

候鸟从天涯归来探亲
海浪步着潮韵，和海岸击掌欢迎
耳顺的海鸥，早已通风报信
我看见海角上下，一片欢腾
多嘴的乌鸦，摇着树枝问不停
这该是黑脸琵鹭，那该是长尾的缝尾莺
几只军舰鸟，在海平面上飞行
那种疾速，堪比闪电的后裔
不远处，顺风顺水的一条帆船
犹如浪花的骑手，那鞭海的声音
读起来，十分的海明威
这样的画面，太美，美得不忍
那守寡的灯塔，站在磨损的海岬上
焦急地望着远方——又一场暴风雨将来临
你看，天地正调频，翅膀在颤抖
塔楼上的钟声，被雷鸣，锁住了喉
如果灾难不可避免，我祈愿
让那些被海杀了的，葬在龙宫吧

看大海

我是吃过海胆的人！
黄昏，我赤足行走在沙滩上，
沙滩也很知足，合脚。
那些我曾经涉足过的落花、流水，
年轻的光阴们，也跟随着我，来看大海。
看海魂衫激荡，看军歌嘹亮，
看迷茫的苦心，寻找孤诣的灯塔。
看探鱼者，海底捞者，打听江河下落者，

以及提着竹篮子打水者们的聚散无常宴；
看他们在入夜里支起帐篷，燃起篝火，
穿着千层浪一样的裙子跳舞；
看他们紧贴在另一张额头上的刘海的告白，
几乎是凭一朵浪花的誓言，便可构建一个岛国；
看龙抬头，看红云万朵，在吸海水，
海水啊，像盐，像药，像铁火，
它把血性灌输进了我的身体，当
药性发作时，双鱼座的我，
像吃了龙胆！

老人与海

浪花一思考，大海就发笑
就按住它们的头，搂入怀抱
并将年老体弱的浪花送至岸边
岸边，有港湾，有海岸线
有临海而建的海滨墓园
在杂草、乱石中，坟堆安眠
有望洋兴叹的渔人码头
锚爪以钢铁的意志锁住了船
有苦涩的沙，有不能翻身的咸鱼
更有灯塔，有妈祖，有彩旗飘飘
有贴伏在海面上年轻的渔歌
有白溪入海，如闪光的带鱼
而在一片迷茫与海鸥远去的背影之间
有退役的老人，心情沉重如一纸废约
他回忆着往事，像是在隔岸观火
想当年，惊涛骇浪中
双桨好似一把剪刀
大海则好似那英雄出征时
身披的征袍

拉大海

大海远去，
消失在茫茫夜色中。
我关闭窗户，关闭涛声，
然后拧开台灯，重返海明威——
就像拧亮了灯塔，照
见一个老人，摇着一条船，
一排排闪光的梭子鱼，在船底下飞，
那老人紧拉鱼线……
我忍不住搭把手，也去拉鱼线，
我们拉呀拉呀，直至
曙光初现：
就这样，大海像一条巨大的船，
被我拉回到了
窗边。

浪花的繁殖

雌雄同体的浪花盛开在海上
它的长发纠集着疯狂
身体之外仍是身体
浪花复制浪花，不舍昼夜啊
以至于最终繁殖出了一片海
生死一体，任死亡的闪电
也不能把它劈开

渔人张

像他的祖辈一样，渔人张
一辈子都住在海上一条破船上
靠打渔为生，并以此养活一家老小
只有当他死后，他才会住到岸上
日夜守望着那一片熟悉的海域
和他留给儿子的那条"命根子"
以及世代荣居于此的
鱼子鱼孙们

杀死海

别逗了，说胸怀
比大海还宽广
针扎一下试试
不过，如果，你的
脑瓜子转快一点
像飓风一样快
比说时迟那时快
或者，让你的脑袋
多装些，再多装些
水（水是万物之源）
那么，你的脑海
便会咆哮起来
恭喜你了
像大海一样地笑吧
谁能
杀死海呢

大海淹死在鱼缸里

酒后来个节目助兴：关于大海
爷爷唱了首歌，
"大海航行靠舵手，
万物生长靠太阳。"
爸爸则朗诵了高尔基，
"在苍茫的大海上，
海燕像一只黑色的闪电
在高傲的飞翔……"

轮到小豆豆，他嗫嚅着，
"大海死了，大海活不过来了。"
妈妈接过话头，说：
"傻孩子，大海不会死的，
大海啊，是永恒的！"
小豆豆于是呜呜地哭了，
"大海是苗苗家的小金鱼，
昨晚它淹死在鱼缸里了。"

杭 州 诗 记 (组诗)

◉李拜天

通往灵隐的路上

通往灵隐的路上,没有曙光
只有曙光路。但我相信路边的植物丛中
一定藏着你的灵魂。借着这一望无际的绿色
你肯定注视着我的一举一动
我必须时刻保持虔诚,才能让山河感动日月
　倾心

可惜路途太近,我的灵魂不能出窍太久
但我相信,在浸润千年佛光的飞来峰
一定能找到那条通往你心灵的神秘小道
拽着这条柔软的绳子,一定可以
把大海重新拉回钱塘

孤山

沿着时间的台阶,登上放鹤亭
一起探索古人的心事。那叫梅的女子
如今已化为满山翠绿。只是
那久远的故事,被当成历史的肥料
埋入泥土

后人的仰慕,早已搅乱了西泠的孤独
隐士无家可归,鸿鹄无林可栖。当崇敬
站在苍劲的碑前,已是对先贤的违逆
更别说那些无聊的看客。

那么多匆匆的脚步,踏坏了岁月的幻境
到处都是,闭着眼拍照
睁着眼做梦的闲人。难道

孤山,还需要用他们的热闹堆积?

断桥

人潮退后,夜晚开始残破不堪
年久失修的内心,瞬间坍塌
平静的湖水伺机酝酿悲伤
借着模糊的视线,我似乎发现了世界的真相

也只有此时,我才算真正理解了断桥的意义
古代断送爱情,今天断送念想
长长的白堤啊,不知洒下了多少人的忧伤
最后才聚成西湖,汇成钱塘

当希望慢慢升起时,预示着巨大的
绝望将从天空滑落,世界一片漆黑
人间处处凋敝。凄凉肆虐,黑暗横行
狂风过后,世界只剩下

月下读花

当我想你的时候,一阵旋风骤起
然后顺着思念飞向海边

风落时,怕惊醒你的美梦
于是黄昏只好慢慢下着细雨

不想淋湿你的梦境,但想
把你从天上拽回人间

高处不胜寒啊,那里容易伤风、扭脚和惆怅
损伤你的香肌玉肤、花容月貌

紫薇,与其宠爱自己,不如
让我宠爱。自宠是寂寞,被宠才是幸福

运河上的月光

一切都被消逝的流水运走了
今夜,仅剩下这微弱的月光
在运河上空闪烁,努力找寻着
曾经的历史。我凭栏而立
与消瘦的影子对视,彼此爱慕
但一生不能拥抱,只能借着月光
一起缝合阴阳切割的伤口

此时,我不敢抬头
生怕月光会把我的冥想带得太远
找不到归路。那样我将再次
痛失一位知己。我是一个瘦弱的人
没有多少重量可丢。所以我将裹紧衣衫
对寒冷的袭扰假装一无所知

清水记

八月没有清风
何不躲到清水里去
听听鱼的心声
天将傍晚,我们如约而至
以旁观者的身份
观察游动的诗意

当夜色盛满半杯时
我们举杯相庆
然后清醒地谈论隐约
随着觥和筹的轮番
搅动。时间开始东倒西歪
话题也越来越接近真相

是时候切入主题了
上帝开始调动大量词语
从天边汇集而来
我们借着醉意

肆意指挥,只见杯盘
开始逃窜,喧嚣纷纷躲闪

忽地笑

杂草深陷于平铺直叙
我就是要曲高和寡。把夏天踩在脚下
压得绿色抬不起头来。我有毒
不想与草芥为伍,不想被前世所累
所以请离我远点。我已经砌起了
围墙的尊严,你最好不要硬闯
别逼我开口,我在思考
思考时我是黄色。如果你非要
打断我的思路,我将变成红色
我一旦变成红色,你也只好
到人生的彼岸忽地笑了

我经常把人生从这里搬到那里

为了避开尘世的喧嚣,我经常
把人生从这里搬到那里
铺天盖地的烦恼,总是尾随而至
迫使我,不得不再次搬离,就这样
我搬遍了全国各地,看透了人间冷暖
我知道,人生每搬动一次
岁月就沉重几倍,以至于积重难搬
于是我只好,侧着身子,钻进生活的夹缝
躲进自己世界。读书、写字
敲打意象。不为制造响动,只为拒绝庸俗

在西湖边读你

以前读你的诗
总隔着一段文字的距离
现在,你的意象
是那么生动。犹如明晚
被你瞬间激活的旗袍
让十里荷花顿然失色

湖光山色,本已让我迷恋
你的出现,让我对短暂的尘世

开始贪恋。本以为此生
只管低头写字，不愿抬头望天
不想，一朵樱花对夏末的轻轻撞击
竟把沉寂已久的夜空撞开了一条裂缝
让我不得不抬起头来，重新审视人间

那么多美好的事物

绰约飘动，妖娆横行
那么多美好的事物在身边走动
连纸都醉了，何况多情的目光
徜徉在西湖，你不需要寻找理由
湖光已为敞开故事，山色
也为你编好曲目，你只需划着人群
向前走就是了。所过之处
到处都是值得留恋的地方
有一个事实，我不得不告诉你
你把时光埋在此处，回忆
从此就郁郁葱葱

我想送给西湖更多目光

我天天沿着陌生的出路徘徊
踩着高温冥想。西湖夹在游人中间
像一只断线的风筝，在群山之间飘荡
断桥内外，白堤的心事虽绿犹黄
灵隐的钟声似有还无

那么多波折遭人围观，我理解湖水的感受
我默默伸出双手，给鱼儿安抚
悄悄瞪圆双眼，制止喧嚣
面对汹涌的人群，即使我无能为力
至少还可以送去更多目光和声援

荷叶发黄

因为心中发慌，所以荷叶发黄
望着断桥以西，爱情被吹得层层涟漪
我就想派出我的紧张把下午擦亮

踩着别人的故事，织着自己的回忆

春风给了我无限动力，我愿意在此守候写诗
孤山不倒，此心不移

漫天的花草，满腹的诗意
等着日月来解读。不给旁人留下一点想像
因为别人已被故乡抢走了忧伤

荷叶发黄，满世苍茫
翻出短暂的梦想，喊出夜晚的星光
此时，可否乘着文字直抵天堂

走在异乡的夏天

走在异乡的夏天，你必须接受异常的炙烤
即使悲伤得浑身流泪，也不能对天空说出心底的
　　抱怨
如果借助一场雷电才能向大地说出深藏的秘密
我推荐你来江南，因为她会经常
为你创造这样的雨天

当岩浆冷却，夜晚来临。我试图走出孤傲的大门
但陌生如磐石，堵住了梦回之路
风景渐渐幻化为泡影，苍鹰从长空迫降
你只能接受夏天的训教，对心灵做一次
软弱的陈述。然后作一个中规中矩的叛逆者

大运河

水能载舟，却载不动一个王朝的命运
水能覆舟，却覆不了一个民族的智慧
大运河，你每一次波动，都牵动天下神经
只是历史早已物是人非，而你却继续流淌

从隋的覆灭到唐的崛起，从宋的兴盛
到明的没落，几乎所有年号都要靠你来支撑
你无意见证兴亡，却不得不历经沧桑
你只想安心静养，却不得不再几经彷徨

此刻，我坐在拱宸桥头，坐在大运河的起点
不为恭迎圣临，只想静静地坐着
静静地听听水声，静静地看看涛声
我相信唯有这样，才不会打扰古代和远方

西望大沟（组诗）

◉ 峭 岩

之一：西望大沟

时间没能淘白我的记忆
我的心常常溜走
登高西望,西望那一团历史云雾下
笼罩的发黄的史书
它是皇城延伸的龙爪
它是紫京飞出的流泉
——门头沟
我与它在一场情里
驻足已久

那注定是一页发光的履历
我从戎的第一杆枪的刺刀
曾挑起妙峰山的云霞
我青春的威武容颜里
也浸染着你的春秋
我认定我是首都的一柄钢枪
巡察在京西的蓝紫里
镀亮我的青春

多好啊,门头沟
是我情感领域里最大的沟
任我怎么走
也走不出它的坡高
任我怎么飞
也未能飞出它的意境
是情窦初开的花朵吗
亦或是青春勃发的诗歌
心中刻上的传奇
记忆里最美的一朵莲

西望大沟
成为我情感的一种姿态
晴天,雨天
春绿,秋红
一阵忙碌得闲之时
我总是站上云头西望
望那大沟的兴衰岁月
找回我青春的驿站
那里有我的战车、马嘶
枪弹炸碎的夜声……

之二：夜宿爨底下村

是你吗? 爨底下村
三十笔划写不完你的全部
我从字海里找到你的来路时
竟走到了我的古稀
当我攀越你的脊背
爬上你的屋顶
再看你的窝灶、井台
寻找你的秘密
我找到了我自已

我就是你流鼻涕的孩子啊
墙上,挂着我收秋的镰刀
烟囱,缭绕着我的梦呓
小学课本依然摆在窗台
歪斜的脚印
燃烧在雪地

今夜,风声来自遥远

吹过游子的旷野
我躺在家乡的土炕
一弯明月滚落我的怀里
宽阔的莽林、原野，
饱满的谷子、玉米
——围拢我的左右
它们是我的父亲、母亲
是我的血脉，心跳，
它们是我的饥饿昨天
是我铺开的滚烫诗句

之三：在"妙"里找到轮回

——登妙峰山
一身的汗水洗亮了一个字
"妙"，也许是山的全部意蕴
我不认为它是一座山的名字
它是神性的符号

历史定都于北京之前
这山早已来到这里
带着险峻之高
视野之阔
伫立京西大地
荣华与贫苦、喜悦与悲凉
都需要心的瞭望
这山就是依凭
登上"妙峰"，一了千秋

我登上顶峰时
云飘风唤，楼耸泉飞
苍茫也，豪爽也
一千里入境
八万象璀璨
就在此时，在山的腰部
我眺望到一片枪声
枪声撕裂山谷断崖
枪声射杀夜的睾丸
拼碎盔甲的士兵战死了
一块青石，屹立崖畔

那岩石等在风里
瘦骨嶙峋一身雄风
它是镇守国门的一柄钢枪
我的爷爷或者父亲
我羞愧走近它
顿时，我摸到了我的渺小
渺小成一粒沙子
而它高于晴云，阔于海洋
而我轻于羽毛，小于水滴
我真想钻进它的"妙"里
做一回它的儿子
复归我的生命

之四：樱桃沟的一束樱花

遥远的记忆生出翅膀
沿一条河流潺潺而来
一沟的花朵，一沟的婀娜
风吹香溢
挤窄了五月的胸膛

坡下的一枝摇曳
突兀而立
脉脉含情
举一串白雪的灯笼
是在等远方的足音吗？

是的，我曾为她歌唱
那是在幼小发芽的梦里
她叫樱桃，小小花蕾
我们无猜，戏耍坡堤
种子被时间冲走

我要把你领回家
种植在掌心
和诗歌站在晨光的肩头
血液的灌溉
喂养你的夜色晨曦

之五：为诗歌上香

戒台寺香火如烛
那么多信男信女
举着心走来
冲破夜阑
踏戬今生
寻找命运的轨迹

我净手走来
挤过杂乱拥堵的脚步
为诗歌上香
我把昨夜的月光带来
我把第一场春雪带来
我把经书的祷词带来
为诗歌上香
远远的，站立
再跪下，磕头！

我要告诉佛，诗歌滑坡了
圣殿充斥着污浊
有几个不孝之辈
往诗歌上撒尿
用诗歌手淫
他们抽掉诗歌的骨头
偷换诗歌的魂魄
佛呀，请问：诗歌安否？

点燃的香烛
默默无声
闪烁，袅娜

缭绕成紫色的云
那云又飘回来
直落在我的脚下
"君子洁身自好！"
我是不是该把它拣起
这是佛对我的劝诫吗？

之六：珍珠湖，有一粒跳上岸

这是四月
该不是打捞珍珠的季节
我们好奇
欢愉的脚步站在湖边
望穿三千春水

人的育地是子宫
珍珠的产床是蚌
洋水浸泡春秋
那珠便滚圆锃亮
那珠便镶在华贵的头冠上

那是时间、水、忍耐的结晶体

我低头审视昨夜的诗句
黑未褪尽，她就诞生了
光泽灰暗，匠气生冷
珍珠有灵
跳上岸和我对峙
我真想跳下湖去
与珍珠一同入蚌
做一首浸水而饱满的诗歌

黑　洞（组诗）

◉ 曹探花

存　在

多年来，我似乎只为了取悦你
你仿佛就是黑洞
我心甘情愿居住在洞里
我的肉身，我的思想，我的一切
都被强大的力量吸住

而我终于发现。巨大的欺骗性
在能量的外层有着更为广阔的空间
所有的物质，只要你需要
你不管我的存在，都一一收取
我的感受，被你遗弃

未来的通道在哪里？
我该如何找到自己的位置？

星　星

我从来都是一颗星星
黯淡得似乎看不见
在浩渺的星空中，多么微不足道

可是我现在支持不下了
这个宇宙的平衡，没有我还是一样
该自转的自转，该周转的周转
该消失的消失
一切自然法则都自然发生

或者在大地上坠成碎片
或者被黑洞吸收，成为黑暗的分子

陨　石

我自从离开母体后，就没有方向
在虚无中漂浮，岸在哪里
故乡在哪里？天堂又在哪里？

忽然，我遇到了一股地心吸引力
在与空气的缠绵中，我猛地燃烧起来
肉体和思维同时产生质量
直往地面下坠。那透明的空气啊
却怎么让我越烧越旺
一点阻拦的意思也没有呢

当我坠到地面，把土地撞出了坑洞
热情殆尽，只剩黝黑的躯体
人们叫我陨石，却不知道我死亡的过程
是多么的惊心动魄

仰　望

天空瓦蓝。一些飞鸟游过
它是那么轻快，一丝痕迹也没有
就像历史轨迹湮灭无痕
尘封在世俗的土壤里，不会发芽
更不会结果

这个天空，似乎隐藏着无穷的秘密
多么渴望有一双翅膀
飞上高空，捕捉海市蜃楼
俯身看芸芸众生，如何尔虞我诈
把命运弄得支离破碎

可是我不能飞翔,因为迷失已久
望着这宽阔而神秘的国土
渐渐明白,谁都不能打败它
除了仰望,永远不能靠近

沉 浮

我已经溺水了。恍恍惚惚之间
你的容颜如一支离弦的曲子
向往事飞驰

记不清是什么季节了。应该是冬季
应该是一个暧昧的黄昏
应该有一个动人的小插曲,在水边发生
从此,我记住这时而妖娆,时而焦躁的水
每天都以水洗脸
仿佛水就是我的生命

但是现在,我不停地沉浮
生生死死了一个又一个轮回
我扪心自问:我在何方,谁来解救

答 案

秋风起,蟋蟀的鸣叫凝上了薄霜
草匍匐下枯黄的身子,没有言语
(心碎了吧,再也不会愈合)
该来的不可抗拒地来了
唯一不变的,是万物在变化

那么,夏天毅然转身而去
像绿色远离枝头,流水失去声响
那些虚无,永远那么顽强地浮在心上
倔强的飞鸟,已经折断了羽翼
被漫漫黄沙掩埋,被长时间风化

夜太神秘,冬季太寒冷
天空太高远,人心太不可捉摸
只有裹紧衣服,独自取暖

迟 暮

这是什么季节?每一天都是一样
不停忐忑,不停消逝
短暂的停留绝不是幸福

江湖很深。我不善于游泳
能沉溺于水,但也能离开水
我不是出家人,但也从不打诳语
说出水就是水,石头就是石头
水里有杂质,可是水以为我不知。
偏偏妖冶地清澈

遗弃我吧。我已经洞察了世事
当人闭上眼睛,所有的姿势
都是整齐划一
在同一种生活永恒

逆 道

然而,我并没有说出愤懑
那可爱的鸟鸣,已经掉下高枝
惊醒了树下的枯叶
"冬天已经来临,哪里是我温暖的巢"

我知道,所有的方向都由自己确定
春已谢,夏已凉,秋已残,冬已逶迤
每一步迈出都是错误的开始
就让我画地为牢,做自己的宿命
不再奔波于漫无边际

那些奥秘,我已习惯探寻
可是啊,生命里的蛛丝马迹容易湮灭
许多人为的故事,被人为地捉弄
等待就是一种伤害,放弃就是一种毒药
像永安溪永不干涸

创 世

实际上,你一直都是冬天的伤口

心中冬眠的胚芽,那样迟钝
没有发觉你踮着脚走过

错过以后,再次相遇
绝不允许再次错过桃花的绽放
我已经准备好肥沃的土地
和你共同酿造葱绿

于是,这个季节的碧绿与空间
以及一些蝴蝶
它们的基因里,铭记住这个开始

杀 手

好了。来吧
我已经准备好头颈或胸膛
准备了时辰

剑锋上的光芒,穿过冰冷的月光
"嗖"地射进窗前,站在我面前
世界,仿佛结冰

停。不需要你动手。请把刀子给我
我要把它藏到心里去
(这个柔软的地方,现在像熔炉)
让你永远都找不到

利刃上的谎言,嫉妒顿时消失
只是你啊,在我行销神散后
要活得幸福

帝 王

你当然是我的帝王
我的血液里流淌着你的金科玉律
我的足迹,遍布你的土地

现在,我是你的御马
驮着你,四处巡游你王国的春天
如果道路坎坷,我不幸瘸了蹶子
你命令我——离开

那么,请你御赐一杯鹤顶红
我会一饮而尽
把最后忠诚开成鲜红的誓言

然后,我的魂魄就是皇宫里的檀香
昼夜陪伴
直到你老去

历 史

还记得那个冬天么
我们把细细的心事,用拥抱烘干
用干柴烈火蒸熟,添上青春的酵母
倒在时光的缸里酿造
不久,酒香浓郁

我们都舍不得喝,都说先存着吧
越藏越香。等我们老了再喝

可以干杯了。这些酒已珍藏很久
要细细品味
可是你眼角私藏的佳酿,那样纯净
泄露了秘密

终 结

都已经忘记了是怎样的一个开始
是花朵已经凋谢,日头在高空嗥叫
是夏天已经即将离去的时节么

穿过峡谷,望见并不汹涌的瀑布
将军已经醒来,谁在梳妆打扮
丘陵像裂开的月亮,在夕阳下泛出白光
千万朵玫瑰醒来,披挂着露珠
让深不可测的幸福浮现

哎,跋涉千山万水,消融了彼此
渴望在满足之后,却在静夜里依次熄灭
冷却的篝火,不再藏有喷涌的火焰
水,只有水,才能覆盖过去

忘记我吧,我只是你路边的一株荆棘
除了痛苦和疤痕,你就一无所有

枫 桥 组 诗

—— 为"中国诗歌小镇"枫桥而作

◉风 舞

枫 桥

如果有一匹马愿意驮我
我就去枫桥

山水千重,相隔遥远
乌啼跌落在夜色深处
驿道绵延而破落
马蹄沉重,像冬天的庄稼被一路收割

枫桥的名字挂在古诗的册页
诗人不知漂泊何方,终老何处
那艘孤独的小船一直在原地没有离开
水涨水涸,江流变迁
枫叶红了一年一年
时光抚摸着我怀中的诗稿不肯回头

村姑的手臂是一枚温暖的指针
依稀见到古桥沧桑,渔火点点
舟楫撑起古镇的繁华
我来之前想要落户此地
娶妻生子小本经营,余生在车马吆喝中
冷暖随季节起伏,随遇而安

枫溪渡

这个雎鸠声声的渡口
枫树岸岸,红叶连片
朴素的爱情和着稻麦的清香

捣衣声渐渐息落,饭菜香疯狂生长
一把把炊烟轻扫着黄昏的天空
桥身弯成父亲俯首耕种的模样

春天在江的彼岸搁浅
开皇十一年的铁骑踏碎月圆月缺
一支支部队络绎到达
军旅频繁,架桥建驿
水涨水落的轻叹像极母亲的衣衫
战事写在每个人的脸上
小镇战战兢兢,诚惶诚恐

悠悠万事,千年流水
这个渡口记录了年年的民事民生
有关丰收、灾害、战乱、盛事
有关爱情、离愁、乡音、荣归
清溪浅水行舟,倚岸踏水濯足
这个弯弯的渡口
渡人、渡事、渡光阴千年

诗经里的雎鸠又纷纷飞起
人们把关关之声挂在桑榆之间

九里山行

我要赤脚行走九里
用脚掌溅起乡土的气息

故乡是最盛情的请柬
海角寺里钟声召唤

邀请元章铁崖和老莲回乡
沿永宁、阳春、枫源车马舟行
父老乡亲已建好梅苑,备好笔墨纸砚
斯风黄酒的清香弥漫在枫溪两岸

一起回到故土,去九里山
松林竹榻清风诗画
洗砚池边花开淡墨
这些枫桥的新朋旧友沽酒慢饮
喜看盛景光年渐渐繁华
江枫渔火堤畔闲行
月下东邻箫声婉转

田家鸡黍樽前客
登楼看山山不绝
汲泉烹茶,抚琴高歌
醉卧在九里吧
一方藤枕任鬓散
衣冠无谓再漂泊
像个孩子一样沉睡在故乡

银　杏

在我生活的城市和乡村
十万银杏
撑起这个季节的天空
色彩明丽而不魅惑
总是热烈地奔入
像无数金色的骏马

通体笔直,枝杈秀美
金黄的叶片蘸满秋天的颜色
以仰天的姿势
开始在蓝天白云上涂抹北雁
涂抹鹰隼和枯草
所有的随性都因秋风而起

秋愈深,色愈浓
诗句从根部向上攀爬
在枝杈的末端有梵音垂挂
那个胡子拉碴的诗人斜倚在树干

饮完烈酒开始在枫桥的黑夜里涂写

闻听诗歌从远方传来
马蹄密密匝匝地堆叠
十万银杏浑身一抖
卸去金甲

等阳光跃上山坡
万千金叶逆风飞翔
南方北方的诗人烹茶焚香
设计、创作、怀旧和感念

河床底下的老船

我想象曾经的枫溪波澜壮阔
与大江大河一脉相承息息相通
舟楫穿梭,满船的鱼米往来于东西南北
成批的文人墨客商贾小贩行走于水陆之间
写诗、作画、抚琴,古镇车水马龙

我想象在历史的水底
有一艘破旧的老船在岁月中搁浅
或许是战争的烽火点燃了桅杆和风帆
或许是暗流的汹涌至于倾覆
渐渐被泥沙覆盖,黑暗吞噬
船上的人或生或死
走入另一种境域而不知所踪

曾经的船员们盘着长发
面色冷峻忧心重重
额上的汗珠奔突
衣衫褴褛,汗味腥咸,胸肌隐现
这一群为命运搏击水流的水手
没有妻儿必有父母

那艘艰苦的老船已不受人控制
顺流而下迅捷不可阻挡
碎裂之声超过了江水咆哮
船的骨骼咯咯作响
刺透雨季、灾难、世事、穷富
表述的情形不是一个江南秀才能够描摹

只有力拔山兮气盖世的英雄方能体察

水手们在暗夜雨中激流行舟
在破空怒吼中樯橹灰飞烟灭
要死,就死在江南的水中
做一个站着的人,大写的人
热血喷张,壮怀激烈

现在,他们喜欢安静的水底
思念像水草一样茂密
行动像鱼骨一样苍白

东化城寺塔

塔有七级
苔发不梳
翠眉空锁
藏佛,镇魔,锁人心

砖砌斗拱中铁器争鸣
金兵东去,康王无恙
一轮明月行走千年
每每至此驻足
轻抚万亩良田百姓生息
清晖朗照,上山小径落叶翻飞
时光是沙弥的扫帚
走走停停

月是岩前宝镜
探一溪春花秋枫妖娆无比
惊出一声鸟鸣破空而去
遥想殿宇雄伟僧侣百众
星象不语,万物轮转
塔渐矮
剩四层

乡村笔记（组诗）

◉ 古 雨

三轮车

寒风太烈，车体就佝偻得更小
驱动也吭哧吭哧的咳嗽
家门里的所有希冀，在头顶牵引
老妇操纵着三轮车很颠簸
却穿梭得还算灵活

大马路，灰突突
三轮车上发糕、青糕、清凉糕、麻花、蛋卷、
玉米爆……
花花绿绿的很好看
孩子的书本和馒头放在最顶上
瘸脚老伴的拐杖别在边缘

车把手下的那一挂塑料袋
寒风里死死拽着挂钩在飘荡
看着荒昧。洗得发白的粗布衣裳
同样死死拽着那具奋力踩踏三轮车
而俯向前的身躯

"早上出炉的发糕，十五块一个……"
一家人糊口的筹码，几斤重
被车流碾压的秋叶，残缺、稀烂
有个呼号声淹没在风雨里

仰望天空

一个站在水底的人
等待秋天叶落下来

泥沙覆盖
漩涡中的彩虹，会开花
脚板末梢神经触感黑暗的时间
肥沃，对抗剩余的一点点
警戒和防备

仰望天空
最后等待，那一天
正午的太阳光穿过水面投射下来

任 意

歇着，光景是这样的
清音一曲
三两青梅酒，舞姿曼妙
字画在书中，走过的路
你的情、我的梦都在纸上

如果羞涩了
我会轻轻合上

但这一刻，我多想
哪怕你有颤抖
也透过窗，透过斜阳
跨过许久的沉默
看一看夏末后的萧瑟

那已破碎的彩虹泡沫
还有剩下妥帖吗
有的话，那就任他荒芜了吧

不要忘记喊我的名字

站上理想的高地
前后招摇的那耳鬓的发、那些风、那些念想
统统撩到耳后

看不见,便不再乱
看不见你,心会慌乱
市井熙攘的白天,清寂的夜
一样的推攘,同样的浩荡

水过千里,到底
用巨石筑建的惦记,是谁
水新生,谁成旧

手捧着一团的呼吸,直到停止心跳
风雨里,左右跌撞也要跑上高地
假若你呼唤,那里容易听见

重阳篝火燃起的记忆

秋风又递给村人一树树熟透了的橘子、柿子、
　枣子
重阳节生起的篝火
照旧是要燃起记忆的

阿婆的针线缝补邻里乡亲衣裳的破洞
却不知道拿什么来抚自己身体的病痛
舍不得的亲情
多无奈
要在思故人的日子里
用一段白绫狠心来割

堆满房前屋后的笑靥
发酵着
她递给每一位过路玩耍的孩子的果子
催生凄厉厉的凉
和沉甸甸的甜

阿婆栽在后山的橘子树、柿子树,门前的枣树

长着长着
长在村人的茶盖下
篝火旁,当年接过阿婆果子的孩子们
剥开橘子
就一定会剥开那年悲戚的记忆

透明玻璃杯

羞涩的玫瑰丢在荒芜里

葡萄不在葡萄架上
盛放的碟托起的小秘密
那甜蜜流泻的小秘密
和幽暗角落里的落发,等待
判决。哪一天,哪一年

星光呢,喜鹊呢
欢颜和笑语呢
是退缩? 是雪藏?
黯淡的萧条的山林后
有无踪影

有一句情话,桌角透明玻璃杯不能隐藏
三千年白开水,换上一杯波尔多干红
要么沉醉,要么流下醇香的泪

鱼

河水绕过脖颈、腰肢、脚尖,和溪石
五脏六腑有一百张嘴
七秒之内的记忆,七秒之外的
哀伤,浮浮沉沉
颓毁荒废,到底

一片秋叶落唇边
鳍无骨
心无羁
忘却唐宋元明清

到底是
入土,再生发

边缘化（组诗）

● 田凌云

绝　笔

一根毛笔，寂静地躺在自己的痛苦之上
用互啖的灰尘，描述不可抗拒的沉默
它未曾打开世俗烟火，却用比世俗游戏，更
　　多的方式失身
它未曾抽离末日风光，却已在一米高的深
渊，向着自己的背部，提刀

又是一场自绝
用歃血之盟遥想断指、砍头、去而再返的吞噬
墨未蘸，笔比夜黑
它把一朵白云吞进腹中，安定灿烂的绝唱

多少的空白，需要一场二十年的赴死续写
　　一切无法证明
除非不断的奔跑，向着生的反方向

重　生

不断的压缩。正如你不断的灭亡
缩小如一片人间，一场投湖，一个男人薄凉
　　的背影。再杀出去
养一千只豹子在心里，不给水，不给粮
如此折磨，与你崇高的痛苦匹配

女人依旧在孤灯下等待男人的回返，小孩的
　　身体没有装进大人
脚还是脚，没有破洞
需要一场春天，用一万种黑夜构成

闭　门

入殓般的生，它拒绝生命的突然加速度
田野一片一片的，白云伤痕累累
中间的事物瘦若寒潭。月光谷还没有瘦成
　　你绝望的回返
今天中午该路过哪片人间，我们还没有商榷
一场象棋该如何爱上，还在等待我们悔败的
　　落子。青翠的几万个土馒头
赋予的格斗式的好意。我已接受太多：
鼻青、脸肿、郁郁、寡欢、死于、非命
午饭还没有做好，你已为我打开棺木之门
好吧，谢谢我的上帝
赐予的新型十字架

倒　流

倒流到不存在里去，倒流到让"倒流"这个
　　词，毫无意义
放弃钟表，沦丧，倒计时，轮回的几十种死亡
把延长的生命，塞入一秒，抛向山边的云雾
放几头怪兽，不时跟他们格斗，证明自己，还
　　真实着
偶尔哭一哭，即使没有眼泪，忘记自己吸血
　　鬼的，前世
把自己的四肢，无事时卸下来，洗一洗，防止
　　生锈
最重要的，及时吃药，一定不能想起自己
走失的断臂。所有可见的生命
还需要用碾压，佐证

偿　还

深夜,我给自己戴上一顶帽子,成为了耳朵的
　　凶器
红色的鲜花,又一次从头颅里流出来
带着抚摸空虚的善意,它们一如既往的拥抱我
百米外有无辜的童真,千米外有甜蜜的爱情,
　　万里外有自由的野马
我多么热爱这咫尺之间的囹圄,把一切糊涂的
　　鄙夷,置之度外
不听世人:"尚未开锁,请宽恕"
"我想我的原罪,还尚需一条完整的恒河"

边缘化

菠萝蜜,请把康拜因吞下吧
读心术,请把洛丽塔吞下吧
我这盏垂吊的孤灯,尚且照亮一片风水
几百种心境,还在听我上课
一片一片的年轻,用野心居上,我后来在屋
　　内,修炼的自己的铁
不要忽悠我,这几经变幻的空濛,从我内心带
　　走的候鸟。飞吧,飞吧
一片雾水还在飞,塑造自己边缘化的美

墙好疼,我也好疼

阳光从来都是这么的霸道,如同土匪
墙壁上失身式的光影,哭成我在夜间复活的肉身
一点一点切碎它,挖出处子的纯洁。一只鸟还
　　在窗台,期待它的赤子
呼哧呼哧,看得惊心动魄。命运
用几万把刀,刺向它绝处逢生的口粮
水成了它们的帮凶,只有海市蜃楼愿意抚慰它

你看,我可能也无法抑制自己的疼了
肉身尚且完好,灵魂尚且溃烂

吞　噬

我等待黑色的死,和白色的活,相爱
我等待黎明的自己,和黑夜的自己,相遇
我希望火星没有火,装载江南烟雨,让我一
　　人,独住
我祈祷破译的荒凉,还未曾发现我的背叛
让我再折断一次腿,偶遇一场泥石流,看看一
　　个被整容毁掉的,美女
祈祷他们明天能活过来,带动大地的温度证明
　　我活着的,真实
一万只麋鹿,还在猎奇者的剑靶下,和自己的
　　人生,游戏
是啊,我也是啊,用自己人生的前二十年,吞
　　噬后四十年
不管它里面包含了多少毁灭,绝望,还是其他

恐　慌

一声咳嗽,钟表的走动声蓦然大了起来
东京旅馆的人们还没有发现我的疾病
馒头、寒霜、挺着肚子的女人。一切都在地下
　　室里躺着
还有,几首诗、几幅画、几点欲望的赴死
她把台灯拽下来,砸向自己的头。然后把鲜红
　　抹到墙上去
一切的春天尚需灭亡,绝望、寒冷、空虚,都是
　　附属物
包括千里之外的那个男人
所以需要有一个空碗,见证自己对于死亡的,
　　书写
并发出破碎之声

一个人的隐秘所在（组诗）

◉ 叶　琛

梦的净地

短篙撑开小船
江上积水瞬间摊得很宽。荒城颓壁之郊
两岸便是幔帷

在这里，你曾爱过的，流水般向你归依
纵使没有雨
草木从容深蕴其中
潮湿，一如我向往的初始命意——

木屋石灶，灶上烧清水
每日擦洗祭器
扫门前石板蒙尘，向江中游鱼敬献我
鲜为人知的恭敬

江岸晚至。我从轻浅的睡梦里退了出来
我知道那些事与愿违的
都将另有安排

在河边

低湿的小河边
黄昏臣服
野鹭泛水起飞，摆动的翅膀与风缓缓交会

据拥这片山水之时
暮色已经开始拘捕现有的光线
而我冒失的访问
心无旁骛独处于欢爱的漩涡中

芦苇多么嫩泽茂盛啊
它诗意得不需要任何关心
我就这样一直静静地远看，像是在看
时间消瘦的仪容

雨来了一些
大地临水致意。我不止一次
听到这片暗光遮蔽的缄默一滴一滴渗进
草木的细语

下雨该是一件美好的事情

雨，被我轻轻惦念
它落下来的时候，我欢喜，甚至热泪盈眶
它无事可为
只是细流浸润万物血脉

靠近春天，所得的雨水应该更多吧
一个信命的人却找不到宿命的源头
他乡的夜真难容身啊
好像有一阵孤独，随着山势延伸

下雨一定是一件美好的事情
雨下过后，天就晴了。尘埃会在哪一粒阳光中
缓缓旋转

雨下过后
从自己体内取出一个春天应该是容易的
我想到这里的时候，那片篱笆地

都种上了野菊

云 乡

远远地,坐看云边细草
清澈得没有尘隔
风总是这样漫不经心地吹。我想要的
都已到来

漫天的空空如也,白而轻浅
你看到春天的气象了吗
你看到舒缓的水流了吗
山谷之间,水草幽幽会心

可是呀。面对这虚写的云乡
我又显得那么颓丧和无能为力
风物于此,心欲何处?
我像是一目击者
在茫茫人海中,隐隐探看
一段准确的乡情

乡野独行

寻花不遇花,我只好在山腰上
卧听轻风吹拂
无人之地
山野变得更为宽广。孤村
已然成了轻易受伤的触媒

没有木杵捶击石臼之声
没有青生生的菜园
沿着一条山野小径
我似往而还。心想,就拿这一身尘俗之气
返还庄稼赠予我的知遇之恩吧

如今的我
不再空幻一弯流水围绕的乡舍光阴
也不再等待乡情入梦
那些意料之外的才真正改变着我们

劝慰诗

回乡去吧
合欢花都开了。母亲做了手擀面

不必为曾经的热爱感到犹豫
广阔的乡野
稻秧油绿,羊群
在水边休憩。你就倾身于某个空隙
打量山崖那边新生的枝桠吧

你也不妨
穿过这个纯粹地存在的七月
唱出你所知道的美
像一支歌,起伏于棕榈树的枝桠间

回乡去吧。天空太低了
失去的那些
被风轻轻刮过田野。你的提水浇灌
多么像是傍晚的一场雨

一个人的隐秘所在

黄昏下边
风吹不止
光秃秃的山岗一点也不入人心

掉落的
好像都被回忆垫高的梦所接住
轻如树叶
一片接连一片,红红的
那么烫手

没有哪一粒种子不被成为过去
没有哪一种暗
不具备相同的脾性

这加紧了一个人对雪的渴望
只有雪,填补
大地的荒芜和绝望
雪,还原一个人
最冷的那一部分

雨 过 天 晴 <small>(组诗)</small>

◉ 沈　宏

阵雨过后

阵雨过后,楼上传来优雅的琴声
空气刚刚被过滤
琴声也像在空气中洗过一样
干净、纯真而又迷人

我在楼下散步
寻觅着是哪个窗口传来的琴声
可是,琴声突然间消失了
一位年轻母亲的呵斥声
让整幢楼房都在颤栗

这时候,我望见香樟树上飞来一只喜鹊
她在枝头上跳来跳去
不发出任何的声响
倒是歇了一阵雨光景的蝉儿们,又重新
集体鸣叫起来

雨后的树林

雨后的树林一片湿润
那些变重的绿,层层叠叠
压弯了枝头

绿叶油亮,欲滴的雨水晶莹
这些都是真的,它们马上就要落在
我仰起的脸上

树干像是从池塘里走上来似的
在这漫长梅雨季节里

有着让人难以置信的陌生

我在一棵巨大无比的树下走动
我必须小心泥泞,小心一阵风吹来
又将是一阵雨下

但这并不重要,我只是想听听
雨水在树皮上流淌浸润时
树是发出怎样的回应

屋后劈柴

我在屋后劈柴,锃亮的斧头
让搁置已久的树桩有了欢愉
挥汗中,更容易劈下的松木桩们
已被我用钜子一一截断。在一场雨后的
淋湿里,它们脱去了树皮的外衣,露出雪白
鲜嫩的
纹理。恰似妻子刚在井边脱去的一只
北京鸭子。此刻,灶膛里的火在燃烧
它窜起的火焰,让屋内的灶锅"吱吱"地冒
着蒸汽
一股浓浓的酱鸭香味不时地飘向屋外
在我的鼻翼间缠绕。我一边咽着口水
一边无力地劈着,最后一个树桩

雨过天晴

秋雨停了,清晨仿佛
失去了小曲。夜已合拢,我的梦
是否也已合拢

雨留在了昨夜，留在了梦里
那个雨巷中撑伞的姑娘
我不用再担心，会有人爱上她

当阳光衔着鸟鸣，在我的窗口
张望。一切虚无像雨一样
飘落了，消失了。

多么幸福呀。像梦中的那位姑娘
她又回来了，带着
雨过天晴的灿烂的微笑

一场夜雨

一场夜雨，很细很柔的夜雨
让干枯的池塘　终于
水草般地风韵起来
小镇的夜晚　车来人往
马路上　霓虹灯闪烁的倒影里
多了雨伞下的一份恬静与凉爽

我听风窗外蟋蟀的低音　咽咽的
仿佛在祈求月光的出现
我也看见那匹英骏的枣红马
站在清晨的山坡上　快乐于
昨夜疯长的野草

雨后窗台

雨停后，空气更加清新
空荡荡的窗台，又要用花
来铺就热闹了

一盆接一盆地传递，排列，旋转
直到它们有了恰当的位置
直到它们重新抬起头来
开始迎风欢笑

窗檐上欲滴的水珠
已所剩无几，但还是落下来了
正好弹在花瓣上，流进了花蕊里

我们在窗台边，如园丁般地忙碌
细细的汗珠
从额头上，不时地冒出

暴雨过后

暴雨停歇。整个世界
都是被淋湿滴答着的样子
街道上，水积成河
雨水正哗哗地向低处的下水道流去
树木负重地倾斜着
那片草地，看似无损
其实，它已吸入了太多的水而变得
脆弱不堪，谁都不敢踏上去
当我们在屋檐下张望
回忆之前闪电和雷鸣时的惊恐
阳光正一小部分，又一小部分地
从乌云散去的罅隙间
漏了下来

雨后花园

风中充满流动的画面，
花园已被雨水淋湿，正绽放着丰腴。
散去的乌云，像飞离的乌鸦群，
空气吐着青草味，洒在人们的欢愉中。

只有蝴蝶会明辨一切
为一叶花瓣，吮吸着最后一滴水珠
只有飞来的鹦鹉在鸣叫着：
"太神奇了，雨后的阳光。"

是的，我们还看到彩虹了，
就在高低错落的花丛的前方。

面对一场雪的前世今生（组诗）

● 陈　俊

面对一场雪的前世今生

一场突如其来的雪,覆盖我的前路
一场雪的花朵,冷冷的开出一个盛典的天地
一场雪告诉我:又是一年,快近岁关
相似的覆盖,相似的场景,不同的是
我独自一人,回望来路已看不清歪歪扭扭的
　脚印

摩托车还停在那年的雪野,我用尽了十年的
　力气
也未能推出那条深埋的雪路
一年一年的雪,那些轻飘飘的花朵是否
堆成了一座雪山

守住那些晶莹剔透的花朵,面对一场雪
我不由自主地停下奔走
我已没有更多的热力抵御年华的流逝,抵御
　寒冷的侵蚀
抵御红尘中的疲惫,抵御渐老的心

那就让余生站在这里,顶着一头花白的等待

如果在雪中,我不做雪后的消融

那天送你回家,一场大雪不期而遇
似乎是一种上天的安排,一种隐喻
天大地阔　山静林寂　雪花赶走了太阳
她喜欢承受寒冷
制造洁白,似乎仅用于爱的一次滥觞

倾尽激情,注定
泪水凝成冰　掌心捧不住一世的开放

要下你就下个天昏地暗
要盖你就盖个不辨东西
说好了不要回头　偏偏　又用一个转身的晴朗
给你一个暖阳　融化冰封之心

接下来一天一天的融化
变成相思的长河
还把春天的气息带来
蚀骨销魂断人肠
我不是冰做的,但如果已在雪中
我不愿做雪后的消融

宁愿只是一粒小小的雪
不被光线叫醒,不被阳光打扰
宁愿做这朵没有香气的花
在所有的雪中
用雪温暖雪,也用雪纯净雪

如果够不着,我想做山顶的那棵松

中午,望窗外的雪,茫茫然一片。
越过城市的楼群,远山静寂。其实
我知道那里一定风雪交加,寒风激荡
饥饿的鸟飞出巢穴觅食,翅膀抵着寒流
它缩着头飞行,就像一个迎着风雪的归人

我想到那片茫然与浑沌中去
做个归人,做只觅食的鸟

找到归途，找到粮食
我可能往高处走，高处飞
伸伸手展展翅拨云见日
看看你在哪儿站着等我的归期

如果够不着，我想做山顶那棵松
大雪压顶时，心怀阳光，洗净思想，站成标志
不怕高处不胜寒，不怕孤寂，不怕冰冻三尺
不怕寒风扑面
也不服输，站得比那傲立的松
还要正，还要直，还要风流
还要浪漫，用浪漫留下侵扰的雪朵
做成一棵引起你注意的开花的树
坚信顶雪的青山不输春日
坚信戴雪的松枝不输四季
坚信你不来的日子我守得住内心的香
并且找到人生归途和用于坚守的粮食

今日大雪

今日大雪。节气本该在我开门之时
给我一些纷扬或者也该阴着脸
远远地给我一个飘荡的身影
我以为翻错了日历
我是否可以以一个没有应约而来的日子
转身返回门里
我等待这个可以看见千树万树梨花开的日子
又整整等待了一年
你却没有洁白的现身
没有漫天遍野地围着我的村庄树木原野飞舞
没有一场无边无际气吞山河的浪漫
叫我如何将一场大雪的锋芒藏住
将一场雪的疼痛收于胸间
将一场雪的缰绳抓紧
如何从早晨打马出门
让飞翔的雪光在四海起伏
我多想有一场大雪抵达我心底的纷乱而后归
于宁静

而今天大雪之日无雪。亦如又一年的
等待无处安放

雨雪行走

雨雪行走
寒气关了太阳的门
他看到冬天在桥的那端
扯着风的衣袖
冷漠的青石板踏着爱的碎步
震响翘檐的孤绝
大片花朵的盘旋、失重
不断喘息，老街七零八落
他看见暮色的影子
被溪塥的热气指认
龟城的肠胃在蠕动
他拍拍身上历史的尘埃
等待最后一棵大树站直身子
等待行者自天而降的幸运或者不幸
没有一朵停在枝头的冷艳
可以覆盖树的脚步
他说：那不是他身上的铠甲
也完全不必在春天到来前不死

这枝梅，最馨香

这枝梅，最馨香
镜头里站着优雅
图画里藏着时光
淡黄的身影走过三十年
依然有当初的俏模样
头顶着风霜
脚踩着冻土
一枝独撑着冬天的绽放
我走过冬天的原野
在某一处倾废的墙下
看到昨日的风华
春天正等着搬运远方

在客家，女孩就是一朵朵桃花_{（组诗）}

●邱云安

客家村庄

客家是流动的词汇，水流轻轻的
流过的地方，布满质朴语言的
脚印，深深印在
山和水的倒影里
露出智慧和光芒

瓦片和黄土，点缀着客家的封面
竹篾编织世代的箴言
犁耙在牛背上，延续中原的操守
只有天边的晚霞，还在深一脚浅一脚
点缀筚路蓝缕的酸楚

流动的过程，桃花绚烂播撒
凝望成为每日惦记的章节
客家的村庄斜倚在祖辈的目光里
一个驿站，就是一段回望的时光
一株老槐树，就是记忆的全部

客家阿婆

一声沉闷的咳嗽
被岁月的雨水
赶进老屋的院堂
村口的那口枯井
井沿上仍刻着少女时的心事
青石板的老路
鹅卵石上还镶嵌着银铃般的笑声
搁在墙角的旧扁担
是劳作时你追我赶的旧时光

秋后的凉意，阻隔了
一路而来的蝴蝶
弯曲的河流扎进小村的怀抱
屋檐下，青春年少被风雨剥蚀成一抹夕阳
与高过屋檐的炊烟
相依为命

步履陷在深深的巷子里
那一串跫音，总赶不上春天的脚步
桃花的嫣红里满是失落
遗忘的青春对春天早已软弱无力
只有头上的红头巾，还有那时的味道
只有风干的记忆里，还有忘情的回味

客家妹子

春天里刚出栏的鸡鸣，打动了绽放的桃花
在后山的竹林里满世界奔跑

在客家，女孩就是一朵朵桃花
沐浴着江南荷香
轻挽着小桥流水
一辈子和月亮续写芳香的童话

从邂逅开始到一场春风拂面的花季
山泉的清冽喂养出清纯和热情
让山村的爱情浸润出米酒的甘甜
红红的花炮和灯笼，护送着少女的娇羞
整个江南都被风传递着嫁妆
山寨像披着彩虹的蝴蝶一样
掠过被渔火照亮的河
把幸福托付给大山

把蜜月交给田野和星星
粉红的花瓣
传递春天也传递勤劳、质朴、善良和智慧

客家山歌

是浪漫和幻想，然后才有了激情的歌唱
那么多粗犷的声音，应和一片桃花的红

农忙季节里生产的词汇，带着泥土的味道
试图亲近一瓣刚绽出的小骨朵
桃花，掩映在梧桐树背后长长的山窝里
需要有高八度的喊叫
有时候，嘶哑的呐喊也是一种视听

麻雀飞出了屋檐，向晚的河面上
风轻轻的，云朵贴着水面
一条河流爬上了更高更远的天空

客家米酒

其实是一段往事，把它尘封起来
里面有油菜花的金黄，如果你能想起
堆满谷子的晒场上，飘拂着稻香
那是丰收的香味，一阵一阵，扑鼻而来

酒是很美的寄托，就像一瓣桃花
古人总是用酒，来寄托乡愁
也用酒来描绘爱情的滋味
喝着，喝着，就有了唐诗宋词
也有人，用它壮胆，比如打虎的武松
冬至，在一个缸里埋下蒸熟的米饭
就像期待一个美好的姻缘
然后，一直在风车旁边，捧着阳光等你出酿

客家话

犹如听一朵云在河面上片刻的静止
河水干净透亮。鱼儿悠然游动
桃树隔岸吟春，几瓣粉红
落在莞尔一笑的裙裾

犹如丝滑的柔美
仿佛来自天籁，那声音拽住了行人
停下了脚步，寻找小鸟的歌唱

犹如一滴水悬在半空，它轻轻落地的回响
又像是桃树，轻轻的等待流水
然后把仅有的缤纷交付

犹如是一朵云贴着静静的河面
宛若春天，燕子的呢喃

客家汉子

如果跌倒，也是一棵松
伫立在悬崖，成绝美的风景
如果躺着，也能撑起一片宁静的天空
或者，站在那棵百年的老槐树下
顶天立地，凝听大山的脚步

山路很长，远处的风声
吼出千姿百态
你迎面而上，一句山歌号子
无所畏惧，裸露客家的豪爽和刚强
一碗米酒，让你雄风霸气

小桥和流水，也让你的春天葱绿繁华
让岁月撮合的一次次相逢富有温情诗意

客家土楼

一座楼就是一座村庄
桃花像个女人，妖娆着
村庄四周，日子被三合土揉进厚厚的土墙
揉弯了我们的目光
把岁月过成圆圆的圆
让所有的等待，都沿土楼前的石砌小径
沿伸，等回家的足音

等待，在时间面前没有太多的言辞
就像桃花找不到任何理由

为一场提早的花讯,安放妩媚的影子
拂晓的鸡鸣总是让梦里疯长的思念戛然停止
像溪边探出头的柳绿
总是让风给剪出光秃的枝条

圆圆的土楼是一盘柔和的月
照着你的征程,也照着你的归途
在团圆的晚宴里,掏出沉沉的思盼
低矮的民居,亲切而怀旧
仿若住在年画里,周围的亲人
有的来自唐宋,有的来自明清

客家宗祠

推启厚重的大门,翻开尘封的典籍
在斜风细雨里,走进宗祠
红墙绿柳,碧水环绕,盛开的菊花
弥漫着一股家的温馨
分明是千年的祖训,逸出的馨香

走进宗祠,以亲情的名义;也可以
追得更远、溯得更深:透过薄薄的雨幕
看祖上的身影,辉煌依旧
远处的,化为一捧泥土
近些的则录入画卷一轴
借焰火的璀璨,把一个繁华旧梦

演绎至今

其实,客家是个动词
多少朝代,多少豪杰
都在努力让这个动词变得生动而富足
走在客家的族谱里,我更愿意
沿着血脉负笈而行
用敬畏的目光端详宗祠
使中原的故土更多名门望族
成为你封面上的英雄

客家汉剧

绣上尘世的喧嚣,一身戏服
演绎一世的清欢
金戈铁马,江山如画
藏在水袖里的手掩不住爱情

时光的铜镜埋没世间的童话
一截故事绣成袖口上的那只蝶
两扇翼翅,一半拿去引渡,一半用来续缘
生旦丑净与抚琴的绝响
击碎岁月的质感
留下声声慢
一出水妆,足以掩盖芸芸众生
一方戏台,足以演尽冷暖人间

老吾老以及人之老（组诗）

◉ 肖 东

老 爸

谈不上代沟，老爸
恨相聚的时间太少了
幸好如今
有法定的假日永遇
不再纠结平凡是否快乐

城市的高楼
如野草般不断蓬勃
越来越包围
老爸日渐失守的村庄

我原想转动一整个世界
已成为企求
一声叹息，比炊烟更重
只老爸的目光胜过千言万语
在门前古老的香樟树下
和我任意碰撞

老 妈

老妈，应是你
让我感觉岁月也老了
在俗世看来
尽有安排的总是斑斑白发
不曾甘心的总是沧桑容颜

门前的香樟树
扎根在心灵深处

预言异地他乡的繁华
不管我如何跋涉
都无法抵达另一座城市腹地

就算有那么一天
我同样会老去
这个世界开始把我抛弃
唯有老妈，用残损的手掌
颤巍巍地将我迎接

老 屋

当群星为流浪者命名
是谁在黑夜里
沉默不语
燃上一支香烟
吸入的是丝丝寂寞
吐出的是缕缕忧伤

老屋，它又在哪儿呢
除了思念，什么也不做
门前的香樟树
甚至不想动一动

儿时的乡村，如有百盏灯火
定然是被狗吠声拨亮的
多少平静就这样
离开了黄昏，如同我
在别人的城市
独自走去

老　井

似一方幽清的明镜
井水宁静
翠竹摇风,在游子的眼中
不管哪月
将乡愁留给青石

又将童年珍贵的回忆
留给墨绿的苔藓
在逗留的地方
有老爸挑水走过的弓腰
有老妈浆洗忙着的曲背
有滋养的每个平凡的日子

老井呀,我一朝还漂在异乡
大地是辽阔而苍茫的
在生活深处转着,老井呀
唯有你还掩映着我的怯情

老樟树

在老家门前
有两棵老樟树
跟着老了多少年
在岁月的风和雨中
患上一种叫做痴呆的病症
不是一动也不想动
根本就是忘了

然而,我无法忘记
从十八岁起

有多少思念被囚在异乡
有多少漂泊还苦在远方
有多少个暗夜
硌疼了我瘦削的肩膀

一定会有那么一天
老樟树,哪怕我舍弃
另一座城市的荣华
也要还乡
和西风、和滂沱大雨
把你抱紧
不再老泪纵横

老村庄

老村庄,对于你
我漂泊已久
在风里,在雨中
是你用珍藏的乳名
把我深深呼唤

当我回来时
一路抛下喧嚣与繁华
深一脚,浅一脚
总想抵达那棵香樟树
蔓延的根系

老村庄,香樟树
经过风吹雨打
沧桑的美
是那么的难忘
让人的骨子里
都记得住乡愁

红　尘（组诗）

◉张永波

温　暖

年迈的母亲
将头发放在时光漂
一不小心把发间弄得雪花飘飘
这样仿佛她回了当年的山楂树下
她那蓝地儿白花衣裳怎么也包住
母亲青春的秘密
一阵唢呐，嘀嘀哒哒的吹过来了
如此幸福的一天
雾一早就散了
喜鹊呼叫着口号……
那时我属于两个人的世界

我的母亲
抱着我，在一个叫林甸的地方
走上一回
我的百日照片就放在橱窗里
足足7个年头
这小小的温暖，不曾降过温
多年了，母亲就像一束温暖的光芒
紧紧追着我

人世间

喝叱起自居高的态势
傲慢的威仪
逼出来的一种境界
我尝试宽容，忍耐着
为一些还在沟坎里挣扎的人
搭一架梯子

我要做一个人梯
日也行，夜也可
攀爬，踩踏权当是与时光
一次亲密的欢悦
谁承受更多的苦难与欢悦
谁就会在倍受鄙视的人群里
睁大了分清善恶的眼睛

那些爱，搅乱了尘嚣
那些空野上的旗语，那些暗算
和巧取

偶然的叛离

心灵的秘境里像草丛生
罂粟舍下的遗训，随风赛跑
那风铃花，叛离的思想
如一处停尸场，有人在此翻找
亲爱的死者，或者亡故的亲友

一只金眶鸻
在涧水边唱着一支陌生的歌
歌词大意是无常态的水
和无常势的兵者

没谁会干扰你的幸福
偶尔几声谩骂，或暂时的出走
它强大的背影，适合空话
以及溜金水滑

橡树十分安宁，枝杈间极乐鸟

卖尽了风头，太阳
像一件镀金的羽毛
散落在地面

月光的宽宥

我无原则的恨那个夜晚
如一道圣旨　风声鹤唳
八百里驿站快马送报
事隔多年，那种平静
依然，不容忽视

设想一场爱情，与桃花一道
拯救月华，让高山流水
与我对峙的眸子，更加冷峻
寂寞的山谷　有鹰的栈道
浓缩了神和臣民的距离
一个人的白日梦　像无疆的帝国
羌笛　箜篌的音节上落满了麻雀

草根间山呼的祝贺
万众朝拜的头颅高高场起
歌舞升平里
黄袍加身　圣坛上烧一柱高香

风调雨顺的人民
唱起五谷丰登的歌谣

蟋蟀的恋歌

一只蟋蟀失眠了
双翼弹拨着月光
发出银器锻造时的回声

更像一个民歌老手
在泥土里翻找生活的颤音

风信子在听
恋爱的蟋蟀，一个穷鸩武的斗士
鸣噪的海誓山盟
越过千年的围栏
争得是一夜的风流

漫漶

芦花洇湿天空的同时
秋风就老了
轻霜草就的墓志铭，冷却后
立在嫩江岸边
萧瑟再起
侯鸟凭什么打动了我
"相遇仿佛是前世的重逢，
爱了是了却尘世间的仇怨"

我等待江水再凉一些
再凉一些，火焰就能烧到故乡
那里曾经的渔歌帆影，稻椒两边
曾经的萌动，饱满，泛情
平静和温良，一夜的风
漫漶了此时的情结
和一场雪的安抚

嫩江安静得像一条冰龙
它消停的奔啸，仿佛要将
传说和秘密收敛在身内
包括三花五罗的鱼讯
和一颗向着春天的心跳

一棵树活着的全部秘密（组诗）

◉ 河苇鸿

唐家河

我说的是更为纤细的一条
是在祖国的地图上容易被忽略的一条
但它一直潜藏在我的血脉中低低地呜咽
秋风渐凉　云朵腾出更多的蔚蓝
更多的石头从河床上暴露了出来
我反复梦见那条被切断的蚯蚓
从断口不停呕出的泥巴
它的疼痛
有什么能止住啊

见到大海

我终于找到了
人类血脉、汗水和眼泪的庞大根系

而此时
我只想用一片湛蓝
洗一洗
浑身的疲惫
好让力气重新回到身上来

果园里的星星
——腊八节忆旧

早年这天傍晚
我总是跟着父亲往果园里搬运冰块
一个民俗里的日子
记着要感恩果树
冬天的苹果树都静静地站着

让人心里踏实
挤在树杈间的星星
是一群快乐的孩子
也一人一只小桶
沿着树干下来浇水
听得见他们嬉笑的声音
我轻轻地走动
生怕惊醒落叶和果核的美梦
还有睡在苹果树下面的那个人
我一直用这种步子走着
走这么远了
却感到那果园里的星星还在注视着我
已经把我的背变成了另一片星空

漆　树

是这把割漆的刀子
供出了一棵树活着的全部秘密

说吧　如何把一口棺材说黑
把一只碗说成暗红色
说吧　穿山甲如何通晓死亡的气味*
一群蚂蚁
又是如何把整个夜晚
从大地深处搬运出来的

说吧
几片树叶里被寒冷点燃的最终之物是什么
为什么那些劈柴燃烧起来会火星四溅

说吧
是什么让一个人最终闭上了嘴巴

陷入一片漆黑

*注:在故乡,有人说如果棺材不上漆,尸体就会被穿山甲吃掉。

季 节

三月　桃树开花　杏树接着开花
陈旧的时光一一醒来
岩石中的一眼泉水醒了
体内的一眼也醒了
这是寂静要通过我说话的时辰

六月　风吹草木　草木淹没草木
一场冰雹袭击后的果树和庄稼
到处是疼痛
面对天空的暴力
草木无泪　唯有隐忍和继续隐忍

九月　一棵树　在雨水的浸淫中
不再开花只长木耳或蘑菇
分明是听到了林子深处的声音
一个心藏明月的人正穿过雨季归来
把宽阔的雨声披在身上

十二月　候鸟飞尽　果核深埋
一场大雪从天而降
那是另一种说话的声音
西风吹过旷野积雪安静
适合一片落叶的梦

一只鸟儿老在叫我的名字

春天的唐家河口
有一只鸟儿老在叫我的乳名
从一棵树到另一棵树
一声比一声急切
像我早逝的母亲还在到处找我

哦
整个三月被寂静压着

青草长得很慢
很慢

已经三十多年了
除了一堆黄土我无处寻问母亲的消息
直到
在西和香山观音菩萨道场
那万丈舍身崖下
我又一次听见她唤我的乳名
一声连着一声

其时日色向晚
这声音已经穿越千山而来
四野松涛也无法淹没

至此方知
只要我还行走于人世
母亲的心就无法安眠
纵使我在佛前烧再多的香
也无用

劈 柴

通过一把锋利的斧子
进入木头的内部
把一圈圈年轮劈成一条条小路
似乎其中一条还能走回童年
并重新遇到当年的你
至少,能看清一条路在哪里拐了个弯
在哪里折断
或者如何产生歧路
甚至迷失了去向

而我最想看的是
一条小路怎样顺爱情的方向
长成大路
把春天的泉水一桶桶送给怀孕的花朵

遍地青草

山梁上的村子

有一间墓碑作坊
路过时,常常不由得向门里窥探
一个黑脸汉子
整日操弄着手中的家伙
加工一块又一块
生与死的界碑

碑后应是一个黑暗的国度吧
一个惯于沉默的人
要在更大的沉默上雕刻出声音
使其属于不同的姓氏

他把妈妈或母亲这个词改成了
先妣慈君
把爸爸或父亲这个词改成了
先考府君
苍天在上,子孙在下
再下面,是荒草和泥土的位置
还要考虑一支节日的蜡烛
流泪的地方

我也曾想
为一辈子弯腰在土地上父母立碑
让他们堂堂正正地站起来了
但想想石碑又能站多久呢
我的祖先都没有墓碑
我已经把遍地青草
都认作了我年代久远的亲人

篝 火

火焰从一堆木头的旧梦里爬上来时
我也看见了一个人多年前的一次转身
水在低处流淌
云朵在头顶经过
秋夜的天空
将被声声雁鸣划伤

那扇紧闭的柴扉会为谁而开启

月亮已经爬进一片湛蓝之中
眼前的篝火正熊熊燃烧
但经年的那堆
灰烬正从我头顶徐徐飘落

黄土塬上的风

一直在吹
那是怎样的风啊

把几千年前的人
全成了这些皮影儿
还有那些马匹和车辆
刀枪和箭簇
都是一副副风干的模样

现在
连这个皮影戏传人的须发
也全白了
风再吹
他的孙女儿也长大了

一有空闲
这时间深处的皮影儿
就都活了过来
趁着夜色
借着这灯光
重新演义人间的情仇恩怨
和江山美人
仿佛风又吹开了哪一本旧账

风吹塬上
活着的,沉默无声
死去的,想借尸还魂

风越刮越远(组诗)

◉子 溪

无 题

一段路要走多久
我们才能把话说完
不是路太长
也不是我们的话太多
是关键的一句
成为面前的一条小岔

一盏灯要亮多久
我们才能度过长夜
不是灯太暗
也不是夜有多深
是内心的光明
我们还在不停地寻找着

一 半

我爱着秋天的另一半
譬如一片叶子
它的另一面没有沾过雀粪
没有下过霜
譬如一枚果子,把它切开两瓣
一瓣没有虫蛀,没有果核
譬如一条长河,它的上游
没有暗礁,没有巨浪

秋天的另一半深藏不露
野草什么时候掀开风独自绿油油的
一只蚯蚓暗暗用力
一粒土渣就能堆起一座高山

如果秋天是一只水壶
我就用身体的一半煮沸恩怨
另一半,你提着它走完千山万水
手心还攥紧一丝的余温

果子要落了

果子要落了
落在草丛里
和落在手心里
都是秋天惯用的方式
土地好长时间没有安静了
季节好长时间没有变化了
落就落吧
谁能抗拒时光里没有缝隙
一只鸟儿最终也要落入谷底
一道目光,迟早要沾满风声
只是草木有些枯黄了
只是我的身体有些恍惚了
我知道秋天和我

总要在特定的时光里相遇

一只喜鹊叫疼了秋天

天阴沉沉的
一只喜鹊不停地叫
我感觉,秋天疼痛起来
你看山,它噙着眼泪
就要哭成河水了
你看草木,用一只隐身的虫子
发出绝望的悲鸣

我很久没有见到喜鹊了
我担心,一会儿它就会来到我身边
秋天就会不停地疼下去
就会疼出一场大雨
就会有好朵的花,不停地凋谢下去
当然,我也不例外
我会写下很多疼你的诗句

我写秋天

云朵很乱,不是草色的章法
山峰陡峭,也不是问路的词语
我用风抚平翻来覆去的停顿
我用雨水修饰池塘的清浅
果子很圆,不是旷野的主题
落叶太多,也不是林子的意境
我用蝉鸣渲染山谷的寂静
我用月光弹奏小路的相思
眼神太柔,不是花朵开放的夸张
内心很沉,也不是灯光照亮的比拟
我用往事勾销时光里的一声感叹
我用梦想搜索未来中的一份闲适

羊在吃草

羊在吃草,我在经过秋天
还有什么铺陈的往事
停留在这个节骨眼上
羊不吃骨头,不吃石头
不吃锯齿一样的铁
我错过了春天,忽略了夏天
冬天的雪也不一定是想象里的白
羊吃下草之后
大地会产生一种错觉
这个世界
也豢养了很多无用之物

我在走过秋天之后
你也不要在失意中痛哭一场
羊有羊的活法
我有我的归途

风越刮越远

风越刮越远,河水跟了过去
燕子追了过去
一些叶子,不顾一切的离开了树
越刮越远啊,远到一座山
远到一朵云,远到一颗星
越刮越远,远到我还没有认识你
远到一个人的背影
我越喊越远
越刮越远,远到我走过的土地上
我摘下了一朵花
又忘记了一朵花
远到我看见了什么
和没有看见什么一个样

河水涨了

河水涨了
我不再担心季节的变化有些突然
草木一旦消瘦
河面就宽阔起来
泥土一旦超重
风就会选择去远方
河水涨了
一个沿着堤岸寻找月光的人
像一朵熟透的向日葵
河水涨了
夜色里的山峰像夏日的往事
云朵深处,有一个人
踩着星星给我带路

守一方净土（组诗）

◉ 陈蕊英

呵，灯火

这冬夜黑得早，山里的路
忒难走，更何况风雪飞舞
前途看不清，你那竹篾的
大火把，也定会飘飘忽忽

防着点山涧，滑溜的斜坡
雪压断树枝会向你砸落
你的鞋袜都已经湿了吧
别急，慢慢走，心不要哆嗦

人生的道路总只能模索
别管它前面是冰川雪谷
拐一个山弯就是村庄了
我们眼睁睁在家里等着

等你来，有窗头一盏灯火
还会有炭炉、热茶和诗歌……

生命树

哪阵风把你刮出了伊甸
撒落在大戈壁茫茫荒滩
于是，砂砾里你扎下了根
与苦旱作争斗，寻求欣欢——

这儿有大雁长唳的问安
这儿有驼铃声慰你孤单
这儿有冰雹也为你送来
滋润生命的严酷的甘甜

你终于茁壮了，挺直躯干
枯黄中现一道绿色奇观
你终于以浓荫遮住烈日
活出了自己的生命尊严

历史的记忆会烟消云散
你的年轮里却录着辛酸……

红叶遐想

秋残了众荷的朵朵娇艳
再不见伊人南塘的采连
枫叶却悄悄鲜红起来了
恍如同云霞浮荡在堤岸

伤感的日子又亮起灿烂
世界重有了季节的迷恋
迎着夕阳光漫步的人儿
魂梦的心头美丽得旷远

她幻见飞雪漫空的明天
云霞散尽后有繁星闪闪
那是堤岸尽处的山坡上
红梅花在迎候春来接班

呵，合着不舍昼夜的流泉
自然在跳圆舞，一圈一圈……

站　台

数不清前来这里的次数

怀期待而进,惴失望而出
岁月在额头犁满沟壑了
生命的画册上尽是空漠

今晚又等来轰响声,灯火
等来人散后我一片孤独——
列车依旧会把梦拖走吗
我那灵魂有紫色的哆嗦

人生的大海有潮涨潮落
命运的长河有水寒水沸
谁竟像旋风卷到我跟前
天哪,维苏威竟再次复活

站台,时光走廊里的花朵
芬芳着人间的悲欢离合

盛　夏

盛夏的庭园围绕着竹篱
牵牛藤缠出一串串紫结
当归鸟驮尽夕阳的时候
你又幻游在迢遥的梦里

夜蝉该也会嘶嚎于异地
新月撩拨着他一片梦呢
"我那个渐行渐远的背影
可还飘忽于你脉脉记忆"

牵牛结缠不住寻寻觅觅
驼铃要荡尽荒漠的迷离
盛夏的深宵了,明月当空
两缕魂相会于天青海碧

呵,梦里念着他、心头有你
千万里间隔也变得美丽……

白　浪

暴风雨栖居的神秘地方
有海燕穿掠过电火飞翔
世界在这儿已失去理性
动荡里,大海诞生了白浪

自由的精灵在拼搏疆场
高傲的斗士有力的疯狂
一排排前浪全已经覆没
奋勇的后浪又紧随而止

纯白的花朵没点儿芬芳
瞬间的开放又瞬间消亡
在声嘶力竭的嘶喊声中
灯塔也映射出猩红血光

我赞美冲激海岸的白浪
粉身碎骨时犹一声轰响……

守一方净土

守一方净土在日落时分
这儿有倦鸟归林的意境
小河绕小镇淙淙地流过
门对杨柳渡,有波光云影

篱边的老樟树荫着空庭
东向的泥墙上爬满青藤
从南窗遥望隔水的高楼
像是在回忆已逝的青春

看日出日落、数月边疏星
听满坂蛙唱,寻屋角鸠鸣
芦花纷扬了,你扶着我走
在河边漫步,哼"秋水伊人"

雪飘出天地间一片纯净
你和我一起钓寒江美景……

我 的 身 体 (外七首)

●路　亚

我的身体,曾接受过多少爱抚
我这么说你会吃惊吗

记得那时用情简单
随便一个眼神,就能发动一场温柔的意念
爱我的浪子,他反复弹拨着心爱的乐器
使之柔软,安静

但那是玻璃杯中的水,沙上的画
逃亡的秋天……

如今我已厌倦了动不动就说爱的人
你看,我的身体,它一天比一天更荒凉
却一天比一天更镇定

母亲的训诫

一张床的功能不只是睡觉
如同一个人一天里总有一些时间
不是人

她的床,太空旷了
空旷得叫人不敢看第二眼

一张形式主义的床
一张对爱情充满敌意的床

每天,孤独像蛇一样插进她的夜晚
她吞下它,身体就膨胀了
她带着潮红的脸上床
带着一头红眼睛的野兽上床
却从不带一个男人上床

虫子叫了一夜
车子急驶了一夜
水管嘀嗒了一夜
她的床,也叫了一夜

而母亲的话,在耳边响了一夜:
记住,不和你亲吻的人只想和你上床
和你上床的人,很快会消失

苹 果

有时我装作幸福的样子
挂在枝头。此刻不是,但我不能说
之前我是青色的,苦涩的
此刻是红色的甜,但我不能说

这一片午后的光阴,因你的注视
而发出了幸福的光芒
你带来了透明的空气,灿烂的阳光
和令人几乎喜极而泣的静谧……

这些发出颤音的句子多么可笑啊
我不能说,我必须避开一些词
必须闭嘴,必须继续挂在朝阳的一面
为自己积攒更多的香气

刀 子

一想到生活,刀子就出现了
风是刀,雨是刀,时间是刀,你的眼神是刀
纷飞的刀子,让日子倾斜得越来越快

有时,我给刀子读诗,使它们柔软
有时,刀光一闪,我来不及收藏
有时,刀子突然出鞘,这凶险的时刻
是流水喧哗的时刻,是一击就碎的蛋壳
这时,词语就是我的刀,我狠狠地掷出它们
但时间这把刀,一定在深夜被偷偷磨过
每早我睁开眼,就被亮瞎,被击伤

……说到底,我并不关心别人的刀子
只一心收藏着自己的刀,流泪的刀
活着,就是一把把刀子藏起来的过程

真　相

整个夜晚,我们用娴熟的技艺
制造并分享着一剂古老的致幻药
将灯火、音乐、世界掀翻在地,又拾起
整个夜晚,为了将海市蜃楼看清
为了勾销彼此之间的陈年旧帐
我们在抛物线的顶端沸腾
又在随后到来的下坡路上抱头痛哭
我耗尽了最后的馨香之气
你发出了悲欣交集的吼声
而当你我企图再次证明其必要性
窗外,空调滴水的声音突然传入耳膜
厌倦瞬间而至:如此空洞而易碎

一阵风吹草动

我不能再躲在阁楼里
在秋虫的鸣叫绝迹于我的贪睡之前

在花朵们撕碎自己的诗稿之前
我要去看它们

一直爱着我这个病人的它们:
草木虽歪斜,河水也不安
每一片与我握手的叶子都带着寒意
但不远处,弧形的冬青正幻化成一群马匹

岁月是个魔法师
曾将我身体里的花朵变成一块块石头
如今,又把花朵们还给了我
真好。我知道我的生活刚刚开始

冬眠的月光碟

七秒之后,潮水迅疾退尽
我开始了漫长的冬眠
不再对时间、生死、情欲、世界
抱有不可遏制的好奇
不再为另一条鱼的表情
而猜疑
动不动就哭泣……
也不再为一切发生过的羞愧
包裹我的海水
封闭我,又无限延伸
周围闪闪的光斑滋养我,淬炼我
曾经被马蹄踏遍的纷乱的心
以及失眠、躁郁……遗留下的污浊
缓缓沉淀
所有的过往都躺在海底
宽慰地看着我

开往中年的火车（外六首）

●哑者无言

火车掠过初秋的原野，它要去天津
把刚刚结识的城市甩在身后
杭州和济南，浙鲁两省的省府之地
会各自抽出三分钟，供它停靠和喘息

人近中年，火车上，四个小时一千公里
没有什么可称道的故事
我们以诗为名赴一场异地之约
聊天的话题中却充斥着日常琐事

火车继续北上，近处是耀眼的稻田
远处是被挖空了的山
世间美好的事物总是伴生着遗憾
电力铁塔牵着密集的电线，竖在它们中间

车轮滚滚，济南也被飞驰的火车甩在身后
出租车驶向郊区，驶向陌生的长清营地
我假设了无数次花名册上的人名和场景
即将揭开的谜底，平淡终归要覆盖惊喜

纸上谈兵

敏感于节令的变化，奔跑的汉字
形成新的秩序
几行，几段，或者几篇
贴着生活行走，成群结队来到纸上

那些尖锐如刀或者温软如春的事
接受就是归宿
内心纠结的无非是如何
给几句无用的诗篇断句、分行

立冬日，雨水把江南又洗了一遍
持续的嘀嗒声在雨蓬上弹奏
越来越激昂的送行曲。秋日已尽
那些悬疑之事，迟早会有一场雪来覆盖

心中的江

老家有江，名曰汉江
汉江水清，如软玉流动
再没有哪一条江像汉江那样
如父母那般高大
如姐姐那般温顺
如乡亲那般淳厚

你见过用江水编成的摇篮么？
你见过用流沙写成的乳名么？
你见过用涛声谱就的渔歌么？

那种不需要别人回答的自豪
像远古的图腾深藏于骨头——

此后，所有的水，只不过是水，而已。

逊位者

时光陡峭。在他的脸上掀起皱纹
半个世纪的历史也不过是弹指一挥
一张被霜雪雕琢，被春风打磨过的脸
已初具老年的雏形。用不着催促
岁月的裁决书都会自然降临

疆土一寸一寸沦丧，威严一分一分叛逃

战争已接近尾声。他关节错位的声响
被胜利者的欢呼淹没
江山易主了，徒有虚名的太上皇
将剩余的时间移交于拐杖

战车变成轮椅，用来追逐冬日的阳光
雨后的河流余波闪动，趋见清澈
供回忆的洪流荡漾。他微微阖上双眼
一只飞虫轻轻收拢翅膀
停在他幽暗的额头

隐　者

——写给"梅妻鹤子"的隐者林逋

远离庙堂之高，也就远离了
高处的寒气和纷扰
远离乡野之远，也就远离了
尘世的粗粝和琐碎

刚刚安稳下来的朝代
刀回鞘，马归林。已可窥见
盛世的端倪。可惜书生
已携经卷离去

面对内心的荒芜
一个人灵魂里的刀耕火种
必然要成为当世的异类
后世的佳话

时间的选择题，答案并不唯一
文人的洁癖，与品德修为无关
世俗执念，最终
都遵从内心呼唤的指引

寻一山结庐，安置一具
不从众的肉身
山静林幽，正好豢养胸中
另一番万千丘壑

交　替

南迁的雁鸣交出季节的接力棒
面对渐行渐远的秋天
北风加快了翻阅日历的速度

一转眼，小雪就覆盖了立冬
大雪也会紧跟小雪而来
浅浅的冬天开始召唤六角形的精灵

在乡下，一只羊诞生在
冬天的门槛上。它挣扎着站起来
朝着城市的方向发出新鲜的叫声

草木日渐枯萎，在季节的暗示下
越来越多的羊，向山的更深处走去
它们要赶在天黑回家前，填饱自己的肚子

大　海

传说中的蔚蓝终于朝着他漫过来
漫过脚趾、脚背、脚踝、膝盖
带着腥咸的体香，一直漫过他心中
裸露的岩石

曾经那么吃力地爬过礁石，趟过浑黄。现在
绵软、温顺的沙滩终于吻上了他的脚掌
心中的那片海开始懂得眼前这片海
并与之有相同频率的平静和躁动

她是海，是蔚蓝的壮阔。他用轻轻的咳
来回应她微微的喘。赤脚踩在松软的沙滩
破碎的贝壳有时也会硌痛他的脚
让他明白自己，仅仅是万千朝拜者中的一个

沙滩上，更多的脚印修改了旧脚印的模样
海水里，一层波浪覆盖着另一层波浪
远处是未知的潮水、海啸。而他是唯一一个
没有携带救生衣的人

她 颂

金黄的老虎

一（她一）

"我巴蜀多有冷雨斜织"
那里的男子沉浸于阴郁时
会有少年面目显露
而女子，眼眸里会有一层云翳
初看像早春的寒意
当然，她若微笑
瞬间就散出正午的熙暖

街道两旁都是树
枝上都开着花
白皙，芳香
露珠淋淋

她在柜台后面坐着
昏暗的光线下
落寞地打着呵欠

"那时的我，多么渴想着
把她唤出来
和她站在树下
面对面说一会儿话

等她通红了脸
低下头去
我就把信件递过去……"

二

白脸庞上的绯红

是肉身盛开的一朵苏醒
清新，有股初夏雨水般的甜美
鼓舞着人心
人心就会像树叶一样蓬勃生长

没有谁在意树叶
在将来，在最后会枯黄
会落在沟渠里腐烂掉

运气很重要
兴许会有牧童
摘下一片
将它夹藏在经典的书页中

三（她二）

这世界的每一道欢愉
都得自细小的事物
合适的时机里
她就是这一个世界
太阳在她那里
月亮也在那里
光线在她手中
黑暗在她的体内
诸色在她眼里
音调在她喉嗓
她决定这个世界
只凭她的高兴
多么好哦……
她把它打开
可她却对它一无所知
这娴静的人，懵懂得熠熠生辉

四（她三）

镜子是她的宝器
时空交错的小径上
她矜持的步调突然没了拘束
在那明亮的空间
她的素手编织着乌青的发辫

发髻的肥美
颈项的蜜白
它们越是沉思
越像不可抑制的欢悦

她有鲜艳夺目的嘴
唇间，流淌着华丽的呼哨
她向我吹来

五（她四）

音乐可以描绘
图画也可以勾勒
她的顿足
（这忙急的可爱，后来再也不曾见识过）
她的一言不发
她的翩翩舞蹈
甚至她眉睫间的意志

然而她天秤座的气息呢
用什么来重现

让它推动男子的孤寂
让它进入漆黑的夜晚
让它在忽然春暖花开的梦里
化为羞拒的身姿

六（她五）

她的微笑闪着光芒
她的泪花开在上面
唉，她倚重了太多的忧郁

何时她的温婉才能显露
在河流边做回牧女的自己

何人才能领略她的狡黠
她果然能扭捏做作起来
一面相信，一面狐疑
朝如白露莹莹
暮似归鸟喳喳

七（她六）

天风任意吹拂
而她在暮色下凝神静听
"应和那个男子"这道心思
将掌管她的心跳和血脉
同时，流星划过夜空的消逝
将把惊惧混合进她的神经
"一切都不能永存……"
她的欢乐拨开她的愁苦
匆匆潜行
这庄严的人儿，我永远在回想她
走入暮色沉沉的庭院的样子

八（她）

相互倾慕的日常
睚眦必报的日常
都有一个独自向隅的背影
它们是一幕幕恼人的戏剧
在此次的诗歌里尽量从略吧

九

虽然从来没有这样一只云雀
射入天穹，再也不用飞回
但你却再也不会
第二次见到这只云雀

所以定时祈祷是献给她
一生之中，她只远距离
投来过一次光辉的一瞥

然而岁月却从不消耗它
把它保存得完美无缺

如果再没有其他神迹来干扰结果
那么"永不",将助你登上一个雪峰
那里人迹罕至,银装素裹,空气凛冽

"Veni, vidi 即可
去准备衰老和死亡吧

不要再给我们
搞一个贝亚德丽采来
劳拉也不要"

十

颓唐的时刻过去多年了
它再也不会来临……

露 天 之 夜（外六首）

◉宾 歌

崇文门大街,晶湖湾的夜宵摊边
我们先聊生活。比如说安徽
麻雀也能喝二两。比如
河南一个小学教师花费半年积蓄
陪父母第一次坐飞机。还有参拜过的
南岳菩萨照远不照近
我们随着啤酒灌入诗歌
文字,朴素如一碟毛豆,淡淡的盐水味
接着是语言,小鱼小虾,五湖四海的陌生感
烧烤羊排,诗的结构美,肉食者谋之
一打深海生蚝,诗中最难预料的思想
可生吃,可碳烧
几粒外地的风沙,借着酒力上浮
街灯闪亮,收留我们笑容里的泡沫

在草原看到十亩葵花

风吹瘦了草原。十亩葵花开得稀稀拉拉
近看,它们美得咄咄逼人
一条狗追着落日向远方奔去
另一个方向,赤裸上身拔草的妇人
从容伸直腰身
不慌不忙地走向蒙古包

她穿上衣服出来
在门口立起一个稻草人
她宽大的袍子里
十万粒葵花籽正在灌浆

无边的黑夜铺展开来
葵花地里,许多星星不停地摇摆
她吹灭烛火,周身都是月光

沐浴中的女人

她觉得被虫子蜇了一下
一些带毒的痒流入
花朵习惯性地开合
黑暗中,有一头野兽在觅食

每次事毕,她会打开所有的灯
让光照进山谷、丛林
所有遮蔽的部分
最后一道程序是
她把水拔在身上,还原为水
低处的暗藏阴影
高处的在身体上闪闪发亮

一匹马在马路上奔跑

它要找回一滴泪水在草原歌唱的密码
从一座城市到另一座城市
轻轻地行走,以免骨头碎裂
沉沉地行走,以免身体漂浮
它内心深处有一曲隐秘的民谣
独自奏响,在大地的秉性里

霓虹、夜宴、车水马龙
一匹马站在马路上,等待自己
所有曾经的流放,距离
用远方的嘶鸣打磨铁
它向身后望去,看见自己在雨中奔跑

一匹马奔跑在马路上
它没有机会向一位骑士发问:死于何年?
它将奔赴狼群的陷阱
马有马的善良,通往意义的道路
必须从险峻的高处坠落
它现在明白,语言的主人就是土地的主人

青蛙倒立荷叶上

我一生大部分时光浸泡在水中
蜕掉十一层皮
甚至把脊椎还原给水
但我没有眼泪
沿着水草爬出水面
我用三只单眼捕获猎物
为了这短暂的飞翔
和飞翔中完成的爱情
我直入云宵
现在,我用倒立的姿势结束生命
最小的影子
牢牢嵌入一片荷叶中

第一次跟父亲进山

父亲在前面带路
他要去祭奠一个亡人

山势陡峭,头顶上,天似乎只有一线
偶而听到几声鸟叫,在身前
或在身后,不可捉摸
父亲走得很急,背影越来越小
我害怕他撇下我

走过了很多坟地,他牵着我说
不要畏惧死者,他们把骨肉交给泥土
喂养了草木

以后,我每次进山都觉得释然
倒是在山下,常怀警惕之心

树 洞

一棵树独立太久,和一群树产生距离
江山盘根错节
黑暗深处,它在建筑庙宇

大地有一条拥挤的通道
果实跟随落叶远行
小草日日奔忙,它们有权利
去温暖一枚草籽短暂的爱情
花用一季时间磨亮星辰
一棵树只守住一处月光
像一个梦游的人,扛着飞鸟的巢穴
为打破规则,它学会了拆解

它从碎石里掘出火药
闪电突发暴动
掏心裂肺,释放一队蚁兵
去搬运河流,透析血液
在自己的废墟上,植入一根新的肋骨
把多余的语言还给土地

孤独的遗址（外八首）

● 王伟卫

仿佛一堵墙伸出双手，收紧了外套
斑驳中有衰败的呼吸
他的疑惑招来雨水，春天还在墙外
几棵荒草不动声色
等着相认

言语无声，就含在嘴里
连同修复胃寒的草木，一起含着
曾经行走江湖的快意恩仇
一起含着

细雨无声，分明就是一处道场
抽离一些香火，风留下回声
充斥整个腊月
似乎某个念想能植下一根草

是的。自己种下的，自己拔
他低头，从胸膛拔出一根
也许不止一根
在人间，才有如此多的，孤独的
遗址

与友人品紫笋新茶

夜色和雨水，干干净净
几位意趣相近的人，河流的褶皱上
采撷万家灯火的明亮
不宜示人的黯然，点一支烟
淡蓝的烟雾几次变幻，看得见
豌豆花试图攀向茶园的小径

一杯紫笋新茶，翻过顾渚山金沙涧

俯下身子
叶片下，唐朝快骑的蹄声
如此饱满，多么像一日三餐的奔波
多年来，未能咽下
且不敢吐出

虚 构

似是空无。明日寄往何处
有火中生，有土中灭
有银元叮当作响，功德箱里陪木鱼撒欢
有流水等来一场佛事，放生落英
有一草一木，看出四季的破绽
大道小径，游魂熙熙攘攘
昼夜不舍，取经索运

终是空无。减去生老病死的仪式
减去荣光、悔恨
减去一日三餐里的陈年旧事
水归水，土归土，五官归位
形骸终将腐烂，诗句排除在外
如同空枝，放飞一声荡漾的鸟鸣

蝉，或禅

树欲静而风不止。时光忽紧忽慢
落叶寡言，石阶不语
寺内，一僧一帚，身躯清癯微躬
有干净的声音，穿透蝉鸣之树
引来光斑稳住大地。一种空
能看见，佛陀也愿给
一枚落叶翻了个身

盖住两只争食的小虫

蝉鸣继续喷薄，或张扬
三尺之下，有蝉蜕，保持挣扎的裂缝
三丈之下，有孔眼，依旧怀揣着黑
一个内心没有出入口的人
对空无动于衷

浩荡的多种形式

车辆在穿越皮家沟的高速上停滞
消耗的耐心，密密麻麻
我的乡亲不关注这种浩荡
隔离网下，继续轻轻捋去叶片上的蚜虫
这种吸食秋天的浩荡，令人不安
喃喃一句：还得打一遍药
仿佛一个仪式的开始

一群麻雀东张西望地飞进稻田
面对这场浩荡的入侵，稻穗低头
我的乡亲抬起嗓子，吆喝
静止的天空，重新急促地组合
天空的浩荡，多像孩子摔碎的玩具
而纯正的浩荡，就是乡亲的吆喝
连着尘世的粮仓

每一处果园，都有过收获后的悲喜

果实满地，而落日西坠
果树集体患上偏头痛
一点点风，就掉果
一个人在树下
患有相同的病症，握着拳头
一切类似汽车喇叭的声响
才能为之一振

原本，他应该赞美大地
这些同甘共苦，这些相亲相依
以及成群结队的明艳
挂在枝头。熟而要落的红

红而不想摘的无助
终将被山野，全部接纳

每一处果园，都有过收获后的悲喜
对面山岗上，一个怀才不遇的人
似乎目睹一颗颗果子，落地成泥
他伏下身子
野草乘势欣欣向荣
风哨响，夜色又一轮自顾自催情

芦花白

芦花白，草飞黄
一滴心思立于偏执的光线之上
没有挣扎。无需拯救
静静地，依赖它

闭上眼睛，在荒野繁华
惊起的鸥鹭带不走徒劳的愿景
成片的白，微微，颤
失去本钱的年轻，还在
和一头豹子共舞
你的广袖应该展开障眼法
让风的软刀子
镂刻半辈子的哑口无言

如果还有可能
在一片白中，寻找你发间的白
在一片白中，踏雪寻春
在必要的季节或时辰
交出舍与得

夜宿桐庐金鑫宾馆

——兼致诸位诗友

就如二十年相识。一席盛宴不够
一场茶席仍然不够
1603房，我们继续一场小酒

下酒菜，有半盒青壳螺蛳
这清水之吻，更接近富春江风韵

总是让人难于相忘江湖
一盒炸豆腐泄露消息
臭味相投的人，挡住冷空气
慢慢将一轴《富春山居图》，焐热
暂时不说，我诗心已瘦
浸在范仲淹的酒杯
潇洒呀，潇洒
忘却应该羞于面对，比我更忧的人

隔着夜色，解开酒气的纽扣
我内心尚留的平衡
全部来自望穿多年的一江秋水
吐出泥沙
一头扎进，医人医世的桐君山

岁末书

暗藏风中的刀，四季锋利
收割田野，收割山川

收割圈养的牛羊和屋宇吐出的人群
风声傲慢，没有偏见
盯着我，和盯着天空下的一切相同
一根抽穗的稻子和一根白发
总结这一年富饶和贫瘠的日子
风吹过，也许
又在下一个路口遇见

某些未尽的人事，关上城门
某些圆满卧进流水
言语或沉寂，与月圆月缺一定贯通
此刻，都像植物的叶子
依次在枝丫上，安顿下来
阳光下的宿命，如此干净
招来大片的山水、原野、牛羊，并
留白

春天的邮车已在来的路上
我还有那么多信未写

夜宿玉竹阁（外六首）

◉丙　方

雨一直下，箬寮溪的水
又高了一些。青蛇伏在潮湿的竹林中
窗外凌乱，一颗水反复滴落

看了一宿的书
还停在昨晚的那一页
白色的枕头，一会儿横着
一会儿竖着

山野的妖精
大多有某种邪术，一不小心
就从玉竹阁的缝隙
钻进来

剃　度

假装掐了兰花指，在一只青瓷跟前
假装装了三千愁，在一轮明月下面

四面都是剪刀手
飞速旋转，不知有多少青丝
成雪

陌生的别人
正在设计陌生的自己

彼此打量，发现时光的底色
全在镜子里

乌鸦有没有身份证

一只乌鸦

从地平线上掠过
瞬间又飞上了枝头
我不知道，一只乌鸦
抵达一只凤凰的
距离

乌鸦有没有身份证
可以证明自己
是一只乌鸦，而非一只凤凰？

那一年，在一辆公交车上
我的身份证
丢失了——
车上，挤满的人群
黑压压的，像一群飞不上枝头的
乌鸦

上标村来了几个画家

一会儿开，一会儿关
吱吱呀呀的篱笆门，爬满了瓜藤
浅草漫过村庄
见过世面的老房子，在挑剔的目光里
任往事沉浮

一点一点地勾勒
记忆始于院墙的瓦砾，或是阶前的苔藓
峰峦落在窗外，有的模糊
有的清晰，像久远的村人
有无边的细碎

柿子树摆了一个POSE

老人就走进了风景,眉角的皱纹
开成了花的样子
泥墙外大门的铁环,依旧锁着
不忍离去的从容

风水林旁,三两朵白云经过
石头铺成的村路,溅起一串串脚步
有男人,有女人。有琳琅的笑
悲拗的哭,有人间的芬芳
和绵长的时光

屋顶、庭院、庄稼、草木……
一层又一层色彩,画笔反复填补
上标村的葱茏与萧瑟
山风吹向远方,沿了姓氏的棱角
揭开,一截沉沉的家谱

外　婆

去冬到现在,外婆丢失了
一小截温润的时光
就像她的皱纹
干枯、燥裂、生硬
连同院子千疮百孔的老树桩
勿明忽暗

卑微,顺从,喋喋不休
身体越来越弯
这个没穿过一天绫罗绸缎的地主婆
像草芥般——撑住了
一季又一季的凉薄

轮椅上,外婆是固执的
她紧紧地、紧紧地拽着一把梳子
像是要在雪白的头发里
梳出一截
已经丢失的春天

开　土

有人刨开土地

挖出秋日埋藏的葡萄藤
它们看起来更像是——一截截枯木
和生命的体征,相差甚远

尘土依旧飞扬,许多隐秘的躁动
都在等待一场春雨,连同被埋葬的春天
抽出芽穗,直到撑起一大片的
绿荫

沉默的底下,是顽强的坚持
那些看不见的、深不可测的根系
会听到水,还有渐渐近了的
温暖

元　宵

这些糯米做的团子
在手掌之间,逐渐变得平整、光滑……
母亲,这是要把骨头里的畸形
都揉搓成心中的圆满

股掌之间——我忽然想到这个词
想到生活这只巨大的手掌
想到越来越短的芒刺
想到逆行和跋涉
想到顺从,洁白,柔软……
如糯米般粘稠
紧贴着黑暗的壁垒

一只一只,跌入滚烫的水中
这是糯米丸子的宿命
于一百摄氏度中沸腾和凝结……
炉火之上,若凤凰涅槃
那些粗砺的雕琢和粉饰
一层层,落下来

母亲拿着漏勺,一边捞一边说:
这些沉在水底的丸子
浮上来的时候,才是真正地
熟了

唱 歌（外七首）

◉ 湖北雪儿

紫荆花开满的街巷
一个女孩子在一家摊档门口
经常拿着麦克风
唱歌给一帮老人听

她唱的时候巷子口在蠢蠢欲动
她唱的时候蓝天显得格外蓝
她唱的时候窗外一片暖融融的
她唱的时候紫荆花开得特别娇艳

她唱的时候
我有时跟着她的歌声
回了一趟老家——湖北
这些，她居然一点都不知道

叹 息

爱一棵树
很多时候都是
爱它黑夜里摇曳的身影

爱树上跌落的光斑，栖息的鸟鸣
爱它发光的叶片
爱它在风中微微颤栗的枝蔓

爱它向天空发出的邀请
爱它的一小片阴凉
和它深夜里一声情不自禁的叹息

我爱你的时候

我爱你的时候

许多事物都充满了灵性
百灵鸟在树冠上跳跃，不停地吟唱

天空明净，小径蜿蜒，芳草萋萋
阳光打在我身上暖暖的
裹挟着草木的气息

风儿一阵又一阵地吹过
紫荆树被摇落一地的花香
一直铺展到我的梦里

空气里弥漫着诱人的香气
词语颤抖在纸上
万物在爱中显形

蔷薇花开

昨晚
那朵蔷薇花开了
开得那么喜人

她开在了暗夜
就在她与露珠相视的一刹那
把自己酝酿多年的心事
和盘托出

将一抹红
瞬间点燃枝头
没有人知道
她花开时的疼彻心扉
和凋零时的声嘶力竭

只有她自己明白
这次绽放的意义
对于她来说是多么地重要
还有，多么地不可思议

院　子

我从院子里经过的时候
总是看到忧伤铺满一地

仿佛那些忧伤是与生俱来的
仿佛它们从未离开过这里
仿佛需要我的脚步声去安抚

又仿佛经过时
可以听到草木的呼吸
青石板深处发出的应答声

春天的信封

春天的信封里
装满了雨水

需要父亲扛来犁把
顺势吆喝一声
驱赶日子的潮湿

再依次种上
白菜，丝瓜，茄子和豌豆
以及隐隐约约的虫鸣声

是啊！像这样的春天
就是父亲累得汗流浃背
也是值得的

孤独是与生俱来的

一个人的孤独是与生俱来的
它会随着年龄的增长
而枝繁叶茂

最后长成一只成熟的孤独
落在另一只孤独上
繁衍出更多的孤独

孤独一旦在你的身上打开缺口
就会涌现出更多的孤独
当然孤独也是有生命力的

比如门前那条清澈见底的小溪
它在自由自在，游刃有余
蜿蜒流淌的同时，孤独也随之
于寂静中悄无声息地生长

穿白裙的女人

她身上开满了白色的梨花
白得有些令人惊心
和措手不及

这些说出来的白
流淌在她身上，你未必懂
但是作为女人，我能揣测得到

她的白在自上而下，滴落的瞬间
溅起来的是空虚
因此她的笑也是空虚的

垂钓不起一丝女人的心事
就好比她中年看似花俏
却被裙子隐形勾勒着下垂的乳房

假面舞会（外四首）

●艾 璞

我站着跳舞　直到睡了
脚步在移动　心掉在地上
各种脚印如图章狠狠盖上
人心被踩踏　再找不到

我不是武林中人
我只是假面人
我的脚步是滑动的
在梦中成为独舞者
梦踩着梦是白天对黑夜的怜悯
夜戴着帽子变戏法
他留着圣诞老人的白胡子

我靠着墙壁成为房子中的喇叭一部分
这是一张面膜也是一张画皮
最值钱的一部分已经融入血液
被撤下的面具连脸皮都不见了
这不是四川的变脸
只是普通的一场
生者对死者的对话而已

搓 澡

城郊结合部是城市的伤疤　滴血无痕
城中村的浴室　保留着农村的一些气息
我老远还闻到煮人的味道　过年了吗
洗去一年的征尘　洗不清内心的孤寂

来自法海故乡镇江的老汉　充当了几十年的搓手
一双铁手　粗糙　有力　有时也搓麻将
搓去我的的尊严　我的伪装
搓去旧的伤疤　卧底的记忆

我在浑浊的空气里呼吸艰难
其实　雾霾的天气　谁也无法躲避
像我疯长的指甲　没有技师可以技痒
只能踢腿　向看不见的对手进攻

搓泥为金　搓不尽世间的不平
其实　看到你猴子般瘦小的身材
我就判断　你被现实的手搓得
陀螺般地转动　轮回前世

发烧的世界

发烧的病人家里冰箱坏了
空调的遥控器　不翼而飞
出门就医忘拿病历卡
呼叫的网约车　司机来电
约会情人去了

这位发烧的病人
站在马路上　只有阳光关怀
他中暑的双脚流泪了
睁大的眼睛　汗水成帘

病人和发烧的天气
对峙　杠上了
他希望站成一棵树
并用自己最后的一滴眼泪
给这个世界洗尘　降点温

兄弟　抱一下

兄弟　抱一下
我把你想象成小龙虾
兄弟　再抱一下
你是我的好兄弟
我只想抱你一回

我把流淌的汗水当成了酒水
我握住了空气　海腥味装在手里
兄弟　我就是你的一杯酒
想喝的时候　往我的怀抱里靠

兄弟　这次你大可靠着我的肩膀
我蹒跚的脚步刻在石头　成柏油路
直到蹲成马步　我的手是陈式太极拳的传人
人生其实很多时候　就是在打太极

兄弟　抱一下　抱一下
这是人生的另一种体验
你倒在地上　我胸膛里有千军万马
想扶你上马　再去大草原驰骋一回

炎夏的阳光　躲在黑暗处　狂笑
直到我深深地吸一口冷气

听　海哭的呻吟

林荫小路的尽头　是脚步的匆匆
看海人皮肤　被墨鱼戏弄了
涂抹的墨水横流　帽子大山压顶
知了的求饶声中　我也渴望喝点墨水

尽量保持镇定　汗水像惊慌的小鱼悄悄流失
说要淡定　脸蛋在海水的抚摸下不定
听　海哭的声音　还是大海的呻吟
塑料袋　矿泉水瓶　还有大卸八块的泡沫
在海平面上召开环保碰头会

没有手机　我的世界很精彩
手机在同伴手中变幻频率
我看到水上的摩托艇　似乎要起飞
把自己与世界隔离
我只看到姑娘朦胧的胖脸
透过游泳眼镜　变形的世界　变正常
白云快要掉进大海　寄居蟹在石缝中找出路
榕树的胡子　探测大海的高深莫测
我摸了摸被海水浸泡的下巴
坚硬的胡子已经变软　变细
体会到　海水是咸的
脑袋是软的　脾气是硬的
缜密思考的上半身是硬的
随波逐流的下半身是软的

飞鱼表演停止　上岸　耳朵进水
刚倒出耳朵里滚烫的水
听到广播里在播出最新新闻
人民币对美金比值坚挺无比
我感觉全身疲软　小腿变形
难道是中国足球的下半场
习惯性流产的抽筋和不射

落入海平面的太阳　成为渔火
在我眼中　是一团浴火
燃烧奇异的想象
最后坠入故乡的梦里

你说的风花雪月（外七首）

● 云冉冉

你说风，我就遇见马，原上离离草，
别离的天是苍苍的，野是茫茫的，
你送我的酒，是浑浑的。

你说起花，我却看到芭蕉和樱桃，
绿对红，绿水对落红，它们都东去了，
有的留下果实，有的什么也没留下。

你刚说雪，箫声就从山后来，
苍白的天空，一场盛大的衰败，
它们想牵引我寻出那件青衫。

你还想说月，昨晚植好的树喜悦起来，
那些个犯山犯水犯桃花的家伙，惹起犬吠，
我听见柴扉轻响，这下，犬马声色，妥了。

其实，真正隐老山林的人，不动声色，
就像你途经的松子，薪火，莲池，就像我挚友
　的诗歌
正在风尘里，进行悄无声息的救赎。

盘　点

这一天的盘点，不同于年终总结
可以简单或者复杂，可以喧嚣或者暗哑。
聆听远处的声音，怎样穿越黑，
穿越耳朵，直至穿越骨头。
今天傍晚的夕阳，也曾
穿越流水，
穿越静谧。
是的，已经没有什么
需要急着表达，

剩下的梦想也不多了，
越来越习惯于喧哗里沉默，
习惯于从一杯茶里
饮出冷暖，习惯于
把或者可能挂在嘴边，
那些模棱两可的词，悬在天平两端，
让我内心平静，表情如水。
现在，我移动那盆夜来香，让它开在黑暗里，
不再关心古时今时的阴晴圆缺。
这个季节，所有的蓬勃，所有的抵抗和杀戮，
都止于菊花微黄，所有的羞愧
和硝烟，都止于白露凝霜，
我只静静安顿尘埃，安于朝花夕拾。

琵琶骨

你在琵琶弦上说着相思，
我在琵琶骨上刻十面埋伏，
刚刻下，秋风就起了，
你的相思泛黄了，
飘啊飘的，飘过水中央的竹楼。
四面的楚歌已近尾声，无法围堵那端的背影，
也裹不住骨头的疼。
所有为你的处心积虑，只是
挂在胸前的一把蝴蝶锁。

一大片辽阔的寂静

"雨声淅沥，像是替我说着忧郁寂寥。"
你在电话里喃喃。
而我不是离人，不想听雨。

可窗外,湿了,长安桥上,霓虹柔软,
整条金陵街都在动用江南的烟雨,
望不见南朝诸寺,也望不见残留的瘦红。

雨滴把一些尘埃安置在玻璃上,
却不曾安置光阴的秘密。
耳机里,《高山流水》声依稀。

"雨水不足以成河吗? 还是你的高山没遇上流
　　水?"
你笑答:我做芒鞋,你去寻蓑衣吧,
现世如此安稳,遇与不遇都是自然。

风灭夜灯时,可以倚窗也可以卧听,
只是不许铁马踏过那道河。两个中年女人倔
　　强地坚持。
雨滴,时间的脚步,拥有一大片辽阔的寂静,

一杯水

从油画里走失的不止是我,还有雨水
还有手中的夜光杯,上半杯瑟瑟下半杯红
照不见当年的墙上弓,你掌中没有蛇影,没有
灯火,没有洞察的眼睛和透明的水
朱红印高悬,隐去你反复的痕迹。
我在子夜醒来,连同身体里的雷电,连同
巫女妖精,她们执意要注满你即将风干的水杯
对视,迎接一次碰撞
露台,逍遥椅旁,杯具轻响
往日虚度,一杯水的光阴
斜溢或者滴漏,浮尘渐落
你的日子就此多汁多水,红绿盈盈了

一滴水

不艳羡那些波涛汹涌
尘世里的复杂,终被大浪淘去
一滴水里的江山,一滴水里的炊烟
简单也可夺目。最后一滴水

没有一种火焰可以掠夺
不要忘了我来自水乡,梅雨已过
小巷仍临于水岸
为守护这一滴水的信仰
我一身绿意,择良辰,备良马
你说来我就来

一个人的月光

风又开始歌唱的时候
我知道,你一如既往地辜负了白雪
至于那年,我夹在你书中的花瓣,
早已飘零何处。
一个人守在路口,等待花期,
这胜过任何慰藉的措辞。

月静观不言,如所念,非所念,
一直想请月光把期盼
镀成银白的辽阔,
可它就是潜伏身后,
故意让我守在黑暗的阴影里,
不忍看露珠的泪为风洗尘。

镜　像

放生出去的美
只是想拉回再看一眼
你横刀立马在面前,像是肃杀的秋天
今年的秋,冷得太突然,好像一切都猝不及防
看你一身的旧时光
脚上尘土
发上沧桑,左眼迷钝,右眼
还残余锈迹斑斑,这么多年的拼杀啊

隔着镜面
我们失语,甚至无所适从
乌有的草原,奔腾的骏马,壮怀激烈的人
还在昨夜指点江山
我只能伸手,按下怦怦跳的小兽

幻　觉(外六首)

◉马永平

我走进胡同眼前的景象
让我忽然间怔住
我就站在那里一动不动了
我看见的一切犹如另一个尘世
仿佛在梦里曾经看见过无数次这样的场景
胡同里光线暗淡
路两旁一个个摆小摊的人
卖菜的,烤吊炉饼的,卖各种串烧的
但每个人都在无声中做着自己的事
胡同里的人在昏暗的天光里晃动
当我猛然从幻觉中挣脱出来
仿佛一瞬间穿越了许多个尘世
经历了一次次转世轮回
又重新回到了这一生
而这一生,仿佛仍在昏暗中晃动

我喜欢在寂静中站在高架桥上

我喜欢在寂静中站在高架桥上
看汽车在高速公路上飞驰
汽车大灯的光柱将星星点亮
也点亮了前方的路
我喜欢在寂静中站在星空下
什么也不想,就是站在那里
看汽车消失的方向
但是我不知道汽车消失的方向
是什么样的城市或者乡村
对于这些我一无所知
只是喜欢在寂静中站在星空下
望着远方,而远方一片黑暗
在黑暗的上方还是星空
谁会用灯光将黑暗点亮

将星空点亮

掏鸟窝

黑暗中,我从梯子上慢慢的下来,
心情有些烦燥,
老五仰着头问我,
平哥,房檐上有鸟窝吗?
没有,我生气地说,屁的窝都没有!
我们回家吧! 其实有一个鸟窝,
而且窝里还有两只麻雀
它们的身体紧紧地挨着,
两个小脑袋贴在一起静静地
睡着了,连一点声音都没有
我用手电筒照着它们,
顺着光柱看了好一会儿
它们一动不动,没有被光亮惊醒,
没有感到危险已包围了它们,
我伸出去的手又缩了回来
我们抬着梯子回家,
一路上我的心有些郁闷

喜鹊筑巢

它们分工明确
一只喜鹊飞走了去寻找枯枝
另一只喜鹊在树上等待
不时朝另一只飞走的方向张望
可能是等待的时间太长了
它跳上更高的枝头来回走动并扇动翅
膀
另一只终于飞回来了嘴里横叼着一根

树枝
降落在枝桠间把树枝放下
然后转身又急匆匆地飞走了
树上的那一只用嘴把树枝摆了摆
用双脚不断地踩踏并歪着头看着
像是在研究如何摆放又像是欣赏它的杰作
我在附近找了几根枯枝扔在树下
我走开,距离它们更远了一些
想看看,树上的那只喜鹊能不能跳下来
把树枝叼上去,但是它理都不理
依旧站在枝头伸长脖子望着等着
我看它们现在筑巢的进度
今天晚上,它们只有睡在枝头陪着
清冷的月光渡过这个深秋的夜晚了

漫步在星月之上

湖水里倒映着梧桐
灯光以及明月和繁星
没有一丝风声脚步声鸟鸣声
一切都已经安睡
星空和湖水宁静而幽深
那里有我们不知道的事物
散发着神秘的信息
他漫步在湖畔
仿佛漫步在湖水之上
漫步在繁星与月亮之上
他试图与那神秘宁静的气息
进行无声的沟通,交谈
他头顶上的星空和脚下
湖水里的星空之光交相辉映
在星月光芒中他的肉体消失了
唯有一丝灵识在星空中游走
他不知道自己来自何处
也不知道会走向何方

秋天是一副熬老的药
梧桐的落叶漫天飘舞

仿佛一个个枯干的黄色亡魂
发出一声声低沉的呜呜声
在风中到处走游飘荡
即使春风吹上百遍也难以复活
我满头枯发也随风飘动
仿佛墙头上的草
一个谎言说:枯草可以变成绿叶
可以返老还童。而另一个谎言说
那一切都是神话,你要相信我
我会让你过上更美好的生活
可是秋天已是一副熬老的药

沉默的蚂蚁

小小的蚂蚁在辽阔的尘世上飞奔
一路上沉默不语。它们头上的触角
像两根灵活的天线左右探测着
然后继续奔跑或奔赴另一个远方
那里有它们需要的一缕缕清凉的风
那里有一根像它们脊梁一样沉默的骨头

水缸里的冰

冬天的早晨
棉衣棉裤里隐藏着一夜的寒冷
冬天的手在窗玻璃上绘了一幅画
画里有山有树有冰雪还有风
早晨起床,寒冷迅速扑上来
我全身的毛孔突然收缩
寒气一下子钻进了体内
我拿起铁皮做的水舀子
一手掀开缸盖,可是
缸里的水悄悄成了一层冰
我用水舀子将冰敲破并舀了半瓢水
一扬脖子咕咚咕咚喝了下去

顿时成为一个冷酷到底的人

龙泉飞瀑（外六首）

●于广富

上午的阳光刚好
一枚红叶飘零的姿态
伴着滑落的瀑音
在耳朵里回响

向前，再向前几步
一股飞瀑就扑进了眼睛
太行不语，沉默中涌出
洗涤尘埃的清凉

此刻，飞溅的玉珠
在暖阳的拨弄下，光芒莹润
净水肆意倾流，那几十米的落差
分明就是肉身与灵体的距离

龙窑寺

木鱼捶打着耳鼓
梵音绵延不绝，观望
视野里没有巍峨的庙宇
不知众神在哪里安放

直达天庭的向上台阶
分明就是一炷高香
飘渺的尽头，诸佛端坐
一如既往地在那里安详地等你

一座宽厚的山掏空了胸膛
用信仰的骨骼支撑，静然肃立
悲悯中俯瞰众生，一直
在倾听纷繁的誓愿和忏悔

云冈石窟

风化的时光伫立在龛窟
香火，绵延缥缈
那份久远的膜拜锈迹斑斑

一座造像
法相庄严，宽厚的手掌温暖而立
朝着普渡众生的方向

双眼空洞而深邃
是探寻悠远的极乐之地，还是
不忍目睹缺失信仰的拜谒

悬空寺

缭绕在崖壁上的庄严
在时辰的边际悠然响起
晨钟暮鼓的点化
时时敲击信徒的耳膜
天人合一的共鸣
在纯净的心海盘根错节

云中突兀的寺院
悬于半空的寺院
根基深厚，那是向善之心
托举千年，不坠

天目山·禅源寺

天目山，玄妙的名字可分解成天目和山

搭着一蓬阴凉,仰望天空
在如期而至的台风缝隙里,巍然不动

竹林的清风摇晃绿叶,顺势滑下荡漾一汪池水
此起彼伏的蝉鸣,一波波柔软的击打
落在呼吸的节奏上,唱和着暮鼓晨钟

黄色的光芒依山而立,庄严宏伟的殿堂
指引,召唤,那些怀揣善良的信徒
丛林覆盖的幽径里,用脚步丈量着虔诚和慈悲
的距离

一座优雅从容的山,一座俯瞰万物的山
在夏日的灼阳里,打起精神
以看透世事苍生的觉悟
在心海的对岸,挺立不语

此刻,一扇门在为我打开

凝神闭目的时节
一些世俗攀附着秋天的落叶
在微凉的温度里漂浮不定
此刻的阳光依然温和
散落的光线里,尘埃
荡起又渐渐落定

一种宁静从心底发生
明澈而空濛的水浸润着通身
各色的光晕变幻着姿态
或远或近,旋转交织
总有一缕明亮穿透身体

刹那间,光芒注满了眼窝

一扇门关闭的同时,另一扇门
在不经意间,慢慢开启
总有一些已经发生的事情
在虚掩的背后沉默
总有一些不可触及的事物
在开合之间,顾盼不已

空寂,一瞬间的彻悟

一阵风和一阵雨总也纠缠不休
寒意或者暖阳,伴随心绪在飘荡

一个静坐无思无我的气态下
空濛的沐浴,卸下满身的沉重

静念的瞬间,一切空,一切静
一切以心的出发,又复归于心

迷失的太久,以迷失之名
世俗的太深,以世俗之怨

动念的时刻,百鸟归寂
意念的去处,万物复苏

放下,依然自在
拿起,万分沉重

一个皈依的历程,无需久远
一个向善的方向,永无止境

香 味（外七首）

◉赵幼幼

裹着毯子
风扇呼呼呼地吹

散发着酒气
呼呼呼的酒气
晕晕晕的酒气
没有了白百合的香味
没有了红樱桃的香味
没有了处女的香味

没有你，一直想要的香味
——进入体内
有毒的香味

粘

比如——
男人与女人一场欢娱之后
抽去的刀与流水
隔壁的小声响与手中的烟

昼夜多出的那丝缝
尾随的小鬼与脚底的风

一个词与一个词
一块骨头
与一块骨头

电波与电击
静与动
以及生与死

临 别

黑对面是白，爱的极面有恨
七月流火尽头
形似瘦骨的柳树结出千万枚媚眼

我抓不住你，你抓不住我
看不穿我中的你
摸不透你中的我

谁在紊乱的掌纹上，下一盘
没有输赢的棋
你进我退，我退你进

乌鸦爱上后，相命先生
破不了下下签
解不了上上签

你是我的命数——虚扣的寺门
半缕暗香，半串手珠

咏叹调

空城之上是否有天堂？
作茧自缚中　注定一语成谶？

爱与恨　都并非易事
桃花酒坊　破不了
上辈子的玄机　旧事如同骨刺
隐隐作痛

谁敢用冰毒疗伤
如果爱是万劫不复
宿酒未醒时　火已彻底地
交出飞蛾

毒果子

那年,你带我去长潭看雨
看山色如何空濛
看水墨画里
一尾鱼如何爱着另一尾鱼

那时,桃花早已谢了
我们没有带伞,天空也没有期待的雨
宽宽堤坝,夏风长长
吹起短短刘海,短短辫子,短短白纱裙……

吹起你,由远而近
由近而更远,我踮起小红皮鞋
踮起小腰
踮起小小锁骨……

风过桃林,微微翘起的
睫毛上,缀满唾手可得的毒果子

后花园

碎碎念的鸟鸣
矫揉造作的假山
一潭死水
与半死不活的两尾鱼

枯藤老树下
只有春宫图是鲜活的
如情人节
菜谱里的上汤高山菜

冬日·咖啡

春天谢了
一个人的假寐
千里之外　有没有花开?

暗夜柔软　潘多拉
开启魔盒
谁能倾心于奶泡之后
的卡布奇诺

如熟女三十　苦涩
或醇香

你说不懂咖啡　却试图
研磨女人　以毕生的
温热
让心爱的她　在杯子里
了无遗憾

记忆是时间的魔咒

教学楼后灵石寺塔有几节
已经忘了
只记得书中谚语——救人一命
胜造七级浮屠

夜自修经过那里
幽幽的飞不出白幽灵
所有人都可以很淡定
即使有黑影,有内心的秘密

一旁的书院已改成画室
这是我还记得的——
素描是必修课
食物、动物以及人物

聂小倩死后少了很多生趣
美术生怎么修炼也画不出
春天的处女膜

到青海，我没去德令哈（外五首）

◉余　尘

这一次到青海
我没去德令哈
我在五百里外的西宁
遥想着德令哈的诗歌
和诗歌里那些戈壁、草原
一座荒凉的城市
长满爱情
连雨水也充满缠绵
八月的德令哈
属于青稞和石头
八月德令哈的天空
飘满了诗人的眼泪
一个人的影子
照亮了整个城市
即使在贵德彩色的山脚
和青海湖蓝色的湖边
我不敢想象那些悲伤的名字
我没去德令哈
我想让青藏高原的风
吹散我淡淡的忧伤
没有名字可以不朽
胜利还得归属于胜利
就如今夜
诗人不关心人类
诗人在想念姐姐
而我，在想念
德令哈城边的高山和白云

秋天，我在城市里漫步

天空中唯一一片云彩
将秋天的蓝色点缀
阳光照耀着城市
鸟儿也在树上疯狂
一片叶子落下来
一直飘进我的思想
时令已经入秋了
该有的颜色也慢慢显现
人们在街面匆忙着
这么多年似乎没有一丝改变
面对一条若有若无的小路
我举步不前
一阵风吹过来
我的全身飘满孤零零的秋天

古　道

写古道，我没有文字可以寻找
听凭内心一片沧桑
西风里
一队队马车在低头漫道
我无法穿越那些往事
一匹瘦马
仍在啃食着岁月的惆怅
千年的风霜
一路向北
没有关隘可以阻挡
风流和野趣
最后都经不住一抹夕阳
如今的这个傍晚
我满腹心事地走上这条千年古道
那道背影
日后谁还会去张望

夏天的最后一场雨水

夏天,最后一场雨水
将酷暑落下
一棵树,仰起头颅
似诉非诉
古老的街道
总是这样人来人往
因为这场雨水
我得重新计算时光
过往的朝朝暮暮
时隐时现
城市的玻璃窗送不来一片远山
没有人能幸免
没有人能幸免
一场雨水
自此秋意绵绵

雨水和村庄

八月,最后的一场雨水
落满了秋天
在北京一个偏僻的村庄
我双手合十
默念祈祷

目送你的背影
走进幽深的雨巷
千年的画笔
画不出千年的忧伤
风起来了,一首民谣
在村口的老槐树下
回响

一场雨水和一个村庄
在我的文字里
从此,便沉入到诗歌的故乡

月牙泉

被沙环绕的这泓泉水
据说已挣扎了千年
千年不老
直到今天
仍然在闪动着少女的眼神
从古到今
英雄总是络绎不绝
却没有一个能将沙魔剿灭
她只有躺倒如地
以月牙的姿势
守护着她千年的贞洁

想象和你（外六首）

◉ 杜　杜

繁忙的都市
把想象和你
投进夜的静谧
夜
装下所有的秘密

一片镜湖
不动声色
把想象和你　跃出水花
原来
我们是自在的鱼

花为媒

贴着春天的心
花为媒
与自然合个影
2017的盛开就此不败

仿佛所有的时光倒退
所有的路又回到起点
我用所有的花瓣
书写着对生命的感怀

把想你膨胀出一首诗

怕你爱我
怕有一天，你要经历离开我的心痛
有爱的分离
哪一种都撕心裂肺
我的未来，还有很多你未知的黎明
我也未知

怕你为此历经凶险
若是有一天，你不得不走
不得不松手
那时我的心，会被撕下你手掌那么大一块
皮肉
我怕那血淋淋的疼
怕你也疼
怕你是这个世界纷繁的一种
而我甘于落寞，沉迷于在安静中放逐自我
我怕这种不同将你埋没
怕你失去光环
也怕你火热的光环
烧毁黎明
如此温和的黎明，带着蓓蕾的甜香
安静地萌动
也怕你看出我的害怕
突然失落地转身
我有多怕
就有多爱

想你时花开万朵

想你时花开万朵
不信你沿着三月的苏堤
一直往前走
六桥横绝天汉上
万花碧波影婀娜
也许还会偶遇你心仪的女子
与月色一起散发着淡淡的兰香

想你时花开万朵
不信你抬头仰望星空

你目光所及
银河浩瀚
一万朵花蕾向你致意
你一伸手便可拉住阳光
让一万朵花儿绽放

你看我一眼我便妖娆了

必须立刻记录下来
也许
世界将在下一秒变迁

你看我一眼
我便妖娆了
平静的湖水里
深藏着蓝天
我变成金色的鱼
飞翔在云朵间

你看我一眼
我便妖娆了
神奇得像
树枝上绽放玉兰
冰山上盛开雪莲
泥塘里出落白莲
这一切不必下什么决心
只因你看了我一眼

世界悄悄爱你

河流滋养着大地、大地滋养着树木
树木滋养着你的眼睛
世界用你和每一个生命
绽放出它的内心
你在哪里
世界就在哪里悄悄地爱你

太阳悄悄地爱着
我只悄悄地看了它一眼,树叶就绿

山花就红
转过身,太阳的光打在我背后
你与我撞个满怀

世界悄悄地爱着
它在爱你时愈合了每一道伤口
此刻世界没有战争,没有茫然
一群鸟儿飞远又飞近
孩子们亲昵地叫妈妈
赶路的人安全抵达

手指动一下左边按键,满屏都是你的世界
不关心细节
只是我的世界有你
无关风月
只是我悄悄地爱你

一个关切的声音来自不知方位的地方
催我入眠
这是世界悄悄地爱我,我知道
我在悄悄里

虚　度

溪水在深山的石缝里
唱着恋歌
偶尔也有夏天的叶子
从空中陨落
淡蓝色的蝴蝶
停在紫色的花朵
我的呼吸
在一条古老的山路经过

红得透明的野樱桃
半红半青的李子
在好看的竹盘里
伴着一壶绿茶
在有风的亭楼
浪费掉好看的斜阳

弯（外四首）

◉林隐君

那个挺胸施放完暗箭，完美出场的人
脊梁是弯的
那个阅尽尘世沧桑，冷眼看世界的人
心是弯的

佛陀用金身修持香火，红尘是弯的
人子用谦卑感恩大地，命运是弯的
那个风萧萧仗剑去国，远离易水的人
背的那井口是弯的
那个拖长身影的游子，像落日的孤独
其在异国的黄昏是弯的

天有其怒，民有其冤
人性一旦失去尊严，正义是弯的
良心一旦失去公正
法律所给出的"判"字
貌似堂堂正正，其里是弯的

那年玉树，有山崩，天缺一角
有地裂，切割了人间温暖
有年轻的母亲，辞别呼吸，跪于墙角
其身是弯的，其怀内完好的婴儿是弯的
残砖断瓦外，孤悬中天的冷月，也是弯的

比 喻

我喜欢把头颅比作太阳，心为月亮
毛孔为星辰，胸壑为群峰，注满汪洋
衣裳为山林视季节而定
可以为青黛，为夏花，亦可以为素缟

宇空为案，大地为蒲团
跌坐，可佛，可道，亦可儒
甘露为茶，天籁来煮，江湖为酒，五谷来酿
可慢品，慢熏，慢慢老

他留给人们的印象应是：虚空、阔大
表象即内质。不含多余的油脂，和腹语
容得了风栖、雨嚼，装得下冷暖、悲欢
包括百万年前的旧石器
百万年后，人类未来的宿命和去留

悲喜劫

一块铁被锻打时知不知道疼痛
一棵树被修剪时会不会愿意
我知道蛇被砍头后，在很长时间内依然会
张口
分离的身子也不断扭动
我知道某些植物被利器划伤后
会流下浓浓的液体

佛说万物皆有佛性
石头有石头的因，流水有流水的果
道家说人死后24小时，他的神识正在离体
每动一下都会痛苦异常
父亲说我宁愿有这种痛
因为身边还有亲人，死后还有来生

想到父亲为子嗣操劳了大半辈子
但即便有来生，来世也是不能相见的
我的心就一直纠结着
不知是悲是喜

颂　词

尘埃可以干净,光可以开在花蕾深处
冲动,可投入大火点燃爱过的事物
再用一把紫薇,把整个夏日烧红,蒸透
岸上的人间,可以把启示录刻于悬崖
云朵的树冠,可以把黄河盘上十八道关卡

我深感一种力量,来自涵养的锋芒
黑夜太深,可用水稀淡
梦想太虚幻,可推舟挂浆,把江和湖拆开
未来太遥远,可鱼龙变化
先孵出鲲,再转为鹏

如果世界大同,银河会开辟出闲田
帝国会住进佛堂,枪炮溶为香炉
毒蛇会修成念珠,豺狼渡为佛陀
如果天下为公,爱只是一种修辞
风水不在山川,在于人心

"神看光是好的,就把光与暗分开了"

读山记

近山如鼎,远山如空
如鼎,可供隐者结庐燃熏
置万壑于孤悬,埋青山于白骨
如空,其上波涛蔚蓝
其下虚无怀着因果,缥缈漫道雄关
众生皈依

我有十二分的虔诚,和它们一拍即合
去国时吞长江,衔远山,凡夫脱骨,壮心击鼓
怀乡时近山多笑我,烈士暮年,肝胆何寄

我也有十二分理由,和它们一拍两散
人之枯朽,乡关何处
远山有佛,近山有道
就让魂随林泉,养丹田以存高远
魄随茅庐,舍红尘以与蔚蓝亲近

九月，在左脑的花坛发动 (外六首)

● 杨　敏

在夜的滩涂上
荡漾开来的冷艳
是被水母蛰伤的危险食欲
令整座城市躁动
总有一些声音
在坚持为血液降温
如一座冰山
从大自然的凹陷处
漂浮出来,研碎孤独的背景
隐身的风筝排列梦的维度
灯光沦陷于苍白并幸存
我唾弃的一段文字

终于从结巴变身演讲
我想走下的语病的看台
和失声的喉咙类同
裸色的悲悯在期待拯救
雨水的齿轮传动秋天
黑暗迷惘
请求故乡作证

你留给我的神情比岁月更加透明
——致女儿

扎着马尾的夜

在灯笼的流苏上摇荡
星空散落的糖果
滚向山野四处
你在一本故事书中漫游
在我的笑脸上
涂鸦你十一岁的花园
你的嘴巴是清泉的家
月亮从家的辽阔处升起
小狗挂在了家的眉宇上
我拉着你的手
像一朵蜷缩的蘑菇
在粉饰两个越长越大的文字
一个记录没有刻度的春天
一个记录你彩色的睡眠
你站起来,朝向太阳:
留给我的神情
比岁月更加透明

遇环卫女工后记

月光变得越发的瘦
迟缓地走向街角
每走一步,便退下一层寒冷的皮肤
树下,一位环卫女工在清扫落叶
那紧张的表情
像一面破碎的镜子
在费力的重新凝固
束得比苕帚松散的头发,与风抗争
她有时环顾四周
像一个猎人在寻找冬天
有时坐下来,坐在路基的脚底板上
想着明天的太阳
孩子的未来,还有家中的暖炉
一辆汽车开过,尾气在空中打圈
又漩涡般扑倒在她的身上
而她浑然不知
一场大雪正在结晶
准备落下,在她的头顶
埋葬孤独

黄昏已变得很薄

当船向身后抛开某种忧愁时
黄昏已变得很薄,再也敷不满海面
海水祖露的韬光养晦的蓝
在寻找匹配,一片静过时光的天空

蹒跚在船弦的栏杆
并不照例地斑驳和老气横秋
被它咀嚼过的思念,在浪花的低眉处
洋溢一种极简主义

甲板潜伏着,揣度深于脚步的耳语
优柔寡断是因为脚印上
系着的从未走远的家国梦想
或是孩子与鸥群的较量,相互嬉闹

明月悄然熄灭了星辰的虚无
我走进沸腾的船舱
人们已在窗影上站成冷暖两行
咖啡在吧台的目光中褪色
由一座城的颜色,褪成另一座城的
灯光变得很薄,所有的音容变得很薄
很薄,就像那些褶皱的岁月
次第地来过你这里,又了无踪迹

忏　悔

她讲述,不停地往记忆的杯中
注入往事的浊泪,时光深处
心魔的冰凌冻失了一个青春
寒气森森,低沉的声音很疼
悲哀披在身上,在岁月的青苔发芽
感染伤寒的血液
从嘤嘤啜泣的伤疤中涌出
夜晚,无言地醒着
一切回忆都是暗黑的,只有
梦中女儿忧郁的目光,艳丽得扎眼
举行一场告别仪式

为错过的花季掘墓
星星盘旋,栖息心窗的阳台
握住微光,远离冻伤的高原
含泪的花籽,蹒跚地走出碎步
在荒芜中重新种植春天
救赎的泪,洗刷着叹息的暮色
醒来的灵魂,能否
在欲望的铁笼上加一把铁闩
锁着黑夜

春天重新诞生

语言买单绚丽
江河抗拒拟人的昨天
我在咀嚼铅印之果的
音节,咀嚼主题

酒精的热气球坠亡
四月委身于架子鼓
沿着通往中产阶级的道路
向游人展示结痂

盗墓者用青灯
勾取胶片上的皇朝
书童鹊起,说不
惊恐像一只鸟准备下沉

当季节部署大地行军

历史,蜜蜂般
奔向我们的内心
春天重新诞生

青草,那渗满道路的蜡烛变红

油菜花曲张的血脉
在清明下榻
芦苇的鸭掌划拨
路人所昭示的悲哀面积

我在爷爷的画像前停留
像风筝上的蛛丝马迹
回到乡音的起点
而此刻
分裂中的蓝天
比一只番薯更飘零
最冷的灶台
结束盐的革命

阳光,这田野的父辈
为失联的童年正名:
梦抄袭多少锐角
快乐就霸占多少亲情
我从锡箔的瓷器中离席
午后已被仪式锤冶
青草,那渗满道路的
蜡烛变红

热爱而辽阔（外五首）

● 何山川

轻声地叫唤我的名字。有时急,有时缓
而花朵是这么小。美到没有名字
可以与之对称
我把它
当作了我的祖国
如果火车不来
那么,我们还可以一直等下去
我们还可以用肉体,一寸一寸地
去好好生活
按任意键,继续真实地与时光为敌

请允许我私下赞美你,安我身心的人

嘘,都不要吵
现在,我哪儿也不去,
现在,我要坐下来怀念
我旁边有一个村庄
还有一整条河流
我终于可以在这里放心的生活
这有多好
攀上半山,我便可以看到她的屋顶
她喜欢飞,喜欢踩着流水的梯子
喜欢沿着我的膝盖爬上来
偶尔羞涩
偶尔动人
而我,是个乡下人
不慌不忙
穿过杂树丛
我打算晚一点死
孤独与自由
已不能给我安慰

而"做爱使人良心发现"
你来吧,朋友。河流两岸万物葱茏
她们的欲望多么茂密、纯洁
她们的花朵
只开给她们自己看
你来吧,朋友。我对每片叶子都已
谙熟在心
我对那些闪耀的星子
已不再担心它们会掉下来
而对掉下来的星子
我也不再担心它们被认出,被找到
你来吧,朋友。祝贺我还活着
祝贺我们还可以放纵自己短暂的生命。

因为这些 我爱生活

过去,我文字潦草
无事就涂鸦,偶尔一个人看月亮
没有人知道我在想什么
现在,少许的慵懒是我们的
我们慢慢松开蜷起的身子,靠奔跑
和模糊不清的呢喃取暖
说到未来的幸福,笑声就会稍微大一点
也因为这些,我喜欢你裸露出来的伤
其实,用不着他们逼迫
我承认:现在,音乐是一张床
而时间,也开始慢慢地改变了我们的重量

那 天

如果你来,恰好坐在我的对面
你可以看见,他一个人在独自饮酒

她们细腰粉面,鱼贯而入
他仍旧一个人独自饮酒
她们不露声色,寒光藏于衣袖
他仍旧一个人独自饮酒
当刀剑闪动,他才会偶尔抬头看一看
她们的小和鲜艳
爱在他的左手,还是右手
不爱在他的右手,还是左手
他始终守口如瓶。也许已经早已忘记

与友人书

从现在开始
我不反对。
剩下的路途,我只看桃花!

我只看桃花。从这一朵到另一朵
我不只是路过

对她的香气,我不再使用怀念
顺着风,顺着水,慢慢地握到另一双手
如同梦找到了它的夜晚
在她的情欲中,我慢慢地去完成一个人的美

第二封情书

而我还要走多远的路
而你还要多久,才会认出,并唤出我另一个名字
我的指肚光滑,一直以来,它们都没有找到住处
当你的头发在风中
是的,什么时候来都可以
我想我可以爱得很好
好到我的指间慢慢地长出了春天
好到你也终于愿意聆听:窗外的雨,如何敲打着
　　芭蕉

这是第二封情书。我想我爱的人来读

留守的村庄(外七首)

●宗永兵

风,拐个弯
失踪了
几间土屋顶上
炊烟和树枝早已做了了断
在村里见到的野猫野狗
比人要多。走在它们之间
自己更像一个野人
那些不死心的风,又吹了过来
可惜,它们连南墙
都找不到

其实,我并不堕落

山中几日

不洗脸,不梳头
甚至
手都不想洗

在田里
我手握镰刀
削割光阴
然后,打包成捆

暮色沉重
压低我的蓬头垢面
越来越近的炊烟
已将我涂成一抹烟色

岔口村

山洪冲断了岔口
又被几块石头垫起来
回到坑坑洼洼的故乡
我便与世隔绝
就连网络也兜不住
这个渺小的山村

老人们都在传言
政府要把我们这些老骨头
搬到城里
住高楼,过小康
他们守着这个传言
一守就是好多年

风言还在风中发酵
风雨又一次冲刷着村庄
他们佝偻着身子
跋涉在泥水与石子的路上
硌一下脚后跟
他们就咬咬牙

故乡落在脸盆里

一盆水走向工棚
突然发现,我竟端着
一枚沉甸甸的月亮
再有三天它就圆了
我把它放在毫无遮拦的空旷里
等水不再波澜
等月亮不再摇晃
伸出我的左手,接着是右手
掬起一捧冒着热气的月光
擦拭着我沾满尘土的
一张脸

父亲挂着拐杖

锄头从来扛在父亲肩上

今年夏天却发现
他拄着锄头下地
出门时驼着背
高过锄头一大截
回来时,他比锄头
低了,一大截
走两步就攥紧拳头
朝着腰骨
咚咚咚

福缘寺的清晨

清晨,站在福缘寺门前
一只麻雀从老槐树上落下来
像一个信徒
摇摇晃晃,走进了那扇寺门

院里钟声响起
阳光正好从门前那棵槐树上
斜着漏了下来
仿佛落在地上的梵文

不知什么时候,一群麻雀
翻过寺院的墙头
衔起一粒钟声
从我的头顶掠过

掌纹里游泳的鱼

一条条来自母体的河流,在掌心穿梭
多少鱼儿揣着大海的梦想

游一程,停一程
每一程,都是它们明天的起点

有多少声音在半路溺亡
有多少足迹成为一块块化石

大海还远,疲惫的鱼儿望着天空
始终无法游出,掌心之内的一片河流

深夜里赶路的一束光

幽黑寂静的山路
一束光踩着几声咳嗽
一闪，一闪
走几步就照照村口

风中传出几声鸟鸣，仿佛是

踩疼的石砾发出了尖叫
只有那束光
壮着夜色里的脚步

走到村口时
他掐灭手中的光线
伸手摸了摸，这个秋天
刚刚升起的一轮满月

一个四十多岁的男人
把自己舌头咬了（外六首）

◉ 张　寒

不动声色地渗出
暗红的前端右侧，有一丝鲜红
像一滴墨，在宣纸上洇开

怎么就把舌头咬了
刚才刷牙时。是什么滋味
里面有着怎样的纹理

昨晚喝得太多，舌头
还没醒来，或是因醉后诳语
梦中错骂了好人

记不清，以前咬过几次
也不知道，以后的日子里啊
还有几次咬破的机会

上下牙紧压，他使劲
试了一下。那些咬舌自尽的人
多么柔弱，多么刚硬

复仇者

他听见自己的脊椎，呼吸着
斩骨刀起落时迟钝的喘息
被一截一截砍下来。嚓嚓的声响
瞬间打磨得那骨茬红中透白

那条黄鳝还在砧板上扭动

他左手垫一块抹布，按住
它丑陋且已枯萎的头颅。右手
羞涩地战栗着一起一落。他恼恨
那装作一副蛇的模样

一段段粉碎的黄褐色的胆怯
转眼间，又连接成一尺多长

端午之夜

昔日寂寥的西三环，车辆

雪花

浮游在暮色和路灯的浊水里
保利购物广场前，霓虹灯
在粽叶的气息中躁动不安

微信圈里，青海湖边生病的诗人
为杭州湾畔的朋友烤了一只全羊
西湖旁的幼儿教师，为儿子暑假
上补习班还是出国游学犹豫不决

一位年轻的小说家，在东海边
面对已拟好合同还未签字的出版方
和另一家实力更强的出版社
心中一动，还是选择了前者

绿化带旁一辆奥迪，缓缓移动
尾随着一位年轻女子
她不理睬车内招呼着的男人
漂亮的长裙任夜风或抽泣鼓起

握一把潮湿的夜色，此刻
我静静等候，一位不会开车的
朋友，从城里打的飞驰
送来两篮挂满珍珠的杨梅

监 考

把黑板报细细读了一遍
终于，发现了两个错别字
——看那些各具情态的少女少男
揣测他们的经历、性情
和此刻大脑运转变换的图像
麻木的天空挂在窗外
铁青着那张毫无表情的脸
树木又失恋了，痴痴地
等待一场暴风雨的蹂躏
惨白的风扇，苟延残喘地呻吟着
举刀，企图将凝滞的空气
斩开一道道血淋淋的伤口
偷窥皮肉下细弱的白骨
我竭力寻找着，要揪出来那个
发明了人类史上第一场考试的家伙

然后，将其撕得粉碎
看他变成碎片，顷刻间
化为乌有。突然听见一声嬉笑
阴阳怪气地从远古咆哮而来
扭头，三十个狱警饱含同情的泪水
守着一个被蒸煮的囚徒

午夜的车站广场

细雨屏住了呼吸。冷风
微微喘息，在一洼洼积水上滑行
老旧的灯光，寻找出口
人群里曾经熟悉的面孔

一个男子，手藏进裤兜
缩着脖子，竭力把自己挤压成一团
在潮湿的空寂中转圈
慢跑。他的口哨苟延残喘

倚着颤抖的电线杆，我读一本
远方寄来的诗集。家乡来的客人
还没有到，我已攀上那趟列车
掉头，转眼回到了故里

她 说

顶着满头的雪，给我看眼疾
老妇人耳聪目明。她说
原单位退休后
她返聘到这儿已快二十年

她说，曾去过西安
女儿结婚时，应该是一九九六年
她说，你慢慢会想家的
叶落归根是国人的文化心理

她说，我那个女婿很好
但外语不行。后来他们出了国
又回来了。他适应能力差

她说，现在女儿不在西安

他们结婚十多年没孩子，离了
我那个女婿真的很好
他现在，人在广东

我们一起沉默无语
妻子付款取药还没有回来
我为自己的口音尴尬
后悔先前多唠叨了几句

在一口田闻涛店

油焖茄子六块，西红柿蛋汤三块
小青菜五块
白饭一碗两块，后加的免费

一碟青菜，摆在他面前
深褐色的杯子里，是他
刚从饮水机上接来的温水

端着第三碗饭，利索又小心翼翼
从收费处，得意地出来
他侧着挂满油漆和涂料的身子

躲闪的眼神，与我对接
黝黑的脸庞上，笑容僵了一下
把我一瞬间击得粉碎

赶忙低头，嚼着比他多的
一汤一菜，我羡慕他的胃口
又为自己的眼睛羞愧

在一口田，我遇见了东莞
扛玻璃的同学，昆山锉螺丝的堂弟
福州淬扳手的姐夫
和老家正在收割麦子的父亲

喝出了庙宇的茶碗（外五首）

● 姚宏伟

续了又续，一壶普洱
浓酽了黄昏，掠过茶碗
雀影钻进了风铃
那是一枚遗世的禅音，默默归返

刹尖伸进了碗里
仿佛八百年前消失的古庙
从这一叶一水中泡了出来
在心田上找到了旧址

那就再来一泡吧，或许殿宇上
还会升起一轮明月，就像
刚刚用过的青瓷茶碗，举在空中
不着一尘

中年野草

乌泱泱一片，蹲在山样的回填土上
灰条、玉谷、马齿苋
还有甜苣和沙蓬
以及，一直被忽视的黄蒿

这些中年的野草
早就不是猪草和野菜了
看上去，比留守老家的孩提和迟暮
强壮了很多

这是敦厚的野草，它们

不会闯进花圃,不会
在小区的草坪里溜达
它们只在征地和工地上出没

这些土命的家伙,用根思考
用风走路,用一生积聚苦涩
活着是苍生,死了,还能从一把土里
嗅出它们的魂来

有一只气筒叫老季

气筒站在路沿上
笔直地坚持着一贯的免费立场
两步以外的自行车修理摊
存在了很多年,已经与建筑
融为这条老街的背景

起先用过气筒的人叫一声
摊主就会点一下头
估计是听力的原因,回应越来越少
后来干脆没有互动了
就像老季是气筒的名字

忽一天,依靠自行车行走的人们
发现,旗杆一样的气筒和
立起这个物件的那个人都没影了
"老季呢",他们的询问
好像干渴的路人想要碗水喝

梨花开了天下白

天堂失散的两场大雪
重逢在人间,此刻
它们相拥在一起
相互倾诉着,自己内心对方的白

一场盛大的花事就这么发生
离地三尺,不跟着一阵小雨下落
也不随着一阵春风消融
这些精灵们只顾一意往白里开

这奉旨的开放,不止一个村
一个镇,怒放的视野白得都破了
仿佛天下干净的事物
正在完成一次真正的统一

牛群晚霞

搬着自己爬坡下坎的石头
是阳曲山的子民,自己
放牧自己的那是和顺的牛群

人神的艳遇发生以来
和顺的黄牛就升级为自治动物
割据在人间与天堂的边缘

日暮时分,从青草中抬起头来
牛角拥有了海拔
也是高峰,落日都被戳破了

水往高处

抚养着近百株炊烟,这眼山泉
是山村的命根子
天定流往低处的泉水
依托走向高处的人类,才能抵达生活

二里多的汲水之路,默录着
山民的生命史,从扁担的一头
长到中间,然后从另一头消失
连人带水滚下山崖,那是意外的人生

最近几十年,亘古不变的活法
悄悄地改变了,扁担两头
固定着老的小的,水桶在中间晃悠
就像一只水桶挑着两个人在行走

当前感动的是,泉水学会了
向着高处流动,随时到达缸里锅里
没了一桶水压着,这些苍老的稚嫩的
肩膀,就获得了一次小小的解放

曾 经 以 为 (外三首)

◉ 谢永康　董桂萍

曾经以为
无殇就是完美
你在的时候
你是所有
你不在的时候
所有是你
我闭上眼睛看不到自己
但却可以看到你

曾经以为
人与人之间的相遇
就像一颗流星
转瞬即逝于天幕
就像世间最绝恋的爱情
再美　也有痛断肝肠的离别
只是我忘记了永恒难觅
曾经拥有
才是阑珊灯火处

走过了沧桑的岁月
耗尽了我所有的力气
再也回不到过去
只是生活像开弓的箭
射出去
就没有回头的道理

陌陌红尘
谁的手牵了谁
谁的心惹了谁
谁的灵魂被谁附体
都是宿命
无法取舍的轮回

掌心里
谁都走不出谁

曾经以为
我所有的诗
都是一行一行的眼泪
只是遇到阳光的你
它已不再霉菌样的潮湿
溪流一样冲出郁郁心堤
汇入生命的大水
在一树繁花里
沉醉

在路上

天黑前
你还在路上
一把雨伞
一柄折扇
一怀牵念
前方梅林已熟黄
心为灯盏
洒一路辉光

你不怕遥遥相望
江湖虽远
总有一条最近的路
通向彼岸
最好看的花还在那等你
用一种淡淡的香
传递彼此奔赴的念想

天黑前
你还在路上
一片炽心
一腔情怀
一个梦想
今夜华灯初上
一阕心词
穿透思想的翅膀
栖居在月亮之上
心有了归属
从此，灵魂不再流浪

海 鸥

我是一只受伤的海鸥
暴风雨中
寻找避风的港口
折断的翅膀
在乌云中颤抖
海鸥啊海鸥
没有什么会压底你高傲的头颅
海尽头
浪遏飞舟
梦想在招手
海鸥啊海鸥
你这勇敢的水手
笑到最后
为生命坚守

我是一只勇敢的海鸥
暴风雨中
翱翔在海阔天空
不屈的翅膀
拍击雄壮的节奏
海鸥啊海鸥
没有什么会阻止你飞升的脚步
天尽头

晓月如钩
幸福在等候
海鸥啊海鸥
你这勇敢的水手
笑到最后
为生命坚守

天 河

我见不到一只鹊
听说
它们牵着手
搭一座桥
在天河
让相隔了三百六十四天的相思
在七夕唯一的日子里
踩在鹊的背上
细诉那支
天上人间
传唱了许多年的歌

再多的牵念
有一天可以倾诉
那三百六十四天
都不算难过

既然
地上没有一丝角落
生长你我的爱情
那么
今日搭乘鹊做的桥
去天河诉说
最好扑在你的肩头
来一场让天地都听得到的痛哭
然后
漫漫等待
明年的天河

冬 雪（外二首）

◉ 倪嫣然

静静飘舞的
是冬的精灵，雪踮起了脚尖
曼妙、多姿、意态纷呈

我伫立在雪地
让雪花这个老友在眼前舞动
不去打扰

片片纷扬
把世界染得洁白无暇
多么美好
她在高处，会停在橄榄枝上

雪，落满肩头
塑一个会动的雪人
瞭望的路口，开启了
绿灯

腊 梅

是大山的坚执
染黄了头发
遒劲枝头
生的依恋，点缀在风中

严冬也有婉约
时光沉醉
粲然中含笑
冬的馥郁，隐忍蓄势

陪伴着雪花的轻灵
在山间袅娜
飘逸的素雅，拒绝妖艳
坚守着那份孤独

就以这样的形式相守
幽香抵达梦谷

流 星

午夜滑落一颗流星
刹那的辉煌曾照亮天庭的寂寞

谁说在流星的光里默许
会兑现西风中捎带的惊喜

我的梦是流星的花环
追逐着灵境那只七色的梅花鹿

送 伞（外三首）

●董培伦

你不是断桥上的白娘子
我也不是西湖情种许仙
但在风雨莫测的旅途中
我情愿天天给你送伞
为你撑起一片天的明净
让你呼吸得自由舒坦
阻挡风雨欺凌你的纤弱
不准烈日强暴你的莲脸

人生之旅再短也很漫长
你我相爱再长也很短暂
我虽不能给你荣华富贵
却会让你感到心的温暖

感同身受的灵魂在泣诉
———丙申七夕抒怀

惊醒的心跳敲锣又打鼓
原是窗外的檐雨流泻如飞瀑
今天是个什么日子呀
你说适逢银河鹊桥庆欢聚

呵，364天的翘盼只为这一天
怎不叫喜泪横飞化作倾盆雨

莫笑我的感情脆弱泪涌眶
感同身受的灵魂在泣诉
古往今来天上人间都一样
谁不怨恨离多聚少的痛苦

遥想我们的青春曾在相思中
复印着多年的牛郎会织女

久违的声音

电话里送来你久违的声音
这是我心难以忘怀的声音
这是比蜂蜜还要甜的声音
这是比彩虹还要美的声音
这是比夜来香还要香的声音
这是比天鹅绒还要柔的声音

每当我听到你曼妙的声音
我总会想象古代两大美人
一个是沉鱼落雁的中国西施
一个是引发战争的希腊海伦
美人的声音总是一脉相承
你的声音传承美人的声音

今天我又听到你久违的声音
欢呼跃动着撞击我的心魂
世间烦恼统被赶进大海
所有名利顿作过眼烟云
我仿佛回到纯情的青春时代
重温那些遥远的浪漫与温馨

向女性致敬

我游过了长长的爱河
甜蜜与苦涩都曾畅饮
甜蜜的回忆让我神往
苦涩的追念令我沉醉
我感激那些妙龄少女
不管是朋友还是情人

118

她们都曾以向善的心灵
伴我度过骚动的青春
如今不管她们是否老去

我都将以心虔诚的感恩
眼前浮现她们昔日的微笑
照亮我每个愉悦的晨昏

各自安好（外二首）

◉ 郭倚阳

一直不明白的你，与坚持中的我
天平两端，摇摆
谁又能比谁高明
做一头鸵鸟，也许能维持很久
这不是你、也不是我本意
世界那么大，心那么小
容不下的，请允许我们放弃
人海里消失不见
不需要理由
你依旧很美，我也正年轻
可以挥霍的时间里
不见的你与不见的我
各自安好，一路自在

在废墟上开出娇媚的花

台风来了，雨不停下
深秋的树木仍葱茏在窗前
雨水催发的勃勃生机让我疑惑
正如对一个人的理解总是流于表面
塔里的人看不到
下意识的弊端与自以为是
不变的只是场景

变的是心境，在销蚀中
深入骨髓的领悟，那些隐晦的言辞
让人体无完肤的创痛
蜂拥着走来，无力抵挡
然后，我需要的
就是在废墟上开出娇媚的花来

在自己的人生里趾高气扬

没有想象那么重要
一个人的存在是为了丰满另一个人生
如一个符号
在一段生活里刻画
跌宕时起伏，销声时无息
谁都能随遇而安
从一场开始过渡到另一场
为快乐而畅笑，为愤怒而悲恸
单纯地活，真实思考
不做作、不别扭
用尽心力去付出与回收
我们都应该学会
在自己的人生里趾高气扬

海边遇天狗（外五首）

◉ 赵国瑛

午后的天空仿佛
接到神的旨意
所有云朝太阳赶来
蒿草站在咸涩的泥地里沉思
我与大海仰望苍穹

一片灰云化身天狗
把光当作粮食
太阳如烧红的灵魂
直扑天狗肉身
大海为之惊愕

水与天站在一起
波涛揉碎了远处的静谧
海鸥低徊在我的血脉里
发出低沉的呼号

旷野无人,黄昏来不及
覆盖晚归的渔舟
唯有小风吹过深秋
抬头又见太阳
西天归来

无人在意的赞美

寒风乍起,庭院换了秋装
叶子分成两派
一部分固执地绿着
另一部分开始脸红

草在冬眠前把泥土抓得
更紧　在最初的风里

将落叶扛在肩头
露水冰凉　偏喜欢
弄湿夜晚

两只乌鸦潜在暗处
等待忧伤的果实
被季节遗弃
一不小心砸碎
衰草中的虫鸣

树枝因无叶越发沉默
在泥土柔软的伤口里
晚秋与初冬
暗送秋波

星空帖

星空无垠将夜晚
磨成一个圆球
从地球的一端穿越
薄薄的黑夜,另一端
满月在风里流浪

万米高空,仰望与俯视
城乡各有睡姿
灯光被群山捧在手心
点状的生活在熟悉的地方
闪亮

现在,我比云彩更清晰
聆听万物流动
星空的淡定让梦羞愧

分不清时间和空间谁是主人
所有方向失去了动力

尘世的风雨已经入眠
云层之上，那么多慈祥的目光
互相簇拥　默默注视
你的名字正从星空返回
在我的体内飞翔

雨中听筝

大雨围堵的下午
农庄没有打伞
任雨水将绿叶、碎石
青草洗得发亮
池中游鱼在水中戏闹
不闻世事

房前女子手抚古筝
十指翻越高山
在齐腰深的爱情里
低眉颔首　浅吟轻唱
烟雨深处牡丹盛开

她的眼神暗香浮动
故乡、酒杯、旅愁在琴弦
交替行走，雨一直下
从屋檐流浪到泥土
像是要看清早年
埋葬的相思

运河帖

官船带着圣旨从京城出发，
晓行夜宿　逶迤南行。
漕舫满载粮食由江南启程，
一路向北　运送故国生计。
百姓们各驾小舟搬运

庸常的生活，
日夜不息。

奢华威武从江面匆匆而过，
人世悲欢早已被江水抹平。
水路比陆路坚硬，
风雨徒叹奈何。
千年波澜接续迭代，
铸成岁月年轮。

所有航船都急着赶路，
唯独你成了风景。
城市里被花木和高楼宠爱，
在乡村，仿佛一位留守母亲
依偎土地与劳动，
不亢不卑。

在海边

面向大海你突然
被风偷走了年龄
阳光那么热烈
将你的微笑晒成金色

面向七月你突然
有放歌的冲动
千万朵浪花欢呼雀跃
涛声仿佛热烈的掌声

在流云的注视下
你解除了所有武装
每一次转身都展现
另一个你

除非卵石那样坚硬
否则海水会抹去你俏皮的倒影
而现在你正向晚霞致敬
落日奏响了黄昏的赞歌

避世（外五首）

◉ 张晓东

八百年前，我是江南某个庙宇的和尚
那我最多也是个酒肉和尚
这么多年以来，佛光没有来到民间
佛珠一直缠绕在佛主的手上
慈悲一直在恶的面前。守身如玉
我不入地狱谁入地狱
这是不是一场屠刀导演的阴谋
我的亲人们，祖祖辈辈都在扮演
海纳百川和逆来顺受
他们在春天里播种
秋天的时候他们已经衰老
他们热衷与亲朋相互窜门
却从不一个人远行千里，涉足江湖
他们喝酒。是为了喝醉后的酣睡
血性早已封存入库
黑夜早已在酣睡之时到来
我不入地狱谁入地狱
低头叩首之间，地狱的大门已经敞开

手 谈

兄弟来吧，手谈一局
在这秋天的时光里
我们的内心是多么需要宁静

在这方圆之地
放下我们心中的沟壑
每一次落子，都不要激起波涛
在这里，我们不用去计较
眼前的得失
没有王，也没有民
它们安静在棋盘上

发出一样的共同光泽

兄弟来吧，手谈一局
每一颗棋子都是处心积虑
每一颗棋子都是从容不迫
我们的敌人不是彼此
我们的敌人是我们自己

兄弟来吧，手谈一局
秋天是多么的云淡风轻

我爱你

我认真的听着，如此悠长。
而又细小。
富有韵律。
带有艺术性。
极有美感。
像小宝贝。像小绵羊。
折射劳累后的幸福。
窗外浮云溪一般，
低沉和高亢。
抱怨和幸福。
我认真的听着，就像沉入水底的石头，
冒出清新的水泡。
就像夜夜夜深的时候，
穿过小城的汽车马达声。
我在微弱的月光下仔细看你，
读你。眉头微锁，
却忽然像春天开花。
从沉重缓慢的主席台二节拍，
到轻松欢快的广场舞四节拍。

而后沉寂，
又没有预见性地响起。
你这么难得的打鼾，
让我好奇，还带着点心疼。
我一遍又一遍地听着，
你鼾，我就不睡。
你如果有本事鼾到天荒地老，
我就勇敢地，听你鼾到地老天荒。

五代同堂

——此匾由民国政府于民国十六年赐

那时　我有良田百顷
有望不到边的茶园和果林
有马匹　羊群
有我小小的一片江山
在我安居的那一小片江山里
没有主义
没有革命的江湖
我觉得这样很好
我自己酿酒　打铁　采石
不爱江山也不见美人
在家事里不谈国事
我只关心东边的日出
西边的风雨
一直到大清被民国代替
民国里炮火横飞
那些混迹革命江湖里的好汉
都不见了踪影
我还是我自己的君王
方圆百里之内
皆有我的儿孙

白玉兰

我一直居住的院子里
有棵不断长大的白玉兰
二十多年过去
从矮矮的上面只有几片叶子
到现在枝繁叶茂
一年四季　它的叶子都是绿的
一年四季的每一天

我都要从它的下面经过
有时候它的叶子上覆盖着薄薄的白雪
有时候它滴落下来的雨水
轻轻的打湿我的额头
更多的时候　在早晨
隐藏在白玉兰叶子里面的鸟儿
用轻柔的声音把我唤醒
就如当年种下这棵白玉兰的人
我的母亲
每天敲着窗叫我起床上学上班一样

白玉兰不断地向院子里扩展
如果你不仔细
你就很难嗅到
它发出的　经久的淡淡的香

就这样虚度光阴

现在我不坐飞机火车
游览祖国的山山水水
因为　我不觉得它们会美过我的家园

我在小城里　安静生活
陪老爸种门前的菜地
和一帮梦想成为大师的文学爱好者喝酒
和几个小城里的所谓寂寞高手下棋

我不用一个人骑马
仗剑行走险恶江湖
我满足于温饱
在云和湖里钓鱼
在不高的小山顶上放歌

对这样虚度光阴
我乐在其中
我没想过如何流芳百世
因而从不担心会遗臭万年

我已习惯像一条鱼
在故乡的江河里随波逐流
我已习惯这样深陷
在温柔乡里不能自拔

银 杏 (外二首)

◉ 周 涵

满树的金黄
在风中,即使飞舞也灿烂
深秋时节
飘荡着怎样的情怀

大自然的馈赠
释放
所有光和热
等待一场无私的蜕变

不是逃避,是辉煌
是向冬天提交的一份答卷
我仰望的目光
碰撞着闪烁,学会不逃避

题 外

今夜不是缅怀的心境
今夜应该煮一壶咖啡
品尝
浓浓的芳香与苦涩碰撞

电视机还在无休止地喧腾
凡俗的爱情故事
哈欠走过
风在窗外窃笑
而满月
正透过树荫探访

初一和十五
是两种完全不同的概念
没有交汇点
星星可以作旁证

案前的书泛黄了
阅读的心情
挤出窗外

此时,唯有风铃带着禅意
在题外,叮叮当当

寻 找

昨日——
一条七色的彩虹
缀在窗前
在寒风中随心飘起
一段缤纷,如同岁月的霓裳

今天——
街上的流行色凝重
我不敢让定型的蝴蝶结
放飞
那是我最初的
羞怯与惊喜,像是解不开的结

隐　忍（外三首）

●崔志军

走在逆光的秋天
娘，就是满树发黄的叶
带着平常日子里的叹息
带着阳光般温暖的色际

四季画了个圈，就是年轮
娘的大半生也画了个圈
是两条快屈成圆的双腿
支撑着半生忍辱，摇摇晃晃

我从不相信娘腿里的骨质增生
因为，左腿定是
聋哑的哥哥姐姐
右腿着实，就是不孝的我
分明，是我们没能撑得起娘的腰杆
才变成了一个个刺
硬得像骨，疼得隐忍

这让我想起了过世快二十年的姥爷
有间歇性精神病
发病时，唱歌，跳舞
骂他想骂的人
高兴着，从不需要隐忍

秋　雨

或许，这应该是今年
最后一场雨，拖拖拉拉
不肯离宿命而去

晚秋的冷，是决裂的锋芒
落叶带着不堪被雨水流放

此刻，谁躲在回忆里取暖
谁，就会被无情一伤再伤

我想我该喝两杯
五十三度的烧与烈
一定可以让热血
突破身体的牢房
奔腾，自由，流浪在陌生的远方

紫金山

紫金山上除了郭守敬天文台
还有桃花圣母庙
来时的车上，老张说
民间故事居然把桃花圣母嫁给了郭守敬
大家都笑得由衷

一间瓦房，破门破窗
圣母像很接地气
并没有高高在上
下山的路上，朋友说
怎么就没人开发
写写郭守敬　说说桃花圣母
也好让我们欣赏美景的时候
接受一下人文教育

我从心底默默念了句
"阿弥陀佛"
但愿没有
我多少次，接受着这里
悬崖的教育
松涛的教育

各种小鸟的教育
要说人的教育
有一个叫朵朵的六岁小姑娘就够了
……
这一次最深刻教育的
是一颗枯死十年的桃花树

依然记得上次来时
她在春天里以风的姿态盛开的样子
那一次,是美的教育
这一次,是死的教育
这些,还不够吗

太行临崖

天,蓝得彻底
白云,躲藏得不露痕迹
我站在太行山之巅
将眼前的沟沟壑壑
与心底的坎坎坷坷
——对比

一个人坚守在8137高地
目光所及何止百里
我看到山下人群聚居之地
那么小

我看到脚下的蚁群
那么大,它们
正在用尽心机　攻城略地

如果,当时有一杯茶
我瞬间就可以入定
悬崖有多么高
我就有多少勇气
用来把道路陡立而起
地狱狰狞,但
绝不撤退到　身后平坦的人间

今天,才终于明白
能从太行山坚硬的石头里
腾空滚落的,原来是
大海的遗珠

师父问:都知道龙生九子
怎么就出了个十龙
张老师掌握着这个传说
娓娓道来
想说:太行山有多少腾空而起的崖
就有多少条昂首挺立的龙
但是,没说
因为,这不只是传说

秋天，在石佛村喝酒（外四首）

●吴旭东

秋水一夜涨满了秋池，友人微我到石佛村喝酒
说一个别样的石佛院子，濒了一条源自会稽山
　　的溪流
芭蕉绿，玉兰白，数根紫藤掩了半座院门
可以三二知己，聊天南聊地北，赏秋花赏秋景

座中嘉宾有红男绿女，皆是浣溪边上的风流
都写得一手锦绣文章，也吐得一口半个盛唐的
　　诗句
都说那时候我们都有梦，梦见太阳石，也梦见
　　流星雨
梦见天上真的有鹊桥，上面走着牛郎和织女

那时候，到底是什么时候，无论小时候
还是前些时候，总归是一段或喜或悲的过去
无论为赋新词强说愁，无论独上高楼，望断天
　　涯路
一样是少年的情怀、青年的豪情，刻骨铭心
那些梦，又是哪些梦？除了文学、喝酒和爱情
应该还有一次说走就走的私奔和穿越高原的
　　旅行

那时候，我们以文会友，挥斥方遒
那时候，我们中流击楫，浪遏飞舟
那时候，我们就是人中的龙凤，马中的赤兔
指点着万里的江山，粪土当年万户侯
那时候，似乎真的没有比人更高的山，没有比
　　脚更长的路

如今，我们聚会的时间往往不是很长
因为总是有些人还需要三斗米朝九晚五
酒不会过三巡，如果话不投机，就不再言语

然后谈谈天气，谈谈孩子和有机蔬菜
谈城西手工自制的馒头，实在好吃之极，大快
　　朵颐

如今，我们也偶尔深夜聚首，只是不谈文学、
　　爱情
偶尔会聊聊旅行，聊聊辽阔的边疆和现实的梦
　　境
形状各异的杯子碰到一起，都是梦碎的声音
如今，我们也偶尔聚在小小的石佛院子
默对着彼岸的一江烟雨，想象着青斗笠、绿蓑衣
桃花流水鳜鱼肥美，再是斜风细雨，也不须归去

一城柳情

听我说，说一些我最近的平淡
这一季，我慵懒地放纵自己
寻一陀月影，在空明的阶前
印一行履痕，在寂寞的青苔
带一束细语，入我的梦境
想朝霞的抽象，想流水的悠缓
在文字的湖岸边浅吟轻唱

蹀躞坚硬的青石的巷道
客舍青青，柳色盛开游人的眼
三月的晓窗，梦还不够温暖
春天攀上古老的村墙，染绿女孩的心事
东南风吹来，卷起湖面的忧伤
柳的影子开始摇晃

三月赤裸，赤裸于盈盈的水间
也赤裸于柔柔的柳色

雪花 XINGHE

127

岁月是一条河,左岸是无法忘却的回忆
右岸是无从握住的光阴
只是记忆的梗上,谁不都有
两三朵的娉婷,披着情绪的花
无名地展开每一瓣静处的月明

曾有过一个熟透的梦
无数次想放牧春天的自由
那白衣女孩的歌声依旧芬芳
只是,吹着牧笛的男孩已老

倾城之莲

在北纬三十度的江南,从每年盛夏七月开始
来自东太平洋湿润的季风和亚热带炽热的阳光
就会携手策划,在每一座城池酝酿一场关于莲
　　的盛宴

千年之前,一位村姑手挽着竹篮袅袅地
走在江南午后清脆的阳光里,绢绢洁白的纱
像白色的鱼,游在泛着流光的水里
于是原本籍籍无名的江河,也就有了美丽的名字

还是一年的盛夏,在接天莲叶的浓荫里
沿着这条江河,村姑离开家乡去了遥远的都市
莲花朵朵盛开在江边,泪痕片片
倾城的佳人,在姑苏台的青石上衣袂飘飞
绝世而独立,凝固成飞天的模样

当倾城的莲花开成倾城的风景
是谁弹响青春的琴弦,让美丽如此肆无忌惮地
　　生长
又是谁催熟千里的江河,让情感如此淋漓尽致
　　地绽放
我仿佛遗忘了故事的苍凉,让快乐如此排山倒
　　海地袭来
我仿佛看见故乡的万家灯火,让圆满如此不着
　　痕迹地来过

是的,在这个阳光逐渐温柔的八月
又有多少秘密滑过人们的眼帘

它藏在湖岸荡起的圈圈漪涟,藏在山峦倾泻的
　　万丈晨光
夏天就要过去,秋季就要来临
而这段长长的旅程,似乎才刚刚开启

我悄悄地掩上思维的窗帘,遮住整个城市的荷塘
因为我不忍这秋日倾泻的骄阳,悄悄地盗走
这段美丽的倾城之莲的时光

行走浣溪

当浣溪边上的柳枝染上季节的绿
越都城里浣女的裙袂,就会翩然
飘过陶山下那条青石小巷的拐角
不经意浸湿客舍窗棂的一抹目光

故乡的桃林,已经春风十里
记忆中的你,还是春天的模样
浅笑如花,定格成少年梦里最美的画
一剪相思,越过青春的栅栏
恒久落在光阴深处,摇曳生香

传说中的三生三世,遍野是十里桃花
说十里桃花不如你,三生桃花不及卿
十里桃花是爱、也是劫
是谁问:累世情缘,谁忘前尘? 谁总牵挂?
是谁答:诗酒华年,唯染相思? 唯种桃花!

生于人世,总是需要一个慰词来抚摩伤痕
用宿命、缘纷解释纷至的无奈和欢欣
其实人生,也无非是一次行走
就像现在,我茕茕地走在浣溪边上
蓦然抬首,一只白鸽的背影
丛林里飘着雨
而我已看不清你的模样

林间种下的梦

今天,一个人在书斋,听歌、读书、写字
风绕过窗棂上红梅,零落花瓣几许
多想,将这江南初春乍暖还寒的心情

写成一篇清新温润的诗章
寄给你,寄给流年的时光
寄给每一个奔波在旅途中的归人
如果,俗世的烟火气息已经无处可避,
我们何不自己学会风烟俱净,天山共色
在沉醉的故乡,许自己一场春暖花开
浅浅行,静静听,即使寂寞开无主
也能暗香浮动月黄昏

过去的快乐的光阴,正如这阴霾的阳光
只是偶尔划过掌心的莞尔一笑
那些堆积在记忆深处,一嗔一笑的心情

经过一年一岁的堆积,都覆上了苍老的青苔
所有的心事,都开始在梦里流浪
或许我们很多人,都是左手带着淡淡的叹息
右手又带着朗朗的笑容

然而,我还是期待,在每一个风轻云淡的日子
我依然可以写出锦色生香的文字
依着阳光安暖,悄然长成一朵潋滟的花
寂静地开在每一个善良的人们的梦里
等春天的情话落在浣溪无边的蒹葭里
你静谧的眼眸,就是我在林间种下的梦

凌　河 (外三首)

◉王爱红

凌河就是一条河
发源于巴颜喀拉山脉北麓
也发源于唐古拉山主峰各拉丹东的西南侧
你站在我的左边
她就发源于你的右侧
我能听到潺潺的水声

一张属于个人的世界地图在缩小
不能再小了
那就是两个字——凌河
一个中国北方的乡镇
如果再小
那就是一个村庄
一个名字叫范家庄子的村庄
我的故乡

干竭的沟渠不是凌河
相同的名字也不是
就像范家庄子没有一户范姓人家
凌河境内却没有一条河

每一个凌河的游子都知道凌河的流向
每一个游子的心中都储存着一个大海

我是喝清澈的凌河水长大的
凌河灌溉的大地盛产远方
我放大一粒粮食
看到了一颗金色的星球
一个人走在回乡的路上
也许与家乡越来越远
他竖起了高高的桅杆
现在是升起了帆

凌河肯定是一条河
她发源于心
也归我心

大　事

1985年夏天
安丘县城里只剩下我们三个人

我回家探亲,还有我的两个妹妹

我让大妹妹王爱滨赶紧回趟老家
她昨天还轻蔑地说不要慌里慌张的
像天塌下来似的

我让她千万不要叫奶奶看出来
我在家里坐镇,在等外面的消息
小五王爱霞还想着上学,上高中一年级

第二天上午,大妹妹一进家门
我就问她——
没有叫奶奶没有看出来吧

没有没有
我高高兴兴的
奶奶怎么会看出来呢

事后,奶奶说
那一天多亏了王爱滨回去
如果不是这样,那一天她就活不成

奶奶梦见我们家的一棵大树倒了
一棵最大的树压在老家的屋顶上
也压在她的胸口,天真的塌了

关于父亲离世,在北京突发的心肌梗死
我一直想瞒着奶奶,不让她悲伤
这样可以瞒她八年,她老人家就不仅是为
我活的

那是我结婚的第二年
一天清晨,我听见了敲门声
我说,那是我小妹王爱霞来了

就是晚上的时候,我梦见
奶奶打扮得干干净净,像一缕清风
由南向北,播下一路莲花

什么也不要说了,亲人啊——
我不知道离开故乡已经多少年

但却清晰地记着我走出了多么远

啊——耗费了奶奶多少力气
还挂念着她的不肖之孙道一声,她要走了
我一下醒了,仿佛生怕我寻根究底

在农村,我陪伴奶奶整整一十六年
1979年,我越过县城,直接去潍坊求学
2003年,我终于变成了风筝,一头扎进了
北京城

绕地球正好一周的茶

来
咱们喝茶
喝这美国的茶
确切地说
这是从美国回来的茶
作为礼品
随着儿子求学
去了美国
经过了一年的时间
现在又回来
回到了我们家
嘘
多亏是红茶
堪称黄金的茶
还保持着黄金的品质
如果是绿茶呢
就只能听任她变成别的颜色了
我品尝着绕地球正好一周
但无须送出去的中国红
感慨万千
好茶呀
好茶

观法网男单决赛

我没有看瓦林卡
也没有看纳达尔
我在看一个球童

确切地说我在看她的腿
支撑着整场比赛

球场上仿佛有一双翅膀
一会儿像蝴蝶
一会儿像天鹅
一会儿像孔雀
一会儿又像仙鹤

她可能飞得很快
倏忽就不见了

但我喜欢扑捉到她
停下来的姿势
像个小金人
展着一双时刻都在飞翔的翅膀

球赛马上就要结束
是的,我又一次看见了她
她笔直地站在赛场上
啊——那是属于我的奖品
我的意外收获

这 些 年（外八首）

◉ 周华海

这些年,一个人蜗居在江山
过着宅男剩女的生活
这些年,我把自己从散乱的远方
一点一滴地收集回来,理顺,码齐
这些年,我很少出门
偶尔溜达的地方,一个是江滨,另外一个
是你。这些年,我埋藏得很深
没有被人发现,我一直跟在一个女人的后面
天南地北地走。这些年,我自己和自己说话
自己拥抱自己
我把自己排除在世界的外面
我对自己说,我爱你,你没有听见

喊回人间

那些叫不出名字的花朵
总在路旁等着你
有时看到了和没有看到一样
以为它们不过是自然的点缀,花事的填充
有时不知不觉慢下了脚步
仿佛有人喊了你一声

你站在原地看了又看,听了又听
终于确信,是花们叫住了你
这时你才意识到
那些叫不出名字的花朵
不是可有可无的,它们专门负责——
把那些快要走进天堂的人,喊回人间

看 住

房屋边那个小小的积水潭是好的
横在它上面的一根水泥方柱也是好的
而整整一天,逗留在水泥方柱上的两只蓝蜻蜓
更是好上加好了
一些小蝌蚪贴着淤泥游动着
它们不停地吐着小气泡
却不会把水搅浑
一些绿萍和枯叶漂浮在水面上
如同我在界首随遇而安
偶尔飞来了一只黄蝴蝶
用舞姿与蜻蜓知会了一下
就飞走了

还有一个我
久久地站在阳台上
试图把万物的好，全部看住

收 到

你千里迢迢来看我
陪我说话，陪我散步
陪我把虚空的日子落到实处
我们一起走过的路，一起坐过的青石条
一起登过的山岗，还有那天
你在空旷的荒原上方便过的地方
我会一直记得
我记得你指认的车前草
记得你摘过的杞子花
你一直把它挂在胸前
枯黄了，仍把它搁在桌子上
我知道你的好，包括你的美
你的真实的存在
你给我的好，我已经全部收到

在万物中走来走去

把天当被盖的人，靠上稻草就睡着了
虽然房子是租居的，但天空不是
阳光、空气以及脚下行走的大地，也不是借来的
虽然种下多年的词语，仍没有发芽的迹象
牵挂了多少个春秋的人，还在遥远的他乡
练习了大半辈子接住阳光的方法
也没有达到炉火纯青、十拿九稳的地步
虽然也常常不知把脚步迈向何方
把目光系在何处
常常一个人，被来来往往的车辆，过境的风
以及花果芬芳的季节抛在路边
常常找不到一棵树的门，一个果实的嘴唇
但是这些都不会改变我对万物的信任和看法
万物的好就是我的好
心随意动，我在万物中走来走去

认识一条小河

我估计这也是一种缘分
毕业分配那年
我到一个名叫源口的乡下教书
一条小河
原原本本摆在学校旁边
我很轻松就看见了它
当时我并不在意
那么纤弱的流水
算不算河流尚成问题
后来我和它有了接触
白天我在它碧绿的内容里洗菜淘米
夜晚坐在窗前看书
那一嘟噜一嘟噜水的叮咚
对于清贫的我
算得上一曲好音乐
这时我才意识到
它是一条河
它的上下游建造了许多电站
很多水都拐弯抹角为人民服务去了
只有这弱小的一部分
流过我的窗前
为我提供生活的依据

在普陀旅游

就是说，我和普陀之间
发生了一种关系
比如我的手
搭在某佛的肩上合影留念
或者普陀的一些山水介入我的感官
做了我记忆的好内容
普陀几乎就是佛了
这从香客们三步一拜的行动中
可以体现出来
他们大把大把地烧香
拿部分俭朴的生活
来换取可能的好下场
在普陀旅游

我仿佛什么似的
好好的天空
下了一场所谓的雨

我要你做我的天空

我要你做我的天空
做我的太阳和月亮,季节与气候
做我的日日夜夜时时刻刻分分秒秒
我要你做我的旷野与高山
做我的庄稼,做我的牛羊,做我的诗歌与住房
我要你做我的面包与牛奶
做我的空气,做我的呼吸。做我的睡眠
那时,你正是这样排山倒海的掩埋我
遮蔽了我的眼,阻挡了我的心
你成了我的整个世界
但我多想你
多想你
再回到我身边,做一次,我的永远

躺在落满木棉花的草地上

一个人闲散到金花茶公园
沉默孤单的样子
连自己也觉得
与周围的花草　溪流　垂钓的人
格格不入
我尝试着把躯体搁在一块石头上
却发现我的孤单
高过了新星大厦的天线
我混迹与三三两两散步　照相的游人中
总感到自己像一条流浪的狗
最后　我躺在落满木棉花的草地上
一种彻底的松懈长满了躯体
我知道　这是我一生藏得最好的一次
我听到树叶哗啦啦的笑
仿佛一群起哄的孩子

时间的味道

◉卜亚平

一

很近有多近
只不过是春天到冬天
只不过是一片新芽
到一片枯叶

很远有多远
只不过是捧着枯萎的玫瑰
放在胸前
等待不可能的相约

二

你还好吗
听到了来自遥远自己的问候

当你能够打开这封信
我能庆幸
握住了你颤抖且已干瘪的手

我能看见
你看这封信的时候
嘴角挂起的不易察觉的微笑

三

车站空空荡荡
锃亮的轨道延伸向远方
远去的列车已消失得无影无踪
手执着一张车票
无助地向轨道尽头张望

车站空空荡荡
列车载着岁月已驰向远方
飞去的列车不会再回头
而我的身影在夕阳下
越拉越长

四

谁拨动了时针
让画面静止

寂静将四周包围
看不见听不着喊不出声
用力挥一下手
将幻觉抹去

想让画面改变一种方式
却怎么也找不到奔跑的姿势

一切如此平静
一切还在继续

左顾右盼
已不是自己

五

那个夜晚
冰冷的秋雨淋湿了我的记忆
从雨水中捞起跌落的日记
一页页翻开
雨水已模糊了一行行字迹

我极力想拼凑出
这方块字垒起的故城
入得城来
已走不回去

我记起了某年、某月、某日
但迷踪般的巷里
却空荡无比

我清楚地想起了某人、某事
又不知是在哪里相遇

很多人事
我们都做不了主
譬如离去的时间
譬如走散的人

六

回家的路上没有灯
我走出家门时
也是摸着黑

屋前有一颗香樟树
有风的时候
它的树叶可以飘得很远很远

回家的路为什么总是这样漆黑
我隐隐感觉已经走到家的门前
忽然又被一阵风吹得更远

我常常是这样苦苦相争
不是在路上
而是在梦中一次次熬煎

七

本想拭去岁月的尘土
没曾想用力太重
让少年的脸
沟壑纵横

镜子离我的眼睛越近
世界离我的身后越远

八

离开
是一种选择

魔术师（外六首）

◉ 班琳丽

灯光调暗，他将燕尾服中的自己变成一片纸人
做苦力的手指，幻想中，弹响大舞曲
雪片如羽如毛，纷纷扬扬，落入蓝色的多瑙河

海，在远处匍伏。桑地亚哥走出家门
西西弗推着巨石。山又在长高
维苏威喷发，火山灰落向梦中的庞贝

白长衫，夜长安，醉酒的人拔出佩剑
悲伤之城，休战的特洛伊，掩埋死去的士兵
鲍勃·迪伦，边走边唱：答案在风中飘，像一块
　　滚石

骤雨降下。灯亮。纸片人变回光鲜的魔术师
台下欢呼。他优雅地谢幕，转身，消失在门外

下一刻，他是所有人。不知道
不动声色的生活，会将他变成什么

再往东

再往东，将比想象更快地走出深陷的沼泽地
到达就近的小酒馆，吃上一口热饭

闪亮的星子坠落，穿行的城市
幸存者，接连从黑夜的余震中爬出
街道早于黎明醒来。拾荒者，攥紧手里的蛇皮袋
薄凉的风，吹进他风湿的骨缝
再往东，翻过菜市口，与密集环生的街头证词
车与人，争不同之流，密匝匝，一丝风休要透过
再往东，楼群吞吐人群。塔吊挥舞着泡沫之夏
小心，亲爱的，前面是加油站，高速入口

再往东。低于天空的村庄和麦地。低于镰刀
　　的五月
有神灵指路，我忍不住，喊出你的名字

隔　壁

屋子。或许不是。锁。也可能。为提灯人
锁死了地址，多楞角的风猜想不出投机的机会

马起飞。蜿蜒的带电的导线
拉高风的声部，杂音预演丰满地切入

雨水为草木写下悼词
路起身打躬，目送一场葬礼远去

被冷落的黑衣人，在隔壁。羊窝里
狼祸越演越烈。枪口，开始对几本书解禁

不急，慢慢翻，慢慢读
轻提裙裾，慢慢看，风景伸向远处

声音之惑

我的深夜，整个五月，被一些莫名的声音困扰着
在城南，听得到城北寺庙里，绕梁的经声，木鱼声
仿佛在蒲团上打坐的人是我，手持木锤，念念有词

入夏的蛙鸣，深夜里的飙车，是切梦的刀
搅拌机日夜的轰响。嗜血者蝇营狗苟的嗡嗡
蛙虫啃食梁柱。蚯蚓日夜翻土板结的泥土
我力求对它们保持高度的警觉，和友善

一些声音,我听不见了。每至黄昏
母亲高一声低一声唤我。我躲在墙角的抽泣和
　　应答
炊烟爬上傍晚的墙垛。祖母纺着棉花,我读着书
祖父抽着烟锅,与反刍的老牛,唠着秋收冬藏

我听不见的,神会听见
深山里,流水裹着泥沙石、兽骨冲出
欲望的都市,危楼不吭不响地倾斜
恶超过一切,就要推进弹道的,炮弹的叫嚣

修辞术

在你眼睛的神话中,我与它们
浮出时针的疲惫与寂静。细颈瓶里的
牛厥,吞服蓝药片。圣殿左边的
芦苇,勾住半轮落日。胸口,
二0二页,阿米亥。灵魂缠绕的肉体
像报纸缠绕篱笆。风,从远处来
漫过溪畔的楼头与竹林。灯光之外,
万物之父,经由隐喻,赎回
自由。向西走的人,眼含热泪。
向北走的人,默念北斗。一路向东
怀揣烈火与一条河流的雨讯。
夜色,墓园一样安宁。
游戏者的规则和主义,成为
自缚的缰绳。被缚者,宽恕了鹰
和钉子,躺下来。自残的红狐
躲回山中。夜幕中,石刻的
翎羽翻过山岭。群星之下,正是子时。

恩仇记

我养大的仇家,下山了
他是个哑巴,擅易容,身怀绝技
白天着公子衫,佩长剑,执魔笛,出入上流
夜晚,夜行书生,隐身衣,包头蒙面

背上一把夺魂剑,杀人于无形,于月黑风高
我逢人告知,我养大的仇家猛于虎
见者,格杀勿论
闻者不戒。手无束鸡之力的女人
养鸡养鸭,养花养娃,罢了
养魔养鬼,以狂傲,以蛇蝎之毒
必要时,以身饲他贪婪,目无是非恩仇
我知道啊,养虎为患,养他时已心知肚明
为囚他,养他在镜子里
他打碎镜子,也打碎我,隐于人群
他依恋我喂养和爱,这是他唯一的软肋
我是他最后的复仇者,血,还将浇灌他的快意
是夜月黑风高,我与他立于旷野
他拔剑。我攥着一把汗的手,亦握紧利刃

今夜的风向

记住今夜的风向。逆向寻找
能穿过蝴蝶的迷谷。涉过河流,能见到森林
迎面会遇见逃命的豹子、狮子和狐狸
遇见曼陀罗和花香

让它们看清你的模样
它们会感恩,指给你走出森林的路
你一定要认清持刀者的面目,告诉它们
它们会回到这里

石头可以不开口。风可以中途转向
你也可以回头走掉
天上的眼睛睁着。星星、鹰和神明
地上的耳朵听着。草根、墓碑和百足虫

膨胀吧,欲望的刀声从来是豪夺者
也是自己的泄密者
被管制的喉咙
发出了呼唤:明天还有多远? 明天还有多远?

当代抒情小诗选萃

◎ 郭沫若 ◎

波与云

碧波伸出无数次的皓手，
向无上的白云不断追求。
白云高高地在头上逍遥，
只投下些笑影不肯停留。

白云转瞬间波到了天外，
云影之被吞进波的心头。
波的皓物仍在不断仲拿，
放荡不会有止息的时候。

西湖的女神

据说西湖里有一位女神，
每逢日夜便要从湖心出现。
游湖的人如果喜欢了她，
便被诱引西湖底的春天。

今晚的湖上幸好没有月，
我没有看到西湖的女神。
不是我被诱进西湖的水底，
是西湖被诱进了我的心。

◎ 艾 青 ◎

给乌兰诺娃
——看巴蕾舞"小夜曲"后作

像云一样柔软，
像风一样轻，
比月光更明亮，
比夜更宁静——
人体在太空里游行；

不是天上的仙女，
却是人间的女神，
比梦更美，
比幻想更动人——
是劳动创造的结晶。

礁 石

一个浪，一个浪，
无休止地扑过来
每一个浪都在它脚下
被打成碎沫，散开……

它的脸上和身上，
像刀砍过的一样，
但它仍然站在那里，
含着微笑，看着海洋……

小 河

小小的河流

青青的草地

河的这边
是白的羊群

河的那边
是黑的、褐的牛群

天是蓝的
河是蓝的

启明星

属于你的是
光明与黑暗交替
黑夜逃遁
白日追踪而至的时刻

群星已经退隐
你依然站在那儿
期待着太阳上升

被最初的晨光照射
投身在光明的行列
直到谁也不再看见你

长　城

原是古代的边墙
经受了千年风霜
听不见塞北的筛笛
却记得往日的战场

如今它已成了遗迹
为北国点缀风光
驼队铜铃夕阳里
有牧人在吆喝牛羊

珠　贝

在碧绿的海水里

吸取太阳的精华
你是虹彩的化身
璀璨如一片朝霞

凝思花露的形状
喜爱水晶的素质
观念在心里孕育
结成了粒粒珍珠

海水和泪

海水是咸的
泪也是咸的

是海水变成泪？
是泪流成海水？

亿万年的泪
汇聚成海水

终有一天
海水和泪都是甜的

拣　贝

大海的馈赠
是无穷的

阳光下到处是
俯身可取的欢欣

海滩上的天真
浪花里的笑声

回　声

你躲在峡谷
她站在山崖上

你不理她
她不理你

你喊她，她喊你
你骂她，她骂你

千万不要和她吵嘴
最后一声总是她的

山核桃

一个个像是铜铸的
上面刻满了甲骨文
也像是黄杨木雕刻
玲珑透剔、变化无穷
不知是天和地的对话
还是风雨雷电的檄文

石　舫

没有风帆没有桨
停泊在固定的地方

石砌的船石砌的楼房
永不出航看湖水荡漾

水也不涸石也不烂
想的是永恒的天堂

哪有不散的筵席
哪有不死的君皇

房　顶

不是受烈日暴晒
就是受暴雨浇灌

连风雪也欺压它

而它始终坦荡着
使房子里的人们
保持夏天的凉爽
冬天的温暖

房子里的人看不见它

波斯湾上空

茫茫云海的上空
一片无边无际的
宁静的、不动声色的蓝天

茫茫云海的下面
动荡不安的
波涛滚滚的
能源争夺的
声嘶力竭的波斯湾

尼斯的早晨

这样的一个黎明！
从四面八方
从山上山下
从远远近近的树林
从家家户户的庭院
传来了千百种鸟啼声
像许许多多人在说话
互相争吵什么似的
啼叫着，啼叫着
直到天上撒满了镀金的云片……

克拉玛依（二）

你用一片荒漠
掩盖无穷的财富

你从遥远的边疆
献出自己的能量

让千百万轮子转动
所有的夜晚闪闪发光

草　原

醉人的蓝色
醉人的绿

蓝的是云杉林
绿的是草坪

可爱的少女
可爱的羊群
连马儿也不走了
在留恋这环境

雪　莲

春风吹不到这儿，
燕子也不会来——
不怕从悬崖摔下来，
才能看见你的光彩；

冰与雪的化身——
洁白、美丽、大方；
没有对你强烈的爱，
闻不到你的芬芳。

交河故城遗址

仿佛有驼队穿城而过
人声喧嚷里夹着驼铃
依然是热闹的街市
车如流水马如龙

不，豪华的宫阙
已化为一片废墟
千年的悲欢离合
找不到一丝痕迹

活着的人好好地活着吧
别指望大地会留下记忆

路

我们都是走在路上的人
我们都在追赶着时间
这个时代是属于我们的
我们走的崎岖不平的路

我们选定了要走这条路
这是唯一通向天国的路
我们都是神话里的人
我们都是创造奇迹的人
路在我们前进中伸延
引导的是不灭的火焰

◎ 吴奔星 ◎

迎春花

一串串金黄色的花
是正在鼓吹春色的喇叭

为了吹醒春天
心里都乐开了花

一边花儿凋谢，一边叶子发芽
浓绿的叶子取代了金黄的花

要是没有浓郁的绿叶
就只剩骨瘦如柴的枝桠

恭喜绿叶装饰了枝桠
春天才安好自己的家

梦

常常梦见你
但，只要一翻身
便什么也想不起
似乎要像梦一样分离
可梦又紧紧地跟随你

信笺上千百遍＂相思＂的堆砌
何如梦中朦胧地相会
要是连梦也不做
感情的显像管
岂不完全报废

水

不管刮什么风
一律奉献洁白的浪花
风力越强
花也越大

自己没有骨头
偏把石头冲刷
折腾得它们又平又圆又滑
枕在媚态的浪花底下

◎ 鲁藜 ◎

灯 光

有时候
我乘着列车穿过黑夜的原野
远远地我望见你，北京
我看见那灯光群列像浮泛在海上
我就像看见希望
我的心就向你飞翔

黎 明

掀开窗帘
我迎接了红日
分不清那在窗前闪烁的是晨光
还是我的银发
但是，我感到幸福
我的生命浸透在祖国的黎明中

方寸集

4

我是蝉
我不能作雷鸣
只能唱我朴素而单纯的歌
唱给阳光
唱给绿林
唱给田野辛勤的农人
唱给那奔走四方的车夫

7

对于我
不需要琼浆玉液
一胸清泉
我都为之沉醉
一滴阳光
我都惜如明珠
一朵小花
我都捧为宝石
一句良言
我都镌刻于心

14

我的心啊
不要像岸边那只小舟
被一丝柔发系住
而失去了万顷波涛

16

那晶莹的露珠
是绿叶把它衬托
那明亮的星星
是黑暗将它磨刻

春蚕集

2

一棵被砍伐而遗留的树桩
因为它的根长进地心
到春天，犹从那锯齿斧头的伤痕里
迸发新枝；如同绿色喷泉
去填补大地的空白

块垒集

10

愿我的诗是人生森林之一叶

是艺术海洋之一粟
是黑夜繁星之一粒
是撼醒寂寞之音符

◎ 穆 旦 ◎

问

生活呵，你握紧我这支笔
一直倾泻着你的悲哀，
可是如今，那婉转的夜莺
已经飞离了你的胸怀。

在晨曦下，你打开门窗，
室中流动着原野的风，
唉，叫我这只尖细的笔
怎样聚敛起空中的笑声？

老年的梦呓

3

我和她谈过永远的的爱情，
我们曾把生命饮得沉醉；
另一个使我怀有怨恨，
因为她给我冷冷的智慧；
还有一个我爱得最深，
虽然我们隔膜犹如路人；
但这一切早被生活忘掉，
若不是坟墓向我索要！

4

过去的生命已经丢失了，
你何必还要把它找回来？
打一个电话就能把她约到，
可是面对面再也没有华彩；
那年轻的太阳，年轻的草地，
灿烂的希望和无垠的天空
都已变成今天冷淡的言语，
使回忆的画面也遭霜冻。

5

到市街的一角去寻找惆怅，
因为我们曾在那里无心游荡，
年轻的日子充满了欢乐，
呵，只为了给今天留下苦涩！
到那庭院里去看一间空屋，
因为它铭刻一段共同的旅途，
当时写的什么我尚无所知，
现在才读出一篇委婉的哀诗

◎ 蔡其矫 ◎

玄武湖上的春天

我看见一队少女在击浪扬波，
太阳照射她们如一群洁白天鹅；
风吹乱嫩绿柳枝和她们的头发，
向每个心灵唱青春永驻的歌。

太湖的早晨

天空罗列着无数鲜红的云的旗帜，
湖上却无声地燃烧着流动的火；
归来的渔船好像从波中跃出，
转眼之间它已从火上走过。

夜 泊

港湾内布满了渔船小小的灯光，
在水底下都变成了光明的杉树；
可是夜在海上散下薄薄的雾，
却连最明亮的月光都穿不透。
我听见微波在向船诉说温柔的话，
但桅杆上的风旗却还在与风搏斗；
那些落帆而停泊在一起的船队，
在梦中也还未忘记它风波的路。

相思树梦见石榴花

南海上一棵相思树，

142

在春天的雨雾中沉沉入梦；
它梦见一抹北国的石榴花，
在五月的庭园里寂寂开放。
它梦见那里的阳光分外明亮，
是因为把雨雾留在南海上；
但它的梦永远静默无声，
为的是怕花早谢，怕树悲伤。

希　望

屋顶上的青苔是灰绿色的。
墙头上的青苔是碧绿色的。
水沟里的青苔是嫩绿色的。
我的心中
也有黯淡青苔的经线纬线
织成一面朦胧的旗帜
在阴雨中悄悄飘扬。

梦

有过许多黑色的梦。
有过许多灰色的梦。
也有过许多金色的梦。
现在又有一个腥红的梦
在半睡半醒中向我走来
预告明天和后天
将有怎样一个异样的天空。

桐　花

春天来时万木争开繁花，
春要归去百草都无情绪；
唯有桐树，当雨过天晴
在村边道上展开一片光辉的水晶
献出它对春深眷恋的心意。
它为春开花，为春灿烂
为春钱别壮行色
把暗香混合在尘埃里
把落花铺满青草地。

落　日

火红的血球巨大宁静，
异样的光辉涂染有生和无生：
把群山映成紫色，
朦胧中看来又重又轻；
让无边的高粱田变成火海，
秋风吹动闪烁不定；
碧青的晚霞渐渐溶化，
地上的灯光照耀如金。
这时，苍凉幽暗的林边
一轮淡月正对着落日上升。

绿

阳光穿过杨树林
闪烁片片绿色的金箔；
青苗在原野展开
大地是一块绿色的玉；
你在路上跑过
风吹头发
扬起一缕绿色的云。

竹林里

泼水在空中凝固
翠绿快滴下露珠
看那光芒颤动在末梢
又像喷泉又像雾

飘落无形的雨
灌注心灵的湖
希望就在这一刻复活
自那失望的坟墓。

导　游

佩带饰物
飘送芬芳
赏心悦目是那笑播不灭

雪
花

143

挥云弄日
水面流星
竹筏横斜时指点青山万叠

姿影同碧水妍丽
竟日引诗联景
夜深蹁跹起舞
年华永远嬉戏在岚光水色

孤独一年

乌云借着暴风的势力
把满天的星斗扫尽
红惨绿暗的暮春
波涛在屈辱中噤声

灵魂穿越边境
星星在世界漂泊
焰火喷发为巨大问号
向枝叶花果泣别

竹 筏

染黛泼蓝的水长流
生命的脉搏虽不显露
可一股欢愉思潮
如神奇的音乐乘风飞舞
呵护这一片嫩黄梦羽

涉江的芙蓉
温柔的形影慢慢游来
又终于渐去渐渺
美的需求如夜雪消溶
那点暖意则难以湮开

重返爪哇岛

怜爱目光如水回流
天方的旅地时明时暗：
中世纪壮丽佛塔
热带相思子落满阶前

欲曙寒气中登攀
喷烟的火山银星闪闪
遍山别墅空寂无人
包藏深远的种族忧患

◎ 唐 湜 ◎

听 歌

树下的日影从容地移动了，
萧萧的枝叶悄悄儿沉默了，
我好像在静息的水波上酣眠，
在草地上张开四肢听着歌；

听小草叶颤动的苏醒的歌，
听小鸟雀明丽的鸣啭的歌，
听小水泉泪泊的闪烁的歌，
如啜吮着永恒的蜜而狂热！

豪 兴

风丝雨片飘在我心儿上，
萧瑟的春意，有淮南的弄蛇人
在我的梦窗外吹着那小笛，
逗起了我风尘远行的豪兴；

这匆促的一生能着几双展，
过多少小桥、流水、人家？
呵，谁真能行尽天涯路，
望平林漠漠，烟水笼寒沙？

吸 取

漫漫的夜似一道长河，
漾着一片黑黝黝的水波，
飘过了多少云彩、星星，
多少欢乐、悲歌、渐作！

我兀立水波的拍击之中，
沉入了一次又一次迷惘，
如鱼儿沉落深湛的河底，

吸取着曲折、澄明的月光！

涉　行

一春的晴光水波样摇漾，
运方晨钟在客子的枕上
敲落了幽暗里缭绕的梦，
急促的呼吸乃温柔而哀伤；

胸臆的起伏灼热而跳荡，
永杯着梦中颤栗的星光，
草露间我有欢然的涉行，
去探索美的寂寥的渴想！

山峦的睿智

风云在我的胸前凝聚，
碧波在我的心上摇漾，
有鱼的从容、水的澄澈，
伴我的身影仁立于苍茫；

我将记取山峦的睿智，
默默地容受风狂雨骤，
叫日月在身边悄悄流过，
不留下一点啮人的烦忧！

旖旎的春

是谁采下早春的风声，
化入这芦苇做成的叶笛？
是谁捕捉闪光的流萤，
来装饰一片梦中的迷离？

我要把捉流漾的光芒，
幻化作诗的珠贝来点缀
不多的几个旖旎的春，
吹芦笛来汲取新的薄醉！

长　笛

想桓伊弄长笛吹落梅花，

有多少豪情磊落在襟怀？
一江月色，一江浮翠，
引孤帆飘泊在天涯云海！

哪儿觅迷失的往日行迹？
薄醉里望荧荧的三两点灯火，
行枕下如若有千年的沉睡，
不再见风尘黯黯于紫陌！

竹叶舟

凝视紫盆中艾艾的草叶上，
有小草虫在匆匆向上爬行，
恍如见人类在崎岖的行旅中，
攀登着一个又一个峰顶；

看落日光凝成金色的轻毂，
悄悄儿降落于寂寞的河堤，
我似像独自在竹叶舟上，
飘向日与夜相交的天际！

夜　窗

呵，飘翠的盈盈一水，
盈盈的哀思，盈盈的爱，
记忆随白昼默默地凋落，
一霎时就如在天涯之外！

怎去寻梦中的楼台似烟云，
你来看这炉香袅袅地上升，
听雨珠笼着凄凉的夜窗，
一滴滴都到我孤栖的枕上！

水流石穿

一片静穆，悄悄儿流转着
如梭的岁月，水流石穿，
玉阶上有凄凄苦雨滴到明，
叫多少幽人无眠而悲惋！

想双文一夜凝睇于空阶，

听迟疑的雨,以空灵之步
吟出那郁郁的无边夜色,
眼儿前恍如见幽姿茕独!

春的祝福

我的影子在水边逡巡,
朦胧的黄昏,悄悄儿消失了
远去的足音,远去的恋念,
似翠叶飘落于一片月色;

乃踩着幽邃的荒径归去,
踩一地青苔,一地尘沙,
听南风在澄蓝的上空叫啸,
如春的遥远的祝福、回答!

水　镜

微雨轻飏在黄昏的水巷,
更轻的微语在迟暮的心上
颤动又颤动,如哀哀的琴弦
在薄暗里急促的琴弓下彷徨;

谁能忘风儿样吹过的回音?
我想寄一面小小的水镜,
叫你能照见眉毛样的月亮,
银河旁满天眨眼的星辰!

幽　独

静静地听取夜晚的骤雨,
静静地听取夜晚的幽独,
去向那二月沉醉的午夜,
忘却生涯里可哀的仓猝;

谁能给时间筑一道堤坝,
拦住那汹涌的岁月奔流?
去为爱的夭亡悲泣呵,
为那青春的迷失、幽囚?

孤　茕

我不会如诗里一带远山
闪耀出一片伤心的翠碧,
因为你的眼眸上有一串
丰盈的泪珠可以啜吸;

我将记取那三月的幽夜,
把风雨的淅沥关在窗外,
独自点起茕茕的寒灯,
照自己孤茕的身影徘徊!

海的系念

谁叩舷独呼,说春的潮水
那么平静,没淹上草蒲,
当奔腾的银涛飞卷而来,
卷走了片泥、沙、贝珠?

我梦中也有片远水连天,
那么辽阔,苍茫无边,
我将纵一苇远涉夕阳外,
为了浩渺的海的系念!

◎　郑　敏　◎

黎　明

黎明走过窗外,脚步声
惊醒无数鸟儿在四肢中
河面静静地流过水纹
在沐浴
仰卧柔软的水面
微蓝的深处
有人? 没有人?
幻影流过另一个河面
只显现给那双特殊的眼睛。

她走过长安街

微笑有些苦味
头发发出雨后的草香
迷惘的青春
摇摆着颀长的身材
走过长安街

眼睛里
飘浮着雾气的朦胧
树影婆娑下
玄想着
西山后面的明天

地　震

紫丁香熏醉着整个
黑夜
每一颗星星都被射中
摇晃、流堕
巨大的石像倾倒下来
她被阿波罗的身躯压倒
那高贵的头颅向她俯视
庞贝城的凝固中
有她永久的梦。

灯

一只手
点燃一盏灯
黑暗缩向角落

满天殷红的晚霞
变灰了,暮霭沉沉
山失去了轮廓梦

一盏灯
永远是一盏灯

在记忆中
哪里是那只手?

灵魂的低语

灵魂天天在低语
我多想屏息窃
风在窗外的树梢上跑过
"这是秘密,这是秘密。"
我嫉妒她的密发
请他不要将她诱走
直到我被赐给
一双穿过地狱
瞧向星空的,命运的眼睛。

我的君子兰

比火更多火焰,比橘子更多橘红
在喷出第一团岩浆后
又伸出长长的火的手指
刺疼了老人们的眼睛
释放几千年的生命火山
祷祝你终于穿透地壳的铁甲
向宇宙闪出那无法扑灭的火光

快乐

难道不是许多个一闪?
当阳光从不同的角度落在河面
风从动着的树叶间吹在头发上
晚霞从浮着的云块里泛出
记住的不是哪一片水
哪一丛树,哪一个落日
而是那化在无形中
不断释放震波的
一闪欢乐、美和幸福

◎ 绿 原 ◎

希望(之二)

你把我引向了悬崖
说前面有狂欢的云霞
你教我纵身一跳
说跳下去就是莲花
将把我浮向舍利塔

我浑身颤抖
紧拽着你的手
万丈深渊直冲断桥冷笑
我听见千年绝望作狮子吼
却一步也不敢退缩

幸 福
——望穿秋水者如是说

幸福是寂寞的
周围没有人注意

幸福因此是忧伤的
两眼常残含着泪水

幸福是羞涩的
仿佛撒了一次谎

幸福因此是儒怯而木讷的
甚至不敢说一声对不起

不禁为之震悚

在喧嚣的溽暑下
在肥腻的浓绿中
猛抬头望见
高山永不消融的积雪
以其冷峭的洁白
与烈日的热光相抗衡
傲视尘世季节的嬗变

和眼前一小杯化开了的冰淇淋
不禁为之震悚

一 滴

一滴酒是一汪水
它是大自然的血清
一滴酒是一朵火
它是这血清的自焚
同一滴酒是一粒泪
它是这自焚的余烬
一滴酒是一缕灵魂
它温柔热烈又不无酸辛

山野黄昏

落日的余辉还有几分钟
正抹着对面冷峭的山峰
倒映在层层梯田的积水上
把团团浮萍染得通红
远远近近像古画一样静寂
只有卵形芋叶随微风抖动
山坡上蓦然一声姆——妈:
一头忘返的小犊闯入了画中……

小镇夕市

暮霭和晚炊分不清
山坡和屋脊分不清
草径和石板路分不清
小镇快闭上了眼睛

只有一家小馆亮着灯
一张小桌围着三五个身影
一碗酒一碟泡菜一锅薯羹
谈着笑着世界上没有别人………

前面还有十里路

趁天还没亮我就赶路
一直赶到太阳落了土

累得半步也难迈出去
无奈中途远不是归宿
前面还有十里路要走

再累再累也不敢停步
靠慈祥月光把我照顾
有北极星牵着我的手
九十后面一半得补足
前面还有十里路要走

◎ 牛　汉 ◎

夜路上

黑沉沉的夜里，
跌跌撞撞走在山路上。

脚趾穿透泥泞，
紧抠着坚硬的大地。

月亮的光太淡，
星星的光太小。

真盼望黑云飞来，
爆响一声露雳。

雷声使人清醒，
闪电照清面前的道路。

我去的那个地方

我去的那个地方
在黑憧憧的山后边

我去的那个地方
在白茫茫的湖岸上

我去的那个地方
在远远的几颗星星下面

我去的那个地方

有人在星光下正唱战争年代的歌

冻　结

暴风雪过后。
荒凉的湖边，
一排小船
像时间的脚印
冻结在厚厚的冰里；
连同桨，
连同舵，
连同牢牢地
拴着它们的铁链。

一生的困惑

有人断言：
面孔朝向天堂，
脚步总走进地狱。
我始终不相信。
让我不解的是：
我的面孔一直朝向地狱，
而脚步为什么迈不进天堂？

重　逢

是涌动的眼泪
模糊了三十年前的形象吗

让手紧紧地握着出
酸涩的眼睛索性闭起

一瞬间的闭目沉思
更能看清立在面前的灵魂

画　布

是春播前的大地
是一条河流的源头
是奔马的草原

是星星,飞鸟,歌声
和暴雷雨的天空
是战士空茫茫的墓地
是一只大睁的泪眼
是正张开要歌唱的喉咙
是还未出生的生命的胎衣

峡谷两岸的山峰

阴森森冷凄凄的峡谷
一边一个青翠的山峰
流动的云雾
七彩的虹霓
还有灿烂的闪电
常常把它们系连
但它们只能默默对峙着,倾慕着
不能相互靠近一步
只能永远在峡谷的两边兀立着
成为最有魅力的风景

废 墟

——1945 年 8 月原子弹炸过后的广岛

只有山
倾倒的山
烧焦的山

只有大地
破碎的大地
溃烂的大地

只有遥远的回忆
和泪水浸润的希望
敢于闯入这里

希 望

谁的心灵里都有个洞穴
希望是一只鸟
藏在这幽深的洞穴里

生性好飞的希望闷得慌
不停地振翼和冲撞
它有尖尖的喙
啄着颤动的心房

希望冲出了心灵
羽翼是血红的
它在天空飞成一道彩虹。

海 潮

大海如此平静
大海有忘记一切的胸怀

可深深的海水里
过去的瀑布
并没有消亡

听啊
海潮来了
还像是从高高的悬崖上
呼啸而下

哗,哗哗……

江上的雾

最浓重的雾
总在江流的前方
凝聚得像一座迷迷蒙蒙的大山

江轮不停地破浪前进
雾的山步步后退
但是永不消失

一个水手对我说
那远远的大雾
是长江昂起的头

回港的路

回港的路
最是乏味
平展展的海域
看不见有路
却感到了路在重复
波浪似乎也重复
风声似乎也重复
难怪船尾的海鸥
都嘎嘎地
飞向远方

夜

关死门窗
觉得黑暗不会再进来

我点起了灯

但黑暗是一群狼
还伏在我的门口

听见有千万只爪子
不停地撕裂着我的窗户

灯在颤抖
在不安的灯光下我写诗

诗不颤抖

陶 罐

浑圆的天空瓦灰瓦灰
活像一个倒扣的陶罐

有很多年
我最惧怕瓦灰的颜色

连天空飞的鸽子

都是瓦灰的幽灵啊

难道陶罐里
全是骨灰吗

青春
——读蒙克的画

摒弃了一切装饰
生命赤裸裸的透亮

通体闪射着斑斓的色彩
心灵飞向无边无际的梦境

从眼神到手指
流溢着可燃的祈望

只等那一星火苗扑来
突然之间向她点燃

她升华成一个人形的太阳
愈燃愈烈,愈升愈高大

◎ 曾 卓 ◎

寂寞的小花

在深山中那一片荒凉的峭崖上
我看见了一簇不知名的美丽的小花
"寂寞,"她低声地说:"勿忘我!"

断 章

我常常微笑
为了掩饰我的伤痛

我常常沉默
而波涛在我心中汹涌

火与风

微火,在一阵风前
灭了,失去了光亮

理想的烈焰
在狂风中愈烧愈旺

生 命

灰暗不是她的色彩
铁链锁不住她的翅膀

在黑暗中发光
在痛苦中歌唱
在烈焰中飞翔

她的孪生姐妹是
斗争和希望

我遥望

当我年轻的时候
在生活的海洋中,偶尔抬头
遥望六十岁,像遥望
一个远在异国的港口

经历了狂风暴雨,惊涛骇浪
而今我到达了,有时回头
遥望我年轻的时候,像遥望
迷失在烟雾中的故乡城

◎ 闻 捷 ◎

彩色的贝壳(二)

年年月月日日夜夜,
海汹涌着,海奔腾着,
海在不疲倦地运动着,

于是,海水永不腐臭,
海保持了青春的纯洁。

彩色的贝壳(四)

海怎么蓝得透明?
因为它很深很深……
浅滩附近的水,
总是那么浑浊不清。

彩色的贝壳(十)

海上风起云涌了,
风浪里漂着一只小船;
它在寻找熟悉的小岛。
和那避风的港湾……

这时,在乌云和白浪之间。
有海燕鼓翼飞来——
像战火和硝烟里飘起的红旗
给渔人以勇气和信念。

彩色的贝壳(十七)

海边上有一只小船,
半悬着帆,半卷着帆,
它的灵魂是那样懒散……
倘若不是风来催促,
它在这沸腾的海滩上,
也许又会虚度一天。

◎ 孔 孚 ◎

渤海印象(之三)

天地忽低忽昂,
老觉得是在浪上。

臂膀成了双桨……

泰山日出

它来得很艰难，
终于冲出云围。

海水殷红，
像血。

它受了伤么？
还是金矢的凯旋？

千佛山龙泉洞某佛前即景

他微笑着，
看苔爬上脚趾。

他微笑着，
听苔跃上双膝。

他微笑着，
任苔侵佛头。

我看见一行绿色的幽灵，
潜向他的心谷……

锦云川意象

云丢失了条带子，
来找。

跌落到水里了，
尽情地泡…

鸣弦泉一瞥

石琴上，
落只八音鸟。

张口接一滴泉水，
嗽它的嗓子……

闲 云

常见在一条幽径上散步，
暮色中倦倚一棵孤松。
问他仙乡何处？
说是"云林石缝"。

◎ 丁 芒 ◎

最响的歌声

谁能比你更了解祖国？
你亲手量过万水千山。
谁的歌声比你更响？
你唤醒了地下的宝藏。

驼铃替你敲着节拍，
风暴在空中拨动琴弦，
为了替六亿人寻找幸福
歌唱吧，勇敢的勘探队员！

雨花台凝想

生命可以用子弹切断，
精神却不能用弹道丈量。

生命之光可以用子弹击灭，
精神之光正是用子弹点燃。

刑场是精神升华的殿堂，
最美的感情就在这里发光。

那枪声多么脆弱多么短促，
天地间用留的是血的呐喊！

像斑斓的云彩笼着时代，
使我们的呼吸充满芬芳！

露

谁知道万物怎么熬过黑夜，
天一亮就看见到处是泪珠，
一片叶一茎草都像哭过，
泪滴上凝聚着多少凄楚！

可是它得到曙光也最早，
含泪的眼，才有最欢乐的笑，
那光闪闪水灵灵的泪珠呵，
正争着把黎明照耀！

电

像一把锋利的刀剪，
铰破了密沉沉的乌云，
一天的雨水漏出来了，
向大地狂泻如顷。

但愿我手中握着闪电，
剪破天下的乌云，
好让泼辣的雨水，
把大地冲洗得干干净净！

琴

琴床上，春天已张好了丝弦，
垂杨柳用纤纤指尖弹拨，
于是，小溪就涨满了音符，
铮琮一声，飞一圈翠绿。

苞 芽

从何处探来春的消息？
寒风里，苞芽已不再战栗。
为了送别噩梦，壮自己行色，
她痛饮了枝头的一捧残雪。

峰影参差

一座座山峰，
都想在梦中，
有点完全沉湎，
有的只是惺忪。

沉湎的心随云去，
惺忪的挣不脱朦胧。

只有石壁上的松树，
像是梦的毛发膨松，
撩拨着雾丝云絮，
偶尔碰醒一些山峰。

飞翔的秋

你不见，那遍山的茜叶似雪，
飘飘洒洒落在深谷丛林里。
秋天，天子山的绿也苍老了，

发蓝的雾填满索溪峪，
苍蓝的峰挂显得焦黑，
轻霜染黄了那些阔叶，

只有茜草，豪情不减，
湘西的秋也是能飞翔的，
茜草的叶花就是满山放飞的粉蝶。

缆车穿空

把登山的雄心
磨成一支箭
把登山的石阶
绷成一条线
从希望到目的
这是最短的距离

是雷电的轨道
是鹰翅的路线

缆车从山下拎一厢笑
扔上北海的峰巅

◎ 沙 白 ◎

五月的屯溪

五月象一条急急匆匆的山溪
在屯溪的石板大街上流过

千山茶树浓浓的,浓浓的新绿
从四面八方流来,向这儿汇合

捎来的采茶女的小曲也是绿色的
绿色的纯朴中透出绿色的欢乐

从店门口流出的茶香也是绿色的
绿色的清香薰醉头顶飘过的云朵

新安江从枇杷林中流过

我终于找到失落在晨光中的群星
一颗颗,一颗颗堕进两岸枇杷林

新安江迷惑了,消失了如雷滩声
老想回头细瞧,慢悠悠一步三停

它也想要两颗,要两颗悬在桅顶
让东去的篷船都有一双闪亮的眼睛

旭日从江面升起,烧红一天朝云
新安江满足了,每朵浪举一盏灯

千岛湖印象

山,在水上漂
水,在山下摇

水,才下机
万丈绿色鲛绡

山,刚出浴
一身水汽未消

山,把水染绿了
水,把山泡青了

一抹斜阳抹红了千岛
翡翠盘上托颗颗玛瑙

巫山日

太阳收起往日威严
跟我们的船捉迷藏

在巫山深处东藏西躲
忽而又露出半个脸庞

妩媚地,或挪揄地一笑
便拉起一幅楚云作帏幛

苇 笛

儿时被芦苇割破手指
母亲为我卷一支苇笛

长大羡慕别人的尺八
枉自向竹管去寻韵律

也曾钟情于一支号角
梦想着与飙风同呼息

老来细看自己的掌中
仍是那支暗哑的苇笛

虽然暗哑,仍然珍惜
有母亲的爱,自己的血

浮 尘

一阵风

赋予你以生命
翩翩然,阳光下
舞作庄周梦中的
那只蝴蝶

终于落定
落定而为泥土
一株小草
在上面
长出春天

墙

邻家的牵牛花
爬过墙来
分赠我几瓣嫩紫
悄声耳语
秋天还没有老去

想来我的金粟兰
也常将一缕幽香
递过墙去
引得蝶儿越墙飞来
如一位长翅膀的使者

蝈蝈

檐口的歌声
空寂成一只
高悬的篾笼

一枚摇不响的铃铛
不再牵惹
孩子的梦

还你自由
葬你百草丛中

叶落阶除
都是西风

青城山听泉

房舍、烟尘一下子被浓荫推开
车声、人声忽地里都留在天外

满目青碧,进入一个静谧世界
鸟道苍苔,似乎只有幽人往来

玎琮作响,清音从绿波上飞起
竹木深处,仿佛有俞伯牙的琴台

顿觉洗净尘嚣,心怀为之一开
山泉敲击石,琴声满山徘徊

秋 山

枫林的团团火焰,
烧红了一座秋山。
想是为了衬托,
蓝天,更加湛蓝;
想是深怕烧着,
白云,飞得远远……

◎ 公 刘 ◎

剑 麻

在南方的边境上,在前沿岗哨旁,常常可以
见到茂密的高大的剑麻……
——摘自手记

沿着神圣的国界,
我们栽一排剑麻,
纤维坚韧如战士,
锯齿锐利如虎牙。

它是哨兵的活刺刀,
它是祖国的绿篱笆;
然而对和平的客人,

它捧上碗大的鲜花……

山间小路

一条小路在山间蜿蜒，
每天我沿着它爬上山黄；
这座山是边防阵地的制高点，
而我的刺刀则是真正的山尖。

这条小路我走了三年，
对于我它不复是崎岖难行；
因为我心上有一条平坦大道，
时刻都滚过祖国前进的车轮……

迟开的蔷薇

盛夏已经逝去，
在荒芜的花园里，
只剩下一朵迟开的蔷薇；

摘了它去吧，姑娘，
别在襟前，让它
贴近你的胸膛枯萎……

五月一日的夜晚

天安门前，焰火象一千只孔雀开屏，
空中是朵朵云烟，地上是人海灯山，
数不尽的衣衫发辫，
被歌声吹得团团旋转………

整个世界站在阳台上观看，
中国在笑！中国在舞！中国在狂欢！
羡慕吧，生活多么好，多么令人爱恋，
为了享受这一夜，我们战斗了一生！

烽火台

暮色苍茫中，我登上烽火台，
一缕严峻的情思，把我引向古代，
在这个土墩上，曾举过多少次烽烟，

号召了人民起来，抵抗敌人的侵害！

多少场战争的风暴将大好河山覆盖，
多少代壮士从这儿出发去保卫边塞；
警惕啊，神圣祖先的六万万后代，
为了和平，人人心上都该筑个烽火台……

运杨柳的骆驼

大路上走过来一队骆驼，
骆驼骆驼背上驮的什么？
青绿青绿的是杨柳条儿吗？
千枝万枝要把春天插遍沙漠。

明年骆驼再从这条大路经过，
一路之上把柳絮杨花抖落，
没有风沙，也没有苦涩的气味，
人们会相信：跟着它走准能把春天追着

宝　剑

夜深了，北京拉上了它的窗帘，
雾气裹着熟睡的城市，象一条洁白的被单；
那手中拈着罂粟花的梦之神，
正在千家万户的屋脊上盘桓……

然而探照灯醒着，
它的锐利的目光，如同挥动着的宝剑，
把夜的天空割成无数小块，
每一块都是敌机的墓田。

繁星在天

繁星在天，一颗挨紧一颗，
怎么会飞过来整个星座？
哦，是我们夜航的机群，
提着灯巡逻。

夜凉如水，人们都已睡着，
为什么梦里有温情抚摩？
哦，是嵌着红星的机翼，

在心上闪过。

登景山

登上景山最高处，
京华历历在目：
炊烟相招，鸽哨相邀，
半城宫墙半城树。

我住北京城里，
北京住我心里，
纵然今日分袂，
毕竟终生相忆……

◎ 洛 夫 ◎

窗 下

当暮色装饰着雨后的窗子
我便从这里探测出远山的深度

在窗玻璃上呵一口气
再用手指画一条长长的小路
以及小路尽头的
一个背影

有人从雨中而去

焚诗记

把一大叠诗稿拿去烧掉
然后在灰烬中
画一株白杨

山那边传来一阵伐木的声音

美目盼兮

初次的邂逅
我几几乎以全部的血

注入你们的对话中
唉，那种妩媚
恐怕集天下的镜子亦无能诠释
你汇百川之水于目中
却任我的玫瑰枯萎

葬我于雪

用裁纸刀
把残雪砌成一座小小的坟
其中埋葬的
是一块炼了千年
犹未化灰的
火成岩

乌来山庄听溪

且以风雨听
以冷听
以山外的灯火听
那幽幽忽忽时远时近的溪水

夜色中，极目搜寻
那声呜咽响自何处
什么地方都找遍了
就是忘了横梗胸中的那一颗
圆圆的卵石

井边物语

被一根长绳轻轻吊起的寒意
深不盈尺
而胯下咚咚之声
似乎响自隔世的心跳
那位饮马的汉子刚刚过去
绳子突然断了
水桶砸了，月光碎了
井的暧昧身世
绣花鞋说了一半
青苔说了另一半

山寺晨钟

满山浓雾
为天地布下一大片空白
山寺
刚做完一场荒凉的梦
晨钟便以泼墨的方式
一路洒了过去
眍地一声撞在对面山顶上
回声中夹杂着
地平线下太阳分娩时
阵痛的叫喊

临 流

站在河边看流水的我
乃是非我
被流水切断
被荇藻绞杀
被鱼群吞食
而后从嘴里吐出的一粒粒泡沫

才是真我
我定位于
被消灭的那一顷刻

◎ 余光中 ◎

台风之夜

乌云像一群一群的野兽，
拥挤着，争向那远空逃亡；
风声呜呜是弱者的哭泣，
雷响隆隆是强者的反抗。

那一闪一闪金色的电光，
像一条巨鞭在暗空飞扬，
一夜间把这群惊惶的野兽
都赶向像一个深洞的西方。

给壁虎

你是我墙头的一个隐士，
但是你不曾狂啸傲世。
夜夜你斜伏在我的墙头
静静地望着我写新诗。

偶尔我写出了警句一行，
猛抬头想招你共来欣赏，
你却给我的笑声惊退，
掉过尾便向洞里躲藏。

逼 视

我逼视你这清澄的眸子，
照见了忧郁的自己，
落寞地映在你平静的水面，
像映在深邃的井底。

他们说眸子是灵魂的窗子。
我在你窗前伫立，
惊异地发现我自己的缩影
原来隐居在房里。

如 果

如果有一天你别我而去，
去到我不能追寻的地方，
这世界将变成多么的陌生！
多么的寂寞，多么荒凉！

于是我好像独自站在
一个雨夜的火车站上，
最后一班的火车已开走，
站上的客人也已散光。

记 忆

记忆深藏在灵魂的洞里，
像一只怯光的蝙蝠；

但是到暮色渐浓的黄昏，
便潜出洞来飞舞。

人们的耳朵不能够听见
它那痛苦的尖叫，
也无法张网去将它捕捉，
不让它飞回旧巢。

离　别

别后的三天是回忆的日子，
笼罩着上次离别的阴影；
但约前的三天是三朵白云，
渐渐染上了朝阳的红晕。

只有见面的日子是昙花，
开在时间荒漠的沙碛，
但转瞬被离别的手指摘下，
默默地夹进日记本里。

黎　明

我听见旭日掷黑夜以第一根镖枪，
清脆地，若金属铿然之坠地，
荡开挑战者警告的骤响。

然后是蔷薇丛的云旌招展，在地平线上；
然后是金骑士赫然的跃现；
黑夜之围的迅速瓦解，海盗旗的下降。

辽远地，自东方，自壮阔的太平洋上，
一阵一阵胜利的欢呼荡开来，荡开来，
向琉球，向东印度，向南中国海……

凌　晨

月落了，生命的早潮尚未向沙岸滚进。
十字街口这大章鱼
尚未睁开它红绿交要的怪眼睛。

我踏向平静的海，一尾迟归的贝壳，

悠闲地，不用躲急浪和闯鱼，
在最狞险的海峡中散步渡过。

怯

又是四月。像远行人的归来，
往事频叩我午梦醒时的窗。
但夹在日记中的都是已谢的缤纷，
落在回忆的冢上。

走完长长的旧巷就是淡水河了。
一阵熟悉的树香迎向我，
幽淡地，如远处的钟声，唤我又走进
时间底修道院的走廊。

星之葬

浅蓝色的夜溢进窗来；夏斟得太满。
萤火虫的小宫灯做着梦，
梦见唐宫，梦见追逐的轻罗小扇，

梦见另一个夏夜——一颗星的葬礼，
梦见一闪光的伸延与消灭，
以及你的惊呼，我的回顾，和片刻的然无
语。

空　葬

宁愿驾驶第一枝射向天狼星的火箭，
空葬于无人在胸前画十字的
宇宙的公墓，以弯弯的北冕座为花圈。

十世纪后，我的铜像站起来，
矗立在天狼星首都的国家公园里。
来自九行星的游客们怅立在我的脚下，
念像座上刻着的宇宙语——
"哥伦布万岁！"

我之固体化

在此地，在国际的鸡尾酒里，

我仍是一块拒绝溶化的冰——
常保持零下的冷
和固体的坚度。

我本来也是很液体的，
也很爱流动，很容易沸腾，
很爱玩虹的滑梯。

但中国的太阳距我太远，
我结晶了，透明且硬，
且无法自动还原。

◎ 沈泽宜 ◎

霜 晨

你也喜欢吗？
那霜花闪烁的早晨
大地凉冷的呼吸
拂落夜的蛊惑和诌媚
使形体瑟缩，想像飞腾
心，敏感得像小鹿
受惊于沁透密林的晨曦
沿着浏亮的小溪
溅一路清新警觉的蹄声

雪地之灯

不知道为什么
我总怀念山那边的一盏灯
在冷雾凄迷的夜晚
在白茫茫雪地中央
美丽地，孤独地，凛然不可侵犯地亮着
在它光芒所及的地方
尽可能远地摈弃着
风卷积雪的
浓深的夜

白玉兰

不知是正午还是子夜
黎明
总这样血光盈盈的么？

鸟飞尽
你是涉水而至的足音
虔诚如季节

失血的太阳
自亘古以来的逃遁中
骇然回眸
纯洁——静默中的颤栗

林 中

阳光浮动，阴影重重
我是透明叶子上
一只小小的甲虫
被什么东西绊住了脚时
突然产生对一块冰的渴望
世界真美，冰说
绕着树干爬了半圈
我的头发就全白了

流星闪着白光在天边消逝

流星闪着白光在天边消逝，
黄昏了，暮色又重掩大地。
静静的花香和静静的微笑
都无法减轻我心中的忧郁。

命运的风暴纵然平静，
但有椎心的痛楚频频袭侵。
世上多少条平坦的大路，
没有一条道路通向人心！

◎ 郑愁予 ◎

燕云之一

沙埋的太古　就在城外
当破天的荒风将旱沙扬起
原始的混沌就迎门立着
而翻飞的小螺贝
在北京人的足下舒展万年的困
竟把海忆成了如一闪花的开谢

燕云之二

云沉于丹墀
华表的蟠龙卧影于斯时
大风停息了
月乃升自重楼氤氲的黄昏
于是万家的飞檐杂着树
浮满整个的城池了

燕云之五

画眉唱遍酒楼
历史在单弦上跳
彩声多的地方便挤满了栏外人
而烟袋招牌已老在斜街上
那些年宫闱的景致是眉笔画的
画眉哟　唱遍了酒楼

燕云之六

丹枫自醉　雏菊自睡
秋色一庭如兰舟静泊着
谁要沿着环廊款步来去
谁便有了明月的闹意——
一片又一片地把云推过江心

苦夏
——南台湾小品之二

蝉蛙噪噪　汗蒸重重
苦夏的书斋倒悬
水何能济　树何能荫
一架孤零的飞机越飞越小
逃脱了覆巢下的完卵

夜

每辆公车都是空的
谁知,竟有一辆的黑暗中有客独坐
其搜动窗外的眼神闪着
像是

两只飞撞的萤火虫
——忽散忽聚的

错　误

我打江南走过
那等在季节里的容颜如莲花的开落

东风不来,三月的柳絮不飞
你底心如小小的寂寞的城
恰若青石的街道向晚
跫音不响,三月的春帷不揭
你的心是小小的窗扉紧掩

我达达的马蹄是美丽的错误
我不是归人,是个过客

◎ 昌　耀 ◎

鹰·雪·牧人

鹰,鼓着铅色的风
从冰山的峰顶起飞,

寒冷
自翼鼓上抖落。
在灰白的雾霭
飞鹰消失，
大草原上裸臂的牧人
横身探出马刀，
品尝了
初雪的滋味。

这是赭黄色的土地

这土地是赭黄色的。
有如它的享有者那样成熟的
玉蜀黍般光亮的肤色，
这土地是赭黄色的。
不错，这是赭黄色的土地，
有如象牙般的坚实、致密和华贵，
经受得了最沉重的爱情的磨砺。

……这是象牙般可雕的
土地啊！

荒甸

我不走了。
这里，有无垠的处女地。

我在这里躺下，伸开疲惫了的双腿，
等待着大熊星座像一株张灯结彩的藤萝
从北方的地平线伸展出它的繁枝茂叶。
而我的诗稿要像一张张光谱扫描出——
这夜夕的色彩，这篝火，这荒甸的
情窦初开的磷光……

天空

这柔美的天空
是以奶汁洗涤
而山麓的烟囱群以屋顶为垄亩：
是和平与爱的混交林。

……骡马
在雪线近旁啮食，
以审度的神态朝我睨视。

——此刻，谁会为之不悦？

鹿的角枝

在雄鹿的颅骨，生有两株
被精血所滋养的小树。雾光里
这些挺拔的枝状体明丽而珍重，
遁越于危崖沼泽，与猎人相周旋。

若干个世纪以后，在我的书架，
在我新得的收藏品之上，才听到
来自高原腹地的那一声火枪。
那样的夕阳倾照着那样呼唤的荒野。
从高岩，飞动的鹿角，猝然倒仆……
……是悲壮的。

雪乡

那时，冰花在孕育。
桃红也同时在孕育。

不要偷觑：深山
有一个自古不曾撒网的湖。
湖面以银光镀满鱼的图形。

山顶有一个披戴紫外光的民族：
——有我之伊人。

芳草天涯

高嗜远嘱的峨石壁，听钟鼓
那时西沉了。

无声的河，席卷故国金箔无数，
早早落荒而逃。

投向那面胸襟,以为
可于其间作太空行走、筑高台跳板、滑雪……

天涯
有客,
跨过了生命的亭午
还在车前跋涉……

薄曙:沉重之后的轻松

薄曙之来予我三重意境:
步行者蓁蓁迫近的步履。
苇荡一轮惊鸟戛然横空。
漫不经心几响犬吠远如疏星寥落。

焦灼的日子留下焦灼的烙印,
一瞬黎明给予我清凉的油膏。

秋　客

厉风刺马耳
马车夫听风又是秋了
茫茫原野还是行走着三套马车
博大的寂寞在每一声秋里扩散
虚无正如初始
一层黄沙落
两层黄沙落
三层黄沙落
慷慨总还是马车夫的慷慨
对秋扼腕只余风前的秋客

驿途:落日在望

大漠落日:
是日神之揖别。

这片原野,马兰草的幽香里
有他紫色的流苏。

无限慷慨。拱手相让,——

天涯的独轮车只剩半轮金环了。

亚细亚大漠
一峰连夜兼程的骆驼。

淡淡的河

淡淡的河以淡淡的影踪流荡原野,
使人觉着岁月悠久的一缕思绪。
像堤岸的树无声。
淡淡的河
使凝望着的人们眼里浸满泪水。

筏子客

落日。辉煌的河岸。
一个辉煌的背影:皮筏和扛着皮筏的
筏子客。跋涉于归途,
忘却了鱼的飞翔、水的凌厉。
与激流拼命周旋原是为的崖畔那扇窗
那里有一朵盛开的牡丹。

当圆月升起,
我看到一个托举着皮筏的男子
走向山巅辉煌的小屋

题古陶

是燃火留下的赠品。
是孕育过文明的胎盘。

我将它托在掌心
似乎觉得那七千年前的高山流水
载着几声林中石斧的钝音
和弓弦上骨镞的流响
正从陶罐里溢出,
流经我的指间……
我似乎看到神农氏的娇女
忧郁地告我以生活的艰辛。

◎ 周梦蝶 ◎

无题之一

二十年前我亲手射出的一枝孽箭
二十年后又冷飕飕地射回来了

我以吻十字架的血唇将它轻轻衔起
轻轻吞进我最深深处的心里

在我最深深处的心里，它醒睡着
像一首圣诗，一尊乌鸦带泪的沉默

◎ 林 泠 ◎

微 悟
——为一个赌徒而写

在你的胸臆，蒙的卡罗的夜啊
我爱的那人正烤着火

他拾来的松枝不够燃烧，蒙的卡罗的夜
他要去了我的火
　　我的脊骨……

◎ 夏 宇 ◎

甜蜜的复仇

把你的影子加点盐
腌起来
风干

老的时候
下酒

◎ 云 鹤 ◎

野生植物

有叶
却没有茎
有茎
却没有根
有根
却没有泥土
那是一种野生植物
名字叫
游子

◎ 席慕蓉 ◎

海 鸥

刚刚出发的白鸟
在明净的天色中划出弧线
激动的心啊并不能知道
前路上的风暴
并不能躲避阴云密布
那些急急向着命运逼近的
十面埋伏

请 柬
——给读诗的人

我们去看烟火好吗
去　去看那
繁花之中如何再生繁花
梦境之上如何再现梦境

让我们并肩走过荒凉的河岸仰望夜空
生命的狂喜与刺痛
都在这顷刻
宛如烟火

镜　前

一如那　瓶插的百合
今夜已与过往完全分隔
既喜于自身的
玉洁冰清　又悲
时光的永不回转

窗外无边静寂　月出东山
在镜前　不禁
微微追悔
那些曾经被我弃绝的
千种试探

琥珀的由来

在黑暗中　我开始
重新回想
那些芜杂的光影
那些片刻的欢娱　曾经
如何映照过
松脂静静溢出的泪滴
沉埋之后　光泽与芳香依旧
这不肯消失的印记　我爱
就是琥珀的由来

雕　刀
——给立雾溪

纵然　你已去远
想此刻又已隔了几重山
我依然停顿在水流的中央
努力回溯　那刚刚过去的时光

想你从千里之遥奔赴到我的身边
原也只为了这一刻的低回和缱绻

从云到雾到雨露　最后汇成流泉
也不过只是为了想让这世界知道
反复与坚持之后

柔水终成雕刀

乡　愁

故乡的歌是一支清远的笛
总在有月亮的晚上响起
故乡的面貌却是一种模糊的怅惘
仿佛雾里的挥手别离

离别后
乡愁是一棵没有年轮的树
永不老去

◎　陈蕊英　◎

碧　桃

三月的野山庵堂
碧桃花正在怒放
一朵朵野性的激情
使我的神魂激荡

可叹寂灭的古刹
没法将青春阻挡
一片片艳丽的桃花
飞过苍黄的庙墙

湖的歌

看惯了春花秋月的兴亡
白云星星装饰尽你的梦乡
当野岛掠遇你的波面时
你也只淡淡地荡起晕光一
唯有水草郁结着你的柔肠

你的眸子深情而透亮
你只把无边的风暴盼望
当他来时，你朗笑了
你有了大朵的浪花开放一
唯有风暴是你永恒的情郎……

死去的春天

我竟又发现了呵
这朵三月的碧桃花
它还夹在诗稿裹
赠花人却远走天涯

碧桃花早就枯萎
诗稿也蒙满尘沙
一个死去的春天
陪伴着褪色的年华

圣　城

荒凉的村街,朦胧的灯,
我眼中却是片灿烂的景
像圣徒朝向耶路撒冷,
我向你走来–爱的圣城……

校　庆

离别母校已几十度飞雨流霜
这些老学生也都已白发苍苍
为庆贺古镇智慧的乳娘诞辰
他们坐火车乘飞机横渡大洋
如今排着队肃穆地走进礼堂

罗汉松仍在礼堂外浴着骄阳
旧钢琴重把《毕业歌》弹响
一个个都含着热泪唱起来了:
"同学们起来,担负起天下兴亡"
凤山巅群鹰箭一样穿空飞翔!

木　屐

镇街的青石板翻滚着脆响
古镇的黄昏染遍了荷风的芬芳
你捧着几本书从邻里家出来
白纱裙云一样飘忽,拐进柳巷
十五岁的小酒窝斟满如梦幻想

半个世纪的鹧鸪声唤得心迷惘
游子记忆的小船在东飘西荡
南岛,基督城,晨光照遍了阳台
你想着此刻的古镇已暮色苍茫
是哪一个十五岁让木屐响进柳巷……

灯　笼

杨树街那家灯笼店你怎能遗忘
此地偷听过《你是灯塔》的歌唱
为响应人民纪元庄严的召唤
你就从这小店起程夜奔山乡
灯笼是古镇夜里小小的太阳

如今还乡人趁夜色前来寻访
杨树街却已改变了当年模样
柏油路没听过灯笼照明的故事
路灯下迷惘的归人,忽扪住胸膛
灯笼在这里,在心头闪闪发亮……

◎　吉狄马加　◎

追　念

我站在这里
我站在钢筋和水泥的阴影中
我被分割成两半

我站在这里
在有红灯和绿灯的街上
再也无法排遣心中的迷惘
妈妈,你能告诉我吗?
我失去的口弦是否还能找到

鹰爪杯

不知什么时候,那只鹰死了,彝人用
它的脚爪,做起了酒杯。

——题记

把你放在唇边
我嗅到了鹰的血腥
我感到了鹰的呼吸
把你放在耳边
我听到了风的声响
我听到了云的歌唱
把你放在枕边
我梦见了自由的天空
我梦见了飞翔的翅膀

假　如

假如我们曾伤害过自己的同类
当听见骏马为天亡的骑手悲鸣
当看见猎狗为遇难的主人流泪
当我们被这样一种爱震撼
忘记了自己和动物的区别量带
人啊，站在它们的面前
我们是多么的自卑！

爱

这是一条陌生的大街
在暗淡的路灯下
那个彝人汉子弯下腰
把嘴里嚼烂的食物
用舌尖放入婴孩的嘴中

这是一条冷漠的大街
在多雾的路灯下
那个彝人汉子弯下腰
把一支低沉而动人的歌
送进了死亡甜蜜的梦里

长　城

说你是一个启示
那是因为你超越了时间
说你是一个象征
那是因为从月球上望你
你是一个民族的符号

说你是一个梦想
那是因为在中国人的心里
你甚至比生命还要重要！

天涯海角

刚刚离开了繁忙的码头
又来到一个陌生的车站
一生中我们就这样追寻着时间
或许是因为旅途被无数次地重复
其实人类从来就没有一个所谓的终点
可以告诉你，我是一个游牧民族的儿子
我相信爱情和死亡是一种方式
而这一切都只会发生在途中

追　问

从冷兵器时代一-直到今天
人类对杀戮的方法
不断翻新一-这除了人性的缺陷和伪善
还能找出什么更恰当的理由？

我从更低的地方
注视着我故乡的荞麦地
当微风吹过的时候
我看见-荞麦尖上的水珠儿闪闪发光
犹如一颗颗晶莹的眼泪！

鹿回头

这是一个启示
对于这个世界，对于所有的种族

这是一个美丽的故事
但愿这个故事，发生在非洲
发生在波黑，发生在车臣
但愿这个故事发生在以色列
发生在巴勒斯坦，发生在
任何一个有着阴谋和屠杀的地方

但愿人类不要在最绝望的时候

才出现生命和爱情的奇迹

◎ 张 默 ◎

荒径吟

披头散发,像不羁的浪子
胡已经爬满两腮了
它,还要向无垠的阔野,航行

去吧! 别再异想天开了
我的脚是重磅的锄
浪人呀! 你还不快修一修脸面
整一整,衣冠

广 场

一阵骤雨
能把你的粗糙的身子
洗得精光吗

听,隐约在千年的户外
有风缓缓飞过

众鸟唧唧
衔着偌大的一片荒芜
向蓝苍的夜
干瞪几眼

晨游始信峰

恍似跌入旷古无人森然的绝境
巨石如一排排汹涌的波涛
侧耳、袒胸、伸腿、举臂
向我的神经末梢急急地围拢

蓦然一转身,那颗圆溜溜的旭日
刷的一声,叫我不得不信
轻轻落在那撇拒绝褪色以及招风的眼睫上

飞来石一瞥

她,无声无息地,巍颤颤地
把头一甩
在群松前仰后合的讪笑中
在云海左搓右揉的沐浴中
似乎想抖落些什么
怕不是远行人胯下的夕阳吧

排云亭小立

一山比一山,曲折
一石比一石,高耸
一树比一树,苍郁
一岭比一岭,幽深

啊! 那望不尽的,折不断的,揽不完的
统统扔给青空
啥也不留
要吗,就是满座烟云东倒西歪的影子

澎湖风柜

海是一簇簇站立的花朵吗
风是一缕缕弹跳的瀑布吗

我的眼眸泳于其中
而忘却天地之宽之渺之远之蓝之无私

未来四姿

我看见,世界
轻轻,摇曳在一片桑叶里

我看见,人类
静静,呐喊在一只破缸里

我看见,历史
厌厌,闪烁在一座古刹里

我看见,未来
霍霍,安坐在一具棺梓里

初履"高昌故城"

从两千年烽火灾变的沧桑中走来
你佝偻着疙瘩衰败的身影
深深契刻在吐鲁番斑剥苍茫的大地上
我以全心灵的凝望唉着你
每一面兀立的断桥,每一粒不老的沙砾
啊,好一片冷香扑鼻的幽静

草原落日

影子揪着我,我揪着风,风揪着草原
远远的山冈上,一颗亮闪闪的落日
似乎一口气想把最后的余晖
全部倾出
于是,漫步在草原上的我,和
我的影子
被拉得同地平线,一,样,长

乐山大佛

它,举重若轻
把岷江、青衣、大渡河滔滔的水
一骨碌洒进自己小小的嘴心里
连连点头:好喝好喝

俄顷,众鸟齐唱
凌云山在它双手一挥之间
灿然逃逸

◎ 雷抒雁 ◎

雁　阵

世上最善良的一群,
鸟中的吉普赛人。
追求光明,追求温暖,

一双翅膀,扫尽云程的艰辛!

雨　滴

五月的雨滴,
像熟透的葡萄,
一颗,一颗,
落进大地的怀里!
这是酿造的季节呵,
到处是蜜的气息,
到处是酒的气息。

雷　雨

夏天是强盛的,
刚一进入它的疆界,
就听见隆隆的车马,
奔驰在夜的长街。

树

沉默了一个冬天,
酝酿了一个春天,
夏天到了,
每一片绿叶都抢先发言。

雨　后

暴怒之后的平和,
郁闷之后的欢乐。

暂别归来,太阳欢笑着,
把她的子女们抚摸;

细雨浸润,鸟儿跳跃着,
又唱起舒心的歌。

只有绿叶还裹着忧伤,
不时把泪滴洒落。

寻　觅

湖像个蓝色的线团，
秘密地被藏在深山；
只因为美得庄重，
总不愿轻易地抛露容颜。

路是根长长的线头，
曲曲折折地通向湖边，
只要是对美追求得炽热，
什么秘密也能寻见。

冶　炼

自然界所该给予我们的
不过是冰冷的岩石
我们所追求的
所赖以生存和发展的
乃在烈火之中
在剧烈的冶炼和锻打之中

以千百次的不倦
赢得一个最终的成功

开　端

不要说一切
都未开始
当黄色的叶子飘零的时候
绿色就在孕育
萌芽上
却笼罩着死亡的影子

开端悄然而至
当你发现并惊呼之时
一切都已是事实

岁　月

谁在背后推我

看我踉踉跄跄
如一片秋叶在风中起落

惊回首，
哦，又是你——
岁月

秋　雨

割尽最后一树蝉声
北方摇曳而至的
秋雨
悄悄在寒风中磨自己的
霜刃

听伐木

斧声
在山谷咬牙切齿

秋虫哭泣
鸟声一阵沉寂
跌跌撞撞
逃出一条山溪

古　道

急急一闪，谁的身影
熟悉而又陌生
哦，先是威威武武的秦
后是打打闹闹的汉
华华丽丽的唐、宋
明之后，又是清

过去了。山说，
谁都是脚步匆匆

体味草木

变一棵树
探身悬崖

体味跋涉之艰险

变一棵草
荣枯河边
体味世事之短暂

草木之后
体味人生
味交百感……

不是没有疲劳

不是没有疲劳
是总在急急赶路
长长的路
是长长的引诱

不是没有疲劳
是前边总有许多追求
纷繁的追求
如情人在等候

擦一把汗
悄悄对自己说:走,上路!

◎ 老 乡 ◎

闪电中的花园

有声有色的地方　有雷
在云的深层
震颤光芒

闪电中的花园　色彩
以此征服色彩
语言征服语言

花朵激动万分　落红
将闪电的芳香
缓缓留下

长河落日

筏子客　在那镀金的浪尖
正以锋利的桨板
削刮金粉

脱在岸边的一堆晚霞
已被筑巢的鸟儿
撕得纷纷扬扬

长河上游　水浅
浅水处　常有搁浅的
落日

过冰大饭

你的冷　将被亿万太阳
接着拷问
　　　　　——摘自日记

巨浪的形态
水的化石

我在凝固的水上
走出了一条旱路

没留下脚印的文字
是我轻的结果

险要处的景物

月牙不是才子只是
倒挂在松枝上的
一首猴诗

断崖不是绝句只是
出没于云烟之中的
一截蹊径

瀑布不是叹世之作只是江河

面对生活落差太大时的
一种姿态

疏　影

整个冬天　你哈着热气
说给自己的话
早已结冰

为抚摸你结冰的语言
我在火盆里
洗净了双手
我伸出了阳光的手指

冰岸之上的第一滴春水
含有梅香

忙乱的荷塘

忙着捕风　忙着捉影　会飞的
忙着蜻蜓点水
会唱的　忙着蛙鸣

忙着摇橹　忙着划桨　会游的
忙着用腮呼吸
会捞的　忙着撒网

忙着造雾　忙着生烟　当叶的
忙着随水起伏
当花的　忙着震颤

枯　号

闪电留下的踪迹
是不是一条
寻雨的路？

此事应该问佛
一个以雷电名义化缘的佛
也该给干旱的荒原
兑现一场雨了

当佛施展法力的时候
大雨应呼而降　荒原之内
文字先绿

上下而求索的井绳

一里二里　磨盘粗的辘转
裹着我们的
三里井绳

肯定有水　高原深深的眼窝里
肯定还有几碗
能喝的泪

白云之下　灰色的辘转在吱扭
壮怀不已的井绳
上下而求索

大　野

大野坦荡
坦荡荡　任兔子在窝前奔跑
鹰　在远天导航

饮者席地而坐
以掌击地　以此当歌
古歌呦呦　呦呦古歌
可他又能惊动什么

惟有兔子与鹰的心跳声
如得得马蹄
声声逼近

汛期的趋势

我的皮筏
从闪电的上游
终于漂出了
　　　乌云的峡谷

用不着为我担心
雷雨过后
会有暴涨的山洪
我明白汛期的趋势
　　只能水涨船高
　　不会水落石出

空　林

明知长满青苔的小路
已是狡猾的路了
路上仍有滑倒的行色

点点光斑　枚枚金币
仍得林间到处当啷
终也无人捡起　终在诱惑

我是一株不修边幅的乔木
站在梦野
眼与嘴　已成躯干之痕

悼　网

塞上放晴
观江河在远方改变流向
拐弯处　一群跳浪的鱼
划云天一道虹的弧线
又一次戏谑了
　　河里的网

陡有慕鱼情者
远远地站着
痛悼网的
　　悲剧

鹰的背后

画家画的鹰　越来越多
大西北的兔子
越来越少

他给兔子一把青草
兔子见了鹰的作者
个个心惊肉跳

惟一感到安全的
是嫦娥怀中的玉兔
她所了解的天　永远高在
鹰的背后

◎ 韩　瀚 ◎

重　量

她把带血的头颅,
放在生命的天平上,
让所有的苟活着,
都失去了
——重量。

◎ 叶文福 ◎

钟　乳

友人送我一石钟乳
我爱它一滴一滴凝成非凡的气度
我把它摆在桌上细细地观赏
蓦地,听见它深情的倾诉
——十万年后,我该是一架大山
人类的爱,是我的痛苦

◎ 张　烨 ◎

喧　嚣

悬铃木在红色的暴风雪中嗥叫……
象绿色的狼群在着火的荒原厮咬……
又象原子弹爆炸——
开出色彩恐怖的蘑菇云——

呼啸的弹片冰雹般从天震落……
街头的行人象蓝灰色汽车四处逃遁

机　遇

一只稀有的白羽凤凰
轻轻地哼着诱惑的催眠曲
向你款款飞来
你要设法调动起全身每一根神经
不眨眼,窥伺着它的来临
尽管你已等得精疲力竭恹恹欲睡
它就爱在熟睡的胸脯上栖息片刻
象栖息一枝梧桐
等你醒来它早已飞得无影无踪

无　题

骚动不安地在黑暗中走来走去……
四周寂静,月光凉如金属
听不见树叶的颤动
听不见窗子的簌簌声
蛐蛐从脚背跃过也没留下它爱唱的歌
只有月光的金属声
串起一条无形的铁链
在灵魂深处响起

乡愁(之一)

晶莹的雪
从都市的霓虹灯飞出
轻盈地洋溢着乡人弹棉絮的节拍
如雪白的飘着淡淡暖香的苇花
朝我亲切逸来

我是一片被你怜悯的温馨覆盖着的
被你怀抱在辽阔田垄的冬小麦

失败的感受

成功与失败同时走进一家商店

成功被请进装潢显赫的饼干听
失败呢
被一簇簇目光怜悯着
　　　　　　践踏着
破碎的心灵被打上标签
成了一堆
处理的碎饼干

早春之歌

把冷凝的太阳唱热,唱滚烫
把冻土下种子的心灵唱热
把燕子回归的深情唱热,唱坚定
把眼睛唱出泪来
把绝望唱出笑容来
把世界唱得精神抖擞起来
你也是这样激越地把我震撼的呀
融雪的嗓音
呼啸而来的滚石声

蓝色清真寺

空空荡荡
没有神像
蓝色的光泛着宗教的诗意
蓝色的光阻挡世间的污染
蓝蓝的,那种感动
蓝蓝的走进我的眼睛
我呼吸着那种蓝,那种感动
心境被擦得干净、清爽、澄明
我站得像雪　静

紫　鸟

故乡金黄的阔叶林旋舞起来,
那神秘地闪现,
清甜的歌唱,是快乐的紫鸟。
把我带到紫莹莹的仙境……

如今,阔叶林与从前一样金灿
但不再朝我欢舞;

所有的啁啾都不是紫鸟

一根羽毛从阔叶上缓缓飘落……
凉凉的紫得可爱，
紫得令人惆怅。

樱桃之死

在百花中最美的死亡是樱花之死
仿佛是初雪快活飘飞
又仿佛是梦雾潇洒流荡

没有任何受过时间侵蚀的痕迹
没有任何凋萎的枯容
堆积地上像一颗颗纯净的珍珠

樱花也许只是为美而殉情
可谁能不对美丽的死亡肃然起敬?

给我爱我也许能长成一株玫瑰

给我爱我也许能长成一株玫瑰
给我怨我也许能长成一株丁香
红我欢乐我也许能长成一株铃兰
给我痛苦我也许能长成一株腊梅
给我荣誉我也许能长成一株牛胡
给我屈辱我也许能长成一株荷花
只是，只是千万别给我欺骗
在欺骗的土壤上
只能生长仇恨

雨　丝

一个细微的断裂声
在天地间隐约回响……

雪白的藕丝飘飘洒洒
轻轻牵动着原野–

原野一失神
从一块馨香的绿手帕

抖落一颗
湿漉漉的红豆

惆　怅

粗犷的风漫吹敞开衣襟的山顶
雨雾柔荡那漂泊在湖心的紫色伞花
低垂着头在金黄的落叶林中窸窣独步
在空阔的海岸凝望缓缓消逝的晚霞

雨　丝

那深蕴在心底的一缕缕情感
洁白、烫热……
一经抽出–
就被时光打湿。是清晨，是白晕，是夜晚?

冷冷，淡淡，迷迷，茫茫
无声无息地四处飘泊
唤也唤不应
收也收不回

炊　烟

故乡炊烟
从灰白的茅屋顶飞出……

那无法触及天空的蓝色幻想
一缕痛楚的颤栗
梦一般恍惚飘散

◎ 北　岛 ◎

重建星空

一只鸟保持着
流线型的原始动力
在玻璃罩内
痛苦的是观赏者
在两扇开启着的门的

对立之中

风揪起夜的一角
老式台灯下
我想到重建星空的可能

无　题

我看不见
清澈的水池里的金鱼
隐秘的生活
我穿越镜子的努力
没有成功

一匹马在古老的房顶
突然被勒住蟹绳
我转过街角
乡村大道上的尘土
遮蔽天空

知　音

一只管风琴里的耗子
经历的风暴，停顿

白昼在延长
身体是大地的远景
绝对的辨音力
绝对的天空

一曲未终
作曲家的手稿飘散
被风暴收回

此　刻

那伟大的进军
被一个精巧的齿轮
制止

从梦中领取火药的人

也领取伤口上的盐
和诸神的声音
余下的仅是永别
永别的雪
在夜空闪烁

纪念日

于是我们迷上了深渊

一个纪念日
痛饮往昔的风暴
和我们一起下沉

风在钥匙孔里成了形
那是死者的记忆
夜的知识

写　作

始于河流而止于源泉

钻石雨
正在无情地剖开
这玻璃的世界

打开水闸，打开
刺在男人手臂上的
女人的嘴巴

打开那本书
词已磨损，废墟
有着帝国的完整

多事之秋

深深陷入黑暗的蜡烛
在知识的页岩中寻找标本
鱼贯的文字交尾后
和文明一起沉睡到天明

惯性的轮子,禁欲的雪人
大地棋盘上的残局
已搁置了多年
一个逃避规则的男孩
越过界河去送信
那是诗,或死亡的邀请

无　题

苍鹰的影子掠过
麦田战栗

我成为夏天的解释者
回到大路上
戴上帽子集中思想

如果天空不死

在天涯

群山之间的爱情

永恒,正如万物的耐心
简化人的声音
一声凄厉的叫喊
从远古至今

休息吧,疲惫的旅行者
受伤的耳朵
暴露了你的尊严

一声凄厉的叫喊

无　题

在母语的防线上
奇异的乡愁
垂死的玫瑰

玫瑰用茎管饮水
如果不是水

至少是黎明

最终露出午夜
疯狂的歌声
披头散发

战　后

从梦里蒸馏的形象
在天边遗弃旗帜

池塘变得明亮
那失踪者的笑声
表明:疼痛
是莲花的叫喊

我们的沉默
变成草浆变成
纸,那愈合
书写伤口的冬天

◎ 舒　婷 ◎

镌在底座上

我在地球的中心轴
我是历史长河的沉积物
地震压模,熔岩浇铸
我是上升着的亚洲大陆

矗在我上面,人啊
请表现你–
世世代代的希望和渴慕

茑萝梦月

如果你给我雨水,
我就能瞬息苗长;
如果你能给我支援,
我就能飞旋直上。

如果你不这么快离去，
我们就能相会在天堂。

思　念

一幅色彩缤纷但缺乏线条的挂图，
一题清纯然而无解的代数，
一具独弦琴，拨动檐雨的念珠，
一双达不到彼岸的桨橹。

蓓蕾一般默默地等待，
夕阳一般遥遥地注目，
也许藏有一个重洋，
但流出来，只是两颗泪珠。

呵，在心的远景里
在灵魂的深处。

黄　昏

我说我听见背后有轻轻的足音
你说是微愿吻着我走过的小径

我说星星像礼花一样缤纷
你说是我的睫毛沾满了花粉

我说小雏菊都闭上昏昏欲睡的眼睛
你说夜来香又开放了层层叠叠的心

我说这是一个生机勃勃的暮春
你说这是一个诱人沉醉的黄昏

“我爱你”

谁热泪盈眶地，信手
在海滩上写下了这三个字

谁又怀着温柔的希望
用贝壳嵌成一行七彩的题词

最后必定是位姑娘
放下一束雏菊，扎着红手绢

于是，走过这里的人
都染上无名的相思。

◎ 张如凌 ◎

中国红

从遥远的东方走来，
负一身重荷；
向无尽的天边走去，
留一路足迹。
自强不息地走着，
寻找梧桐醴泉的芬芳。
要走出遥遥天网，
融入红色迷人的梦幻。

自　慰

茫茫之宇宙
渺渺之人生
寻求的不过是
孤独的梦幻

漂泊的生涯
永恒的愁怀
渴望的也仅是
夕照中的家园

寻　求

我唱着一首凄惋的歌
沿着一个古老的村庄
云寻找生命的归宿……

太阳刺痛了我寒冷的心灵

和生活言归于好吧
明天将从另一个边缘诞生……

大海深处没有阳光

晚霞袭人
我赤裸着脚
在海滩上独自漫步
寻找失去的岁月
和阳光的记忆

别陷得太深
大海深处没有阳光
挥不去的乡愁呵
留一抹淡淡的夕阳
在沙滩上

思江南雨

春雨交织在我的诗行里
你何时走进我的记忆
这首小诗我终为你写成
它浸泡了整个季节
听风听雨听诗韵
直到每一行都流成小溪
它错过了繁盛的花季
直到蓝色的思绪碎成片断
就像星星撒满无限天宇

瞬 间

昨天
我们在梦幻中相遇

明天
我们在仙境中消失

未来
我们在银河系收获

云 雨

云彩是天空的情感
总有一片触动你的真情

雨水是天际的泪珠
总有一滴湿润你的眼睛

星星是夜晚的忧愁
总有一颗透入你的心灵

月亮是夜空的寂寞
它永远是你思念的象征

云 烟

山之巅
白云缭绕
走近飘逸如烟
抓住是两手湿润的空
滴落成雨
留下是幻想
轻柔的新梦随之飞翔
就让它在天边飘着漾着
这样真好

◎ 顾 城 ◎

一代人

黑夜给了我黑色的眼睛，
我却用它寻找光明。

摄

阳光
在天上一闪，
又被乌云埋掩。

暴雨冲洗着，
我灵魂的底片。

回　春

白色的冰雪，
变成了黑色的沃土；
酱色的枯枝，
变成了绿色的树木。
春天回来了，
她熔化了雪山－
这些门前的冰柱，
用暖流的拳头，
敲打着大地的门户。

山　影

山影里，
现出远古的武士，
挽着骏马，
路在周围消失。
他变成了浮雕，
变成了纷纭的故事，
今天像恶魔，
明天又是天使。

远和近

你，
一会看我
一会看云。

我觉得
你看我时很远，
你看云时很近。

雨　行

云，灰灰的，
再也洗不干净。

我们打开布伞，
索性涂黑了天空。
在缓缓飘动的夜里，
有两对双星，
似乎没有定轨，
只是时远时近……

泡　影

两个自由的水泡，
从梦海深处升起……

朦朦胧胧的银雾，
在微风中散去。

我象孩子一样，
紧拉住渐渐模糊的你。

徒劳地要把泡影
带回现实的陆地。

弧　线

鸟儿在疾风中
迅速转向

少年去捡拾
一枚分币

葡萄藤因幻想
而延伸的触丝

海浪因退缩
而耸起的背脊

◎ 牛　波 ◎

还　原

一个人在树顶召唤斑鸠

一个人正把枪拣起
一个人骑着老马来了
这都是我,在一瞬间
想干的事

一个人挨个儿看那些大树
拎着斧头。一棵树看见
他在另一棵树前站住
那是些一模一样的树

◎ 吕贵品 ◎

古　静

古树上结着一张蛛网
灰尘落上
弹出嗡嗡的声音

蛛网某一端连结一只黑壶
黑壶正在坐禅

地震爆发之前
有风从壶嘴上吹过
整个大野充满了岩石低泣的回声

◎ 邹静之 ◎

吹　动

乌鸦云集的夜晚
白雪的田野孤单寒冷
甚至没有微小的脚印
在纯洁上造访

马嚼着夜草
它竖起耳朵
听见风吹动着
农民的门窗

阳光从树叶上走过

阳光从树叶上走过
这样的早晨,山顶更加明亮

牛群下山,在小路
你侧身相让

狗认出了异乡人
它叫,晃动铃铛

你说,只想上山
朝那个没人的方向

◎ 骆一禾 ◎

美　丽

又闻雨声
那水里的浪花盛开
你那葱青的小屋顶依旧

阳光晒暖后背
飘着春雪
一种早早的感觉
使我期待你
你是才惠的青草
初通人性

◎ 岛　子 ◎

水上芭蕾

白桦林簇拥的幽潭
白天鹅在翩然飞旋

以舒展而柔软的长臂

展现出想象的空间
以变幻莫测的曲线
将小夜曲速写在水面

给你，火红的热情
给你，蔚蓝的梦幻

◎ 王久辛 ◎

向往的回忆

既然所有的绝望都步人了天堂。
既然所有的天堂都塞满了绝望。
你说你还是向往天堂的吗?
我却是向往我的向往本身。
我却是我的本身的向往。

◎ 刘 镇 ◎

戈壁写意

一场混战终于结束
留下了千古动魄的悲壮
血已流尽　风化了刀枪
归于沉寂　归于死亡

只有黄风漫卷大野
不死的英魂依然徘徊
只有夕阳凭吊
远山肃穆于历史的远方

汽笛像一颗子弹
穿透了高远与空旷……

◎ 阳 飏 ◎

河西走廊

这走廊的护栏无处可拍
朝南的车窗玲珑剔透
在祁连雪峰下如一件牙雕

没有鹰飞起来
可每一块石头都好像扇动着翅膀

默对无言
我的血
在皮肤外流着

◎ 风 马 ◎

梦之旅

背过身　我就知又要去了
雾打湿了整个夜晚
黎明是泥泞　黄昏也是泥泞

灰色道路曲曲直直地
走进一声呓语
车票挽我穿过月台

所以这躯体就系在了
生铁的轨上　思想
劫持了所有的车轮

◎ 古 马 ◎

柴

谁的山上有柴
谁肯让我上山去砍

而不知名的樵夫
已经背着落日
背着大红的颜色
下山了

望尘莫及
晚风刮走我的血肉
我形销骨立
立一排干柴

◎ 阿 信 ◎

草 原

一阵风使它
晃荡不定。

一枚太阳:巨大的光芒之罩
又使其安静如一块绿松石。

我独自一人的穿行,只能是
盲目的、孤寂的穿行。

更多的人,在空旷草原
有更空旷的回声……

◎ 张 扬 ◎

小夜曲

吉它的颤音
心壁的回声
青春的奏鸣

音符
带露的爱情
滴露在
梦的花芯

◎ 黄纪云 ◎

风和脚及其它

风总是从同一个方向刮来
脚总是朝同一个方向走去

马在前,大车的轮子轧过泥泞的黄土
嘎吱嘎吱地响

残月如钩
天是地的边

最后,脚在风中消失
剩下高举的手

河姆渡

从一张纸币的背后,我看见,无数破碎的
陶罐,盛满七千年前的阳光
为黑暗作证

河流沿着风的方向迁徙,大地
只剩下河岸的位置

还有一束束金色的稻穗,在风中
讲述你用你的骨头磨制的
记忆

帝 国

高度浓缩的冷漠,矗立
并向四面八方展开锋利的棱角

灰蓝色的天,一纸空文
任凭火焰在夜幕下
描画现代恐龙家族的优越

一只眼睛深处的火苗
沿着另一只眼睛的神经

引爆一个星球

航母启锚

安　家

车裂的土地
流黑血

两只手的倍数
就是五匹马

脖子上的数字链
伸入裂谷
发亮

把心掏空
安家

黎　明

黎明睁开死鱼的眼
那些从梦中醒来的高楼，像骷髅

船，驶向另一个港口
码头如衙门，傲慢而多雾

大海，紧闭着嘴。而海盗
与波涛为伍

一杯咖啡，能喝出头版头条的弹跳力
但日子，瘦得皮包骨头

家徒四壁，就能听见门徒的哭声
夏四月己丑，孔丘卒

大　师

攫取你额头的焦味，如灯光
飞离，向下，进入对流的
冥想。向上

似圆，或非圆，能寄生于
宇宙暴涨的光吗

巨石背后
你现身
无缝钢管托起下巴，如鹰隼

沿着生与死的切割线，你举起
砍向时间的刀

门和窗及其它

窗的外面是门
门的外面是窗

门和窗的外面
是"井"字形的田亩

田亩上面，是烧了建
建了烧的宫殿

田亩下面，皇陵大墓
是时间的结点

方块字说了算
地是方的，天圆

春　秋

一张脸遮去半个天
一双眼流的是别人的泪
大手一挥，地在手心
天在手背

三月癸西，大雨、震电
地按"七雄"的路线裂开
天以另一半入股
看谁传宗接代

长城是浸在酒中的蛇

喝一杯,高呼万岁

祭

灯光倾斜的脊背压过来
树叶落满风的耳朵

断石挥刀
无手

不要窥视我的心
不要窥视祭案上的
烤全羊

双膝跪地,杨柳
依依

孤　独

你是被森林挤到路旁的树
你的孤独是海岛的孤独

老虎因孤独失去自由
而你因孤独而放纵

在风雨里,在汪洋中,面对森林
你举起波涛

但你的声音漏水,如棺木
装着魔鬼的承诺

海

海外面是岛,还是岛外面是海
大海听不懂人类的语言

是很远很远,还是已经很远很远
城垛子上挂着的
是风干的岁月

是先枪后刀,还是先刀后枪

"战斧"巡航
无声

王　土

小河流进一片消失的树林
一声老人的干咳
灯光微弱

大河孤独如鹰
沙海翻腾

一滴水,比一粒沙,更能证明一场豪赌

尘土飞扬,推土机爬山过海,天亮之前
到达出事的地点

普天之下
莫非王土

黄昏即景

黄昏向河面倾斜
河面向天空倾斜

小鸟的翅膀还在天边
但声音已被树林撕成碎片

一点一点地闪耀
一步一步地离开

破碎的图案
消失的背

月　夜

是秋虫蚕食我的灵魂
还是马嚼夜草的声音

夜繁殖着黑暗的子孙
掠夺每个陌生的阴影

在磨损的沙滩上搁浅
月亮圆睁期盼的眼睛

大　寒

大雪封山
我没有你的音信

鹰的翅膀
从山脊上升起
寻找什么

雪地里
只留下你消失的足迹

风把雪吹黑
风把夜吹白

钱江潮

从时间的伤口射出
吴越国三千兵士的箭镞
穿越内心的恐惧

千军万马退去
天地归于寂静

山门在云雾中洞开
明月随着太阳踏浪而来
大海托起弄潮的部族

精　卫

大海是时空裂缝里的蛛网
它能吞噬日月星辰
但无法吞噬
西山的木石从你嘴里
滚落的巨响

你的影子追赶着我的脚步

但你是否知道
我的脚步,如邮戳
印在你的翅膀上

大　河

维系天地的大河
撕心裂肺的穿越
高山峡谷
大地苍茫

太阳升起的时候
大河穿越梦想

这条山路上

这条山路上,
有那么多的蚂蚁
忙忙碌碌,
它们都忙些什么?

谁都不知道。
但,这条山路知道
结婚!
送葬!

春

所有的卵石都在相互擦亮
等待河流解冻
所有的鸟类都在收紧翅膀
等待天空
发出长草的声响
大海一旦发情
所有的鱼鳍都是飞翔的桨

只是这春天的脖子
柳丝一般细长

中年咏叹

打开自己的坟墓,除了白骨
还有三月的青草

天总是发蓝,蓝得令人发慌
因为影子再也回不到身上

夜又要来临,但再也找不到
那张做梦的床

白骨与青草的交响,没有回声
只是春风如此殷勤

蓦然回首,一座老宅在虚无中摇晃
门缝里全是眼睛

撞 击

撞击的反弹峰,曾经高过城楼
心的张力延伸,如火上坡

街市依旧。行人步履匆匆,兴奋地
以路的宽度换算
日出日落

反弹峰进入地质学
在冰磺覆盖的旷野
伤痕朝天

◎ 桑 眉 ◎

我厌倦了悲伤

余生无多
要像草木轮回
像无名小花不怕枯萎肆意绽放
我要重新爱上春天、河流
爱这平凡琐碎的人间
爱上来世
和你

◎ 张甫秋 ◎

性 感

很多人告诉我
"你是个妖精"
我想,问题
出在
做过激光矫正手术的
眼睛

◎ 东荡子 ◎

逃 亡

给你一粒芝麻,容易被人遗忘
给你一个世界,可以让你逃亡

你拿去的,也许不再发芽
你从此逃亡,也许永无天亮

除非你在世界发芽
除非你在芝麻里逃亡

◎ 徐 红 ◎

寂 静

寒山寺,
我在他的眼睛里坐下,
长满青草的心,
覆着雪。

◎ 吴晓彬 ◎

千年鸟道猎杀

它们结成雁字,一片又一片
飞过平原,山梁
无数个夜晚,无数次轮回
从寒冷的北方,迁往南方
午夜刺骨的风
从它们羽毛里吹过
迎接的,是来自天堂的枪声

◎ 宋壮壮 ◎

荠菜饺子

春江水暖鸭先知
那是在水里
我觉得陆地上最先
得到春来了消息的
是挖野菜的大妈
她们动作利索
铲掉春天的乳牙

◎ 桑格尔 ◎

天 山

我在天山
和雪山一起
和天空上飞翔的鹰一起
看着羊群,毡房
随着雪线一天天退缩
然后消失
一同消失的还有
冬不拉,在草地上唱歌
看不见的哈萨克姑娘

◎ 马培松 ◎

北京真大

北京真大
走了一天
都没有遇见一个
认识的人
直到走到天安门
看见毛主席

◎ 轩辕轼轲 ◎

首都的发型

近百年首都的发型
一直很新潮

起先留光头
把白云擦得锃亮

后来留大背头
把乌云梳在脑后

再后来
把白云乌云都染黄了
直接烫沙尘暴

◎ 庄 生 ◎

白乌鸦

天下乌鸦一般黑
可小不点说
拔光了毛
就不黑了

◎ 王立世 ◎

夹　缝

夹缝里的草弯着腰
夹缝里的花低着头
夹缝里的空气异常稀薄
夹缝里的鸟鸣已变调
夹缝里的阳光都被折射过
夹缝里的风如箭
夹缝里的雨像子弹
夹缝，夹缝
你是我今生唯一的安身之地

◎ 唐朝晖 ◎

历　史

它好像从未存在过
那些人
那些冤魂死鬼
好像什么也没有发生过
还有我

◎ 中　岛 ◎

俗人的幸福生活

看着自己每一天的辛劳
换来的是
你和儿子的幸福生活
我就没有了
要死的念头

◎ 刁永泉 ◎

断　想

居住在天国的并不一定都是神。
居住在人间的并不一定都是人。
居住在地狱的并不一定都是鬼。

神到了人间不一定比人更尊贵。
人到了地狱可能比鬼更微贱。
鬼上了天堂一定比神更神气。

◎ 叶丽隽 ◎

印象·大鸟

你从哪里来？
你的啼鸣高亢、清唳
仿佛是第一道，划入，这个清晨
这片竹林子的光线
随后是别的鸟
随后是别的光线，竹枝儿晃动
冬雾淡淡散开……哦，你又去了哪里？
等一等，我这就醒来，我这就张开，黑夜
低沉而漫长的双肩

一截土墙

疏松。大雨过后，阳光烘烤的气息
何首乌藤晃动
斑驳的光影
或者甬道。密布且隐秘的呼吸，细碎、涌动
使我缩小，充满
热烈的心跳

下　午

风吹着窗边
高大的散尾葵，沙沙，沙沙响

我抬起头,风也吹着我……但我也许
什么也没做,时间也没有
真的过去。一个下午,坐在身体中
看书、出神,一只鸟,徐徐划过
天空的寂静

水阁镇

常年穿梭在群山之中
我有过许多
无所事事的时光,有过遗忘
和充满空白的夜晚
在一些漫长的午后,我的影子
搬动一块石头,看见了
四散奔逃的蚂蚁。我一直,分不清
自己的道路

山 顶

在山顶,我们浮出

如同沉陷已久的鱼,惊异于
苍茫水面……
四围的群山,绵延、退远
像是水波,从心底无声地涌现
那些从未说出的,已不想
再说。此刻
很久以来的风,轻轻地
吹出了我们的身体

往 事

一列火车
不知不觉地滑出了黄昏
渐行渐远……那是
多久以前? 你看
雀鸟们都已飞走了
它们穿过了
群山环抱着的
天空,我穿不过
时间的迷雾

论1930-1940年代中国新诗的流变轨迹

◉骆寒超

中国新诗结束了1920年代、进入1930-1940年代后,也就迎来一个创作的丰盈期。

诗同所有样式的文学一样,都是时代现实的产物,社会生活的反映。丰盈期的新诗能在创作上有丰盈的收获,也是和1930-1940年代大动荡的生态环境分不开的。这是一个中华民族争独立、中国人民求解放的历史大转折时代,"九一八"、"一二八"、"七七"卢沟桥的炮声……记录着古老中国救亡图存的真实;这也是一个正义与邪恶、光明与黑暗大搏斗的现实,反围剿、"一二九"、"淮海大战"……响彻了炎黄子孙自由民主的凯歌。正是这个生态环境,迫使每一个中国人不得不让个人哀乐同时代现实结合起来,而诗人们中,纵使有人铁了心还想长期躲在象牙塔里,也已不可能了,严峻的生存逻辑推出了一个全新的世态境界:这已不是诗人们投奔现实,去为时代而歌唱的问题,而是现实迫使他们非得去为时代歌唱不可的问题。于是,只要是没有失去良知,这一代诗人灵感的足印,都会或深或浅通向"为祖国而歌"、"为人民而歌"的大合唱行列。因此,新诗的创作的确丰盈了,创作中现实主义的精神浓度也加强了;即使是浪漫主义的、现代主义的诗人,按惯用的创作原则抒唱时,也不自禁在精神上向现实主义靠了。

针对这个历史大转折的时代,艾青在《诗与时代》中说:"每个日子所带给我们的启示,所带给我们的感受、激动,都在迫使诗人丰富地产生属于这时代的诗篇。"他因此而预言说:"我们已临到了可以接受诗人们的最大的创作雄心的时代了。"此话是确切的。

实践证实了如下这一点:几股创作诗潮齐头并进的格局,到1920年代末,终于以王统照及其抒情长诗《石砌前的幻想》为标志,显示出现实主义已从外在如实描绘潜化为内在真实这一新质。以殷夫及其叙事长诗《在死神来到之前》为标志,显示出浪漫主义已从"我的"自我表现转化为"群的"自我表现这一新质;也以戴望舒及其抒情短诗《我的记忆》为标志,显示出现代主义已从神秘象征转化为智性体悟这一新质。于是,初见成熟迹像的这三股创作诗潮到1930年代初,也就推出了三个诗人群体:以《文学》杂志为核心形成的现实主义诗群,以《新诗歌》杂志为核心形成的浪漫主义诗群和以《现代》杂志为核心形成的现代主义诗群;而它们藉现实主义精神的串联结合成一个整体的诗坛格局,也就既成了1930-1940年代新诗流变的起点,也成了丰盈期新诗创作得以丰盈的基础。

王统照作为《文学》的主编,除了团结了一批具有像他自己一样以反映日益凋敝的农村和破产的农民生活为主进行诗创作的诗人以外,还提出了一些现实主义的新主张。在《文学》创刊号的"社谈"《一张菜单》中他明确地说:诗须是"生活实感的纪录",还得以此为依据作"诚实由衷的抒发"。又说诗人们要"借文艺的力量来作解放民族运动的利器,作追随时代潮流的风帆,作暗夜中寻求光明的火炬"。为达到此目的,他还严肃地提示:诗人们应"正视这血淋淋的'现实'"。本着这样的精神,"文学"诗群始终坚持追随时代潮流,直面社会现实,记录生活实感。王统照自己就在《文学》上发表了著名的现实主义叙事长诗《她的生命》,表现了一个从农村进入大都会的女工苦难的命运。此外,臧克家、葛葆桢、立波、苏金伞、陈雨门、马铃柳、丹麦、邵冠祥、果轩、吕东等,也都活跃在这块园地上,使1930年代诗坛出现了一支以反映底层人民穷困、闭寒生活的诗人队伍。葛葆桢的《荒村浮动线》、《顺河集》,苏金伞的《乱葬岗》,陈雨门的《春荒》,丹麦的《村中夜话》、《荒村》,邵冠祥的《旅歌》等,都是相当出色的乡土抒情诗。而臧克家则是成就最突出的。他在《文学》等杂志上一连发表了《贩鱼郎》《洋车夫》《春旱》《罪恶的黑手》《神女》《老马》等作品,这时期还出版了诗集《烙印》《罪恶的黑手》《运河》和长篇叙事诗《自己的写照》。这些作品以一颗满怀同情之心,对农民及被压在社会底层的小人物的遭遇作出感同身受且精微细致的描绘,从而揭示出因阶级不平而给劳动者带来永劫难逃的悲惨命运。他还善于表现乡野风情,在明丽的自然和暗淡的人生对比中完成人道主义的抒情。特别是《神女》《老马》,前者能潜入人物的内心抒写"神女"孤苦无依的辛酸人生,后者则以"老马"无声的悲苦神情来隐喻被摧残的农民,其精神性象征的意象表现是很成功的。从这些地方亦可见出:一种潜入内心的现实主义真实表现已大大超越了1920年代。

《新诗歌》是中国诗歌会的同人诗刊。中国诗歌会是由后期创造社、太阳社的无产阶级诗歌派沿袭下来、由左联直接领导的诗歌组织,围绕《新诗歌》的这个诗人群体也大都秉承殷夫等革命浪漫主义的创作传统,形成了一个浪漫主义诗群,显示着从"我的"自我表现向"群的"自我表现转化的特色。这个诗群虽主张"捉住现实,具体描写",但他们实际追求的是鼓动工厂罢工、农村暴动,以革命手段来摧毁旧世界、创建人人平等的共产主义社会。这种诗歌精神和土地革命时期中国共产党的战斗纲领完全相呼应,带有一定的社会乌托邦意味,世界大同的理想色彩。穆木天、任钧、杨骚、王亚平、蒲风、柳倩、江岳浪、温流、袁勃、石灵、白曙、胡楣、洪遒、林林、田间等是这个诗群中的主要诗人。穆木天的《守堤者》,任钧的《十二月的行列》,杨骚的《福建三唱》,柳倩的《震撼大地的一月间》,蒲风的《茫茫夜》《武装田地山河》《我迎着风狂和雨暴》《地心的火》,田间的《中国,农村的故事》,等等,都在《新诗歌》等刊物上发表。其中蒲风的成绩最大。他这时期一连出版了诗集《茫茫夜》《生活》《钢铁的歌唱》《摇篮歌》,长篇叙事诗《六月流火》等。这些作品把高扬的抗争激情、天马行空式的自由想像和生活虚拟化的意象表现结合起来,形成了一幅处于大叛乱中的中国社会缩影,给人以"生活应该是这样"的强烈印象。《我迎着风狂和雨暴》是召唤人民起来为民族独立而抗争的鼓动性长诗,诗中高歌"怒吼吧,祖国","我们的铁手需要战斗",全诗激越的旋律、高亢的斗志、"热和力"的诗情交融成一体,共同组合成一个战斗者的巨型形象,是一场继郭沫若《天狗》之后更具有生活实际内涵和时代豪情的、群的自我表现的意象象征表现。

1932年5月,以施蛰存任主编的《现代》杂志创刊。这虽是一个汇集各派文学观念、发表各类风格作品的刊物,但它又有自己的美学倾向。这就是:强调文学创作的直觉潜意识表现,以及由此导引出来的对诗歌世界作智性体悟的把握。这种美学倾向特别显示于该刊所选发的新诗中。大致说这些《现代》上的诗,其艺术思路和风格特征深受戴望舒此期间诗风的影响。从《我的记忆》开始,由象征派转向现代派的戴望舒也因此而成了围绕《现代》杂志的诗歌创作群体的实际带头人,形成了一个现代主义诗群。施蛰存《又关于本刊中的诗》一文曾这样说:"它们是现代人在现代生活中所感受的现代的情绪,用现代的词藻,排列成的现代的诗形。"但什么是现代人的生活和他们的现代情绪呢?他说是"汇集着大船的港湾,轰响着噪音的工场,深入地下的矿坑,奏着爵士乐的舞场,摩天楼的百货商店,飞机的空中战,广大的竞马场……"①可见该派多数作品注重现代都市文明的表现,抒写轰响的工厂,高大的烟囱,璀璨的霓虹灯,狂热的舞曲等等给人以快节奏、强刺激的对象。到1936年,戴望舒等又和北京那个以《水星》杂志为核心的"水星"诗群主要成员卞之琳等联合,在上海办起专业性诗刊《新诗》,把诗歌真实世界的智性体悟性把握更强调起来,也使这个现代主义诗群不仅阵容更壮大,且更其完整了。这个现代主义诗群的人员包括戴望舒、卞之琳、施蛰存、何其芳、路易士、玲君、南星、侯汝华、林庚、金克木、宋清如、常任侠、曦晨(李广田)、莪伽(艾青)、汪铭竹、吴奔星、徐迟、曹葆华等。在这些杂志上发表了戴望舒的《印象》、《对于天的怀乡病》、《秋蝇》、《古意答客问》、《眼》、《乐园鸟》,施蛰存的《洞桥》、《桃色的云》、《乌贼鱼之恋》,卞之琳的《断章》、《古镇的梦》、《距离的组织》、《圆宝盒》、《白螺壳》,何其芳的《预言》、《季候病》、《花环》、《梦歌》、《爱情》,玲君的《绿》,南星的《石像群》,林庚的《春天的心》、《春野与窗》,徐迟的《恋女的篱笆》、《蝶恋花》、《都会的满月》,宋清如的《有忆——》,路易士的《火

灾的城》,常任侠的《丰子的素描》、《收获期》等。可以说,这些诗人是以感觉刺激的抒情艺术追求为出发点的。但他们又毕竟从静穆悠远的旧文化心境中出来,在狂热地以诗作了官能享受之余,又会有一种空虚感,继而出现一种"对于天的怀乡病",故他们的诗大多显示为在官能刺激中去直觉感应宇宙人生,并藉此建构超现实与新浪漫相交叠的现代主义诗歌文本。这诚如徐迟在《七色白昼》里所感受到的:都会的"七色旋转了起来"时,强刺激的官能享受使"我"最后"在单色的雾里旋转"而"梦沉沉地离魂"了。戴望舒在这方面表现得最突出。这位诗人在《雨巷》中"创造了音节的新纪元"(叶圣陶语),用奇特的音乐节奏的魅力来象征现实生活中的茫然心境。但从《我的记忆》开始,他已超越象征主义的纯诗追求,而致力于以自由体诗行的语吻表现来充分体现内在情绪节奏,强化意象兴发感动的抒情功能。这期间他出版有诗集《望舒草》。在《古意答客问》、《寻梦者》、《乐园鸟》、《眼》等诗中,以十分融和的艺术美的文本,向诗坛展现了中国式现代主义在新诗中的一份成熟。卞之琳这期间出版了诗集《三秋草》、《鱼目集》。他在《断章》、《古镇的梦》、《距离的组织》等作中,显示出能以灵视的目光去发现事物内在的关联、组合规律,从中提炼出具有"真意"的宇宙觉识。他的一些代表作有一种为观念而寻找意象、又以意象的有机组合来感发生存大智慧的现代构思艺术特色。这一个现代主义诗群并没有在艺术的象牙塔里沉迷,时代的闪电雷鸣冲开了他们心灵的"深闭的园子"。戴望舒在此期间写的《断指》、《流水》、《元旦祝福》显示着他对革命事业的向往,对民族命运的关怀,代表得了这一诗群在创作中已有现实主义精神的渗透。

值得指出:1930年代诗坛三大创作群体以其多元对立统一的共存格局,对丰盈

期新诗的发展是十分有利的。这三大群体以创作原则的不同而各显示自己的个性风格，却又存在着潜在的相互渗透，从而使诗坛有一股取各派之所长融汇而成的创作新势力出现了。这种潜移默化地融汇，因了时代氛围、及那一时期广大读者的审美取向而决定了取各派之所长其实是对各派创作特性作侧重面不同的选择。大致说这是一场取现实主义精神、浪漫主义激情和现代主义构思—表现思路融汇而成的一股创作的"三结合"新势力。这股势力有没有代表人物呢？有的。

这就是艾青。

正是艾青既综合了三股创作诗潮之所长，完形自己的个性风格，又推动了1930年代的三大诗群。使他们以更开阔的脚步，迈向1940年代的诗坛，促进了丰盈新诗的更大丰盈。

这位来自东南沿海的诗人是1932年才正式发表诗的，发表的第一首诗是《会合——东方部的会合》。发表时他刚被上海法租界巡捕房逮捕，关押在上海看守所。他原来学画，因这首诗的发表使他从此转向了写诗。因此可以说他是带着脚镣跨上诗坛的。艾青的家在浙江金华的农村，他是在一个贫农妇女家里哺育长大的，自小就"感染了农民的忧郁"①。1929年去法国留学，又切身感受到帝国主义殖民统治的罪恶和资本主义世界文明的堕落。正是这些催发着未来的诗人两种情绪：对"不公道的世界"的叛逆和对革命的向往。在法国期间，他通过广泛的阅读、接受了多种现代思潮的影响，除了"十九世纪俄罗斯旧现实主义的大师们揭开了我对现实社会认识的帷幕"②，还有普希金、惠特曼、马雅可夫斯基、叶赛宁、勃洛克等富有民主、革命倾向的现实主义、浪漫主义诗人，以及波特莱尔、兰波、阿波里内尔等现代主义的前驱诗人，对他诗学观念的形成都起过这样那样的影响作用，特别是那位能熔现实主义、浪漫主义与现代

主义于一炉的比利时大诗人凡尔哈仑，对他的影响作用尤其大。所以从一踏上诗坛起，他就能吸纳以臧克家所代表的现实主义、蒲风所代表的浪漫主义和戴望舒所代表的现代主义之所长，显现出一道特异的风景：既具有民主主义、爱国主义思想为内核的现实主义精神，又具有全方位把握和表现人的综合型创作格局。他在1930年代发表的诗作，如《大堰河——我的保姆》、《透明的夜》、《卖艺者》、《死地》、《手推车》、《雪落在中国的土地上》、《北方》等，都是很成功的现实主义之作，《那边》、《铁窗里》、《叫喊》、《芦笛》、《画者的行吟》、《浪》、《春》、《向太阳》、《我爱这土地》等，都是很成功的浪漫主义之作，而《当黎明穿上了白衣》、《聆听》、《我的季候》、《巴黎》、《马赛》、《黎明》、《煤的对话》、《太阳》等，则有现代主义本土定位的特色。尤其是写成于1939年3月的《吹号者》，写成于1940年5月的《火把》，写成于1941年的《黎明的通知》，更显示出现实主义精神、浪漫主义激情和现代主义构思-表现艺术思路的有机交融，并藉这种综合化的创作原则来抒唱抗战、讴歌牺牲、赞美崇高生命的永恒价值，而此中所贯穿的一条红线正是为时代而歌唱的创作倾向。正是这种种，使这些"三诗合"的诗为20世纪中国新诗立下了一块里程碑。艾青这种抒情艺术格局，大大影响了1940年代诗坛，为那时期三大诗群的形成和发展起了不可忽视的启示作用。

这就是"泥土"诗群、"七月"诗派和"九叶"诗派。

所谓"泥土"诗群，是1930年代以臧克家为代表的"文学"诗群的延伸。1940年代初臧克家出版过一本短诗集《泥土的歌》，既反映了旧中国宗法制农村劳动者的穷苦生涯，也抒唱了农村风情的美好，基本上沿袭他在1930年代这类诗的抒情作风，一时影响不小，仿效者甚众。后来，他又倡办了《诗创造》诗刊，主编了一套

"创造诗丛"，集中发表了一批乡土诗歌，这使得这一股创作势力在"文学"诗群人员的基础上又吸收进了一批新人，如青勃、康定、沈明、田地、索开、黎先耀、李搏程等。由于大家都奉《泥土的歌》为典范，因此就称这股专写乡土的创作势力为"泥土"诗群。这个诗群的诗人，不仅承袭"文学"诗群与臧克家的作风，也深受艾青影响。艾青也在1940年代前期发表了大量写乡土的诗，收在诗集《旷野》的《旷野集》中，和另一诗集《献给乡村的诗》中，这些诗在明丽的自然风光和闭塞、穷困的农村生活的显明对照中展开了他对旧中国农民亘古的不幸生涯的表现。可以这样说，这些诗以反对愚昧闭塞的封建宗法制社会和争取农村民主为标志，探求着中国农民的出路，并显示为主体感同身受的情感投入倾向。臧克家、艾青这种乡土抒情倾向，其影响还扩大到另一些诗人如力扬、李雷、玉呆等人身上，在这些诗人的《射虎者及其家族》、《荒凉的山谷》、《大渡河支流》等乡土诗中，大都显示出乡土诗的新质。尤其值得一提的是根据地诗人，更把这种探求农民生命出路的诗思纳入进中国革命的轨道，在李季的《王贵与李香香》，侯唯动的《美丽的杜甫川淌过的地方》，张志民的《王九诉苦》、《死不着》阮竟章的《漳河水》等叙事诗中得到更可珍视的反映，由此形成的这一支专写乡土诗的现实主义诗人队伍，大大扩充了"泥土"诗群。

七月诗派指围绕在抗战初期创办的《七月》杂志而发表诗的一批诗人所形成的群体。探其源头，它是由"新诗歌"诗群发展过来的，其基本成员中的田间、鲁藜等也原是"新诗歌"诗群中人。所以，就本质而言它是个浪漫主义诗派。田间在1930年代中后期和1940年代初期写的叙事长诗《中国，农村的故事》、抒情长诗《给战斗者》、短诗《自由，向我们来了》等，战斗激情高扬，想像如天马行空般奔腾飞

跃，是典型的的浪漫主义诗篇，鼓动性很强，一时影响极大。从该派的诗学主张中也可以见出它的浪漫主义追求。七月派的诗学主张出自胡风。胡风主张诗人必须发挥主观战斗精神，主观拥抱客观，这可是强调主体在现实斗争中充分地作自我表现的主张。正是这样的诗学观念和理论主张，使该派显示为被现实主义精神渗透着的浪漫主义特色。绿原在《白色花·序》中说：该派"始终欣然承认，他们大多数人是在艾青的影响下成长起来的"。的确，艾青和七月诗派的关系非同一般。他在抗战初期写成的一些著名诗篇大都在《七月》上发表，如《雪落在中国的土地上》、《北方》、《向太阳》等，而单行本《向太阳》，诗集《北方》，也是列入"七月诗丛"出版的。艾青在《一个拿撒勒人的死》中曾借耶稣之口说"荣耀将归于那遭难的人之子的"。这"人之子"指的是"贫困的人们"，是"以鲜血灌溉"过"这片广大的土地"的人们。"七月"诗派实际上体现为一批"人之子"中写着"人之诗"的诗人——这一点，在绿原的一些诗如《憎恨》、《诗人》、《哑者》等中都体现得十分明显。的确，他们在诗中的自我表现同艾青在《一个拿撒勒人的死》、《马槽》等诗中所暗示的那种反叛"凯撒"型专制统治者和剥夺人的自由、玷污人的尊严的封建社会势力及高举人道主义大旗、张扬个性主义精神是一脉相承的。这些表明他们和艾青一样，走的是一条从民主个性主义起步而走向"群的"自我表现的路。这种"群的"自我表现在抗日烽火燃遍神州大地的年月里，则具现为维护民族尊严、捍卫祖国独立和谋求人民解放——一代中国爱国者的群体意志的表现。诚如芦甸在《大海里的一滴水》中所说："我多么渺小，/我是大海中的一滴水；/然而，我骄傲/我为大海所包容。"他们深懂自我与群体的辩证关系。作为一种浪漫主义追求，该派创作既接受了艾青浪漫主义一面的影响，也是对

1930年代"新诗歌"诗群那种"群的"自我表现的发展。而这种美学追求也影响了根据地——包括延安、晋察冀和苏浙皖的三大诗群。从"七月"诗派出去的田间是这些根据地诗群中的浪漫派串联人，史轮、曼晴、方冰、丹辉、艾漠、天蓝、胡征、鲁藜、彭燕郊、陈辉等都在《七月》上发表过诗，有的成了七月诗派中重要成员，有的也深受该派以及艾青的影响。陈辉在《为祖国而歌》——这首献给祖国的"无比崇高的'赞美词'"里有这样的诗句："我高歌，/祖国呵，/在埋着我的骨骼的黄土堆上，/也将有爱情的花儿生长。"这也让人想起七月诗派的牛汉那《鄂尔多斯草原》中的诗句："从我底歌声里/喷出草原复活的笑/扬起新的生命力，/我要让这歌声/扬得/更高，更响！"从他们的诗句里，我们仿佛能听到艾青在《雪落在中国的土地上》如下这些诗句的回声："中国/我的在没有灯光的晚上/所写的无力的诗句/能给你些许的温暖么？"作为一种全新的浪漫主义追求，艾青对"七月"诗派和根据地诗群中致力于"我的"自我表现与"群的"自我表现双向交流的诗人们来说，影响是深沉的。正因为这种共同的浪漫主义美学追求，使"七月"诗派也给人以某种包容性更大的感觉。

1940年代追求现代主义的"九叶"诗派也是接受了艾青的影响的。艾青在法国留学时，诗歌上接受过波特莱尔、兰波等的前期象征主义，凡尔哈仑、勃洛克等的后期象征主义以及阿波里内尔等的超现实主义的影响，也在绘画上接受过莫内、雷诺阿、德加、毕加索、尤脱里俄等后期印象派的影响。因此，说他的诗歌创作深受过现代主义影响，是成立的。这影响既体现在生命意识的象征表现上，也体现在本能直觉的印象捕捉上，这在他早期的诗如《当黎明穿上了白衣》、《阳光在远处》等的新感觉追求，《巴黎》、《马赛》的超现实追求，《透明的夜》、《太阳》等的后期象

征主义追求中，都可以见出。尤其是凡尔哈仑，以现代主义把握人的独特思路和表现人的新颖技巧用之于对现实社会的关怀——这种抒情品格，对艾青怀着现实主义精神去追求现代主义，所起的影响尤其大，他的著名诗篇《向太阳》、《吹号者》都是这种影响的产物。"九叶"诗派正是在这点上接受了艾青的影响的。"九叶"成员的来路有两条：一条是由1940年代前期的西南联大诗群延伸下来，包括穆旦、杜运燮、郑敏、袁可嘉；另一条来自于1940年代中后期的"诗创造"诗群，由该诗群分裂出去的人——包括辛笛、陈敬容、杭约赫、唐祈、唐湜聚合而成。这些诗人以诗刊《中国新诗》为阵地展开创作活动。广义而言，该派还和西南联大诗群的几位指导老师——冯至、卞之琳等有着亲缘关系，特别是冯至在1941年创作的《十四行集》，融汇了艾略特、里尔克以及奥顿的现代主义艺术思路所作的有关生命体悟的抒情，大大影响了他们。所以作为一个诗派，它还有更大的历史包孕性。"九叶"诗派和艾青并无亲缘关系，但唐湜在晚年回忆自己走上诗坛所受主要的影响时却说过："当时我最喜爱的是诗的光灿星座上最光灿的两颗星辰：艾青与何其芳……"①还有穆旦。曾在1940年3月3日的香港大公报上，发表了一篇高度评价艾青长诗《他死在第二次》的文章，随后穆旦又按艾青认识中国农民的思路写了长诗《赞美》。这些均可以看出：穆旦对艾青以心灵综合的抽象象征来表现中国农民永远背负着历史十字架的命运悲剧，是很有认同感的。而这正体现出艾青以现实主义精神拓展现代主义美学追求给予他的影响。这使该派的流派刊物《中国新诗》在发刊词《我们呼唤》中提出了这样一份自觉："历史使我们活在生活的激流里，历史使我们活在人民的搏斗里"，"我们首先要求在历史的河流里形成自己的人的风度，也即在艺术的创造里形成诗的风格"。正是这种种，

使该派有了表现宏伟的战斗时代风情的意象象征诗篇——杜运燮的《滇缅公路》，探求中国历史发展的思想知觉化诗篇——郑敏的《O，中国》；更有了唐祈的《时间与旗》和杭约赫的《复活的土地》这两支以高度时空领悟的思路、巨型政治意象抒情的策略来高歌中国人民和世界人民为民主主义而斗争到底的巨曲，让现代主义美学追求全面地被现实主义精神所渗透。

综上所述，可以这样说：1940年代这三大诗群是有更广泛的包容性的："泥土"诗群包容了以臧克家为代表而延伸下来的"诗创造"诗群和以李季为代表的解放区农村叙事诗群，"七月"诗派包孕了以胡风为首的一批国统区"七月"同仁为主、又融入了根据地诗群中艾漠等的浪漫派；"九叶"诗派包孕了以《中国新诗》杂志同仁为主、又融入了西南联大诗群中冯至、卞之琳以及其他现代主义追求者。这种包容性显然基于创作诗潮的一致。

就这样，1940年代中国新诗以"泥土"诗群为代表的现实主义，以七月诗派为代表的浪漫主义和以"九叶"诗派为代表的现代主义，在现实主义精神全面统率下，出现了一个全新的动向：三股新诗创作潮流在宏观视野中的合流；而作为这场合流具有里程碑性质的一个标志，则是穆旦的创作。

出自现代主义的穆旦，是1940年代三股诗潮最成功的综合者。他最早发表的抒情诗《野兽》是超现实的，《神魔之争》是新浪漫的，《合唱》是浪漫主义的，《轰炸东京》则是现实主义的——作为整体的创作格局，显示出三股创作诗潮的交融；而他的一些名篇，也大多是这三股诗潮的交融，如诗剧《森林之魅》，是现实主义与超现实、新浪漫的交融；《防空洞里的抒情》是新浪漫、超现实与现实主义的交融；《五

月》则是现实主义与浪漫主义的交融。特别是《赞美》，以客观描摹农民原始的生存方式、穷困的现实生活、坚韧的人生意志来展现现实主义精神，以主观张扬农民义无反顾投身战争、大义凛然迎接死亡的人生态度来高扬浪漫主义精神，以农民宿命地幽居荒山野谷，本能地幻感生涯莫测来显示超现实精神，更以农民历史化生命与自然化生命相汇合而成的宇宙永恒感应来激发新浪漫精神——这么三股四类诗潮的交融，并以现实主义精神渗透一切，使《赞美》成了新诗成熟期的一块里程碑。

总之，1930-1940年代中国新诗的确进入了丰盈期。这丰盈期不仅指创作数量的高产，更在于质量。这个质量的主要标志是诗坛出现了一批优秀的诗人。如冯至、臧克家、戴望舒、卞之琳、田间、绿原、牛汉等，更出现了两位能把现实主义精神、浪漫主义激情、现代主义构思-表现思路作"三结合"的大诗人艾青、穆旦。他们以这一"三结合"的创作原则指引下的创作实践，推动了这一时期新诗的发展，也影响着更年轻的一批诗人——如屠岸等，使他们的创作开始就起点很高。所以由艾青、穆旦等确立的"三结合"创作原则，作为中国新诗一个优良传统，其价值是历史性的。

注释：

①《现代》第4卷第1期（1933年11月出版）。

①《艾青选集·自序》，《艾青全集》第3卷，花山文艺出版社1991年版，第277页。

②《我的诗艺探索》，《新意图集》，三联书店1990年版，第192页。

①《我的诗艺探索》，《新意图集》，三联书店1990年版，第192页。

多维视野中的中国现代主义诗歌

◉邱景华

一

关于新诗中的中国现代主义诗歌研究，当代最有成就、影响最大的是孙玉石先生。他在《中国现代主义诗潮史论》的前言说："……自50年代初开始，多年来被文学史家们所忽略或贬低的一个事实：由象征主义为滥觞的现代主义的诗歌思潮，是中国现代诗发展中的一个客观存在的历史潮流。""这个新诗潮流，是伴随着西方象征主义、现代主义诗潮在中国的传播介绍而诞生的。它经历了由荒芜幼稚的萌芽、广泛的创造和深化的开拓这三个历史阶段——初期象征派诗人李金发、经过东方民族的象征派诗和现代诗的创造者戴望舒、卞之琳，到40年代的冯至《十四行集》，以及辛笛、穆旦、郑敏们所代表的'诗的新生代'诗人群系，中国的象征主义、现代主义的诗歌潮流，同以郭沫若所代表的浪漫主义诗潮，以艾青所代表的现实主义诗潮，一起构成了三十年里中国新诗发展的历史洪流。"①

孙玉石先生通过长期深入的研究，建立了一个完整的中国现代主义诗潮谱系：从五四时期的"萌芽"、到20年代的象征派诞生、再到30年代的"现代派"的探索，最后到40年代的"九叶派"的拓展完成。孙玉石先生对中国现代主义诗歌的研究动机，最早是受到80年代初期，有关朦胧诗的大争论影响。谢冕、孙绍振先生，直接参与朦胧诗的论战；而孙玉石先生则通过对新诗现代主义思潮的研究，来间接

支持朦胧诗。这样的研究动机，对他的中国现代主义诗歌研究，也产生了潜在的影响，那就是有一种为"中国现代主义诗歌辩护和支持的"的目的。即把当年被否定的视为"逆流"的现代主义思潮，变成新诗进程中的肯定的"支流"。所以，孙玉石先生的研究，主要是以肯定为主。经过孙玉石先生的长期努力，由于他治学的严谨，对史料的重视，他的论著言说有据，立论高超，成为现代主义诗歌研究的领军人物，并影响了一大批后来研究者。如今对中国现代诗歌和诗潮的研究，不仅是"支流"，已经成为新诗研究中的"主流"了。

为了让更多的人读懂和接受中国现代主义诗歌，孙玉石先生的另一个重要研究成果，就是建立"现代解诗学"，专门来解读中国现代主义诗歌。用他的话来说，就是："中国现代解读学的诞生，标志新诗批评由对现代主义诗歌思潮总体发展态势的观照，转入对这一潮流的作品本体微观世界的解析。"②

他的开创性的著作《中国现代解诗学的理论和实践》，并不像目前流行的仅仅是引进西方新批评等现代诗学，而是总结了新诗从朱自清、闻一多、朱光潜、废名、袁可嘉、唐湜等人解读现代诗的理论和实践，在此基础上融化西方新批评的细读理论，和中国古典诗歌传统的评点经验，是极其难得的现代诗解读理论著作。孙玉石先生在书中提出一些富有创造性的理论。比如，现代解读学的三点公共原则：第一，正确理解作品复义性应以本文内涵

的客观包容性为前提。第二，理解作品的内涵必须正确把握作者传达语言的逻辑性。第三，理解或批评者主体的创造性不能完全脱离作者的意图的制约性。"批评家或读者的解读不能不受作者和作品客观性的制约。西方新批评派和后结构主义的批评诗学把作者与批评者完全隔绝开来，甚至完全否定作品与作者这个创造本体的相互联系，宣布'读者的诞生必须以作者的死亡为代价'，这只能导致批评者自身的迷误。李建吾、朱自清在建构解读学的理论和实践的过程中，不断与作者、读者相互磋商，力图使'小径通幽'达到多义性和客观性的统一，这正是我们在今天重建中国现代解读学的时候应该吸取和坚持的理论精髓。"③孙玉石先生并以此对废名、卞之琳和穆旦的诗——新诗史上长期被认为是晦涩的现代主义诗歌，进行解读和分析，产生了广泛的影响，对广大读者解读中国现代主义诗歌起了积极的引导作用，功莫大焉。

《中国现代解读学的理论与实践》，在学界产生了深远的影响。孙玉石先生的其他新诗导读著作，如《中国现代诗导读》《中国现代诗歌艺术》、以及近年出版的《新诗十讲》，也受到广泛的欢迎。

二

骆寒超先生也是研究新诗的著名学者，他在自成体系的20世纪新诗研究中，对中国现代主义诗歌，提出一些不同于孙玉石先生的新观点。相对奠基者的孙玉石先生而言，骆寒超先生在新的语境里，已经无须为中国现代主义诗歌辩护，可以更从容地对中国现代主义诗歌进行更为深入而周全的辨析。

中国现代主义诗歌最主要的特征，就是智性的增强。孙玉石先生称之为"诗情智性化的审美趋向"。孙玉石与骆寒超先生的论著中，都从艾略特和金克木的观点说起，归纳出智性诗歌的特点。但两人对

智性的概括和理解各有侧重，从而产生分岐。

孙玉石先生说："30年代的现代派的诗，多数表现了感情与智性统一追求的趋向。而主智一派诗歌的发展，更是对于'五四'以来的哲理诗的更高场面上的超越。诗人把哲理思考完全融化在象征性的意象之中，隐藏在抒情本体的构造深处。何其芳和戴望舒诗中亦寓人生哲理的思考，但往往情胜于理。卞之琳、废名、曹葆华的诗，更多一些抽象的思辨和哲学的玄想的色彩，但又并非以议论为诗，而为哲理的思想找到象征的载体，使智与情达到融化为一的程度。"④

骆寒超先生特别强调金克木所说的：以智慧为主脑的诗中的智慧之所以是"非逻辑的"、"不能解说的"，是因为这智慧是凭"诗人的了解——由直觉营造成的感兴意境中的领悟。正是这种种，构成了金克木主智诗学的核心内涵。⑤他经过认真的研究和梳理，指出一些学者误解了艾略特的观点："俱不知艾略特在说了那句'诗是许多经验的集中'后，接着又说：这些经验不是'回忆出来的'它们最终不过是结合在某种境界中。这就是说作为'许多经验的集中'的主智诗的'经验'是必须在某种境界中体现出来。我们晓得：境界的生成 来自于对意象的具体而真切的感受，由此而来，'许多经验的集中'，在艾略特的认识中也还是离不开满含情绪的感兴的。"⑥

智性，也译为知性。李媛在《知性理论与三十年代新诗艺术方向的转变》中⑦，细致地梳理了知性（智性）在西方诗论中的演变，指出：知性，在西方玄学派的诗中是一种特殊的想象力，是"将对立的品质平衡或协调的能力"。换言之，知性就是想象力，就是隐喻，即"远取譬"，是个将"异质的东西用暴力铸枷在一起"，从而产生一种智力性的联系。这种知性的想象力，是一种源自直觉的特殊的想象力，而

不是理性的逻辑联想。(如顾城的诗《一代人》:"黑夜给我黑色的眼睛,/我却用它寻找光明"。)

如果说,智性(知性)作为一种想象力,西方现代主义诗人强调的是一种将两种异质铸在一起的想像力,并产生一种智力的思考;那么,骆寒超先生则立足中国传统诗学资源,更强调现代主义诗歌必须具有能引发兴发感动的"比兴",认为这是诗歌的根本功能。智性诗也概莫能外。骆寒超先生对智性——来处无意识的具有直觉特征的想象力,与来自意识层面的理性的想象,作了严格而清晰的区别。他特别强调智性诗,是由直觉所引起的感兴,否定由逻辑引发的理性联想。理性的联想,靠的是逻辑的推理。他认为智性诗的一个重大失误,就是把智性诗变成理性诗。"理性联想的作用无非是让诗人脱离感性凭经验去寻找一些印证事物。"骆寒超先生指出把智性等同于理性的三种误区:一是发掘观念;二是印证观念;三是图解观念。⑧

长期以来,诗界对于作为诗学术语与理论术语的智性、知性、理性,未作严格的区分、界定和辨析,常常相混淆。骆寒超先生对智性诗研究的主要成就,就是在学理上严格区分智性与理性的本质不同,并以此辨析智性诗与理性诗的差异,明确指出:理性诗就是概念化,而不是智性诗。以此新观点,对孙玉石先生所推崇的诗人和作品,提出不同的看法。

孙玉石先生对卞之琳的诗,作了高度评价:"卞之琳的哲理性思考融入诗的象征性意象或意境,已经超越过去的哲理诗的以形象说理的那种表述的范式,而创造了在象征意象中凝聚化入哲理思考,不留痕迹而圆润自如的'新智慧诗'的创作范式。他的诗完全摆脱了哲学的说教气,而成为化哲理入象征境界深层表现的智性的新诗。通过自己的艺术探索,卞之琳把新诗的哲学性传达提高到一个前所未有

的阶段。他的创作,开启了40年代现代派诗'现实、玄学、象征'的'综合'创造的先声。"⑨

骆寒超先生则认为:"记得艾青曾对人说过愈是苦思冥想愈会使诗走向晦涩的话,这对主智诗走向岐途倒真是一条规律。苦思冥想地写诗,所构筑的诗歌世界显示为具象与抽象的合,并受到理性联想的牵引而产生印证式具象推理、而这印证式具象为了适应推理也只能成为符号化的意象,不具备兴发感动的功能,使接受者无法通过意象组合体的感受力而得到灵思神悟。它所要求的是:必须找到一根串符号化的意象作印证式推理关系,从完全串联起的意义讲,唯一的操纵者只有文本创造的主体——诗人自己。……真正晦涩的诗,是那些苦思冥想地设计出一套以符号化意象来印证推理、演绎观念的诗,而玄想型智性诗是最容易出现晦涩的道理也就在于此。""20世纪新诗中,有两个玄型智性诗人堪称玩弄理性观念的晦涩大家。一个是废名,另一个是卞之琳。"⑩

学界对卞之琳翻译艾略特《传统与个人才能》之后所受的重大影响,多持肯定和赞扬的态度;但骆寒超先生提出自己的看法,认为:卞之琳翻译艾略特的《传统与个人才能》之后的转向,不值得赞扬,因为其知性与金克木的知性比较,几乎是南辕北辙。"至于在创作上,也一改《古镇的梦》《一块破船板》这样的知性追求,而变得理性追求了。"⑪所以,他推崇卞之琳的《古镇的梦》和《一块破船板》;否定著名的《白螺壳》。

骆寒超分析废名的《《妆台》、《海》,认为是"没有一点情的感发,只有理的推理,理障之严重是应该承认的。这表明:废名确实是怀着零度感情在作观照。说它是美丽的主智,我看未必。"他还分析,"凭理性联想所得的意象往往总是印证某点意念的符号,而一串符号化意象也必然会在

理念逻辑的作用下完成观念深化的推理式组合。"⑫以此批评卞之琳的《鱼化石》和著名的《圆宝盒》。

骆寒超对曾经流行的称赞废名的"晚唐的美丽",也有着不同的看法:"当然,废名在诗学理论著作《谈新诗》中论述1930年代以戴望舒、何其芳、辛笛等为代表的现代派诗风和晚唐温、李诗风有传承关系,并对新诗继承晚唐诗风以形成其现代新质,为'新诗'定位,是有贡献的,但如果对废名的诗作作过高评价,并认为他的诗也受晚唐诗风的影响,那就难以让人接受了。晚唐诗词情景交融,艳丽丰润。废名的诗,诗思寡情,意象枯瘦而成为理意印证符号,和晚唐诗那是根本不是的。"⑬

而废名、卞之琳这些诗,恰恰是孙玉石先生花大力气分析并激赏的现代主义诗篇。所以,把两人不同的观点,进行比较分析,以及更深入的讨论,会大大加深对现代主义诗歌智性诗复杂性的深层思考。

对于一度被誉为中国现代主义诗歌代表的穆旦,骆寒超先生也是清醒地进行辩证分析,并不是跟着叫好。他赞赏穆旦的《诗八首》、特别是《森林之魅》,推为20世纪新诗的杰作;但也有批评。比如,对穆旦1945——1948年学奥登写下的一批思考社会的诗,孙玉石先生认为:"在他这个时期所写的诗作中,可以明显地看到奥登的美学影响怎样渗透和变形后的存在。……这些作品里,婉转的表述中透着清晰明白,严肃的主题中充满了机智的反讽和亲切的笔调,形成了穆旦高度紧张和充满生命折磨的诗歌世界中一个另一番的天地。"⑭而骆寒超先生则予以否定,认为《旗》、《野外演习》、《七七》、《反攻基地》、《通货膨胀》、《良心颂》、《轰炸东京》、《暴力》、《胜利》、《牺牲》等,"这些诗仿佛是智性的,其实只是理性诗,不值得称赞。"⑮

骆寒超对智性诗与理性诗学理上的细致辨析,对主智诗的弊病,作了超出常人的深入辨证分析和评价;对废名、卞之琳、穆旦和冯至等名家,也以他的观点,好处说好,坏处说坏,一点都不含糊,已经很久不见这样有着学理依据的旗帜鲜明的批评。它让我们警醒,提醒我们对名家也不要盲目崇拜,并不是所有的智性诗,都是好的。源自无意识的、直觉的智性想象力,其实是一种罕见的才华,一般诗人并不具备;即使是具有这种智性想象力的名家,也常有失败之作。

新时期以来,由于诗界长期对智性诗与理性诗,未能进行广泛而深入的讨论和辨析,许多人依然还是把两者相等同;20世纪80年代的一些"先锋诗",再次犯骆寒超先生所批评的"理性诗"的同样错误:以图解西方现代哲学观念,作为先锋诗的最高水平。所以,骆寒超先生的观点,对当代读者理解智性诗,特别是对如何辨别智性诗与理性诗,提供了更为广阔的视野和思考空间,具有深远的现实意义。

三

20世纪的中国新诗,有主智的和主情的两大审美倾向和不同的艺术世界。

现在讲中国现代主义诗歌,多以艾略特为代表的英美现代主义诗歌为标准(受之影响有卞之琳、穆旦),再加上里尔克为代表的德语现代派诗歌(受之影响有冯至、郑敏)。而对法国现代主义诗歌,则研究不够。法国的现代派诗歌,从波德莱尔,到后期象征派,再到超现实主义,是以主情为特征,以表现人的内心世界和潜意识为主。(受之影响有戴望舒、何其芳、艾青、辛笛、陈敬容)当然,主情的也不是仍然以浪漫主义的自我情感的抒情为主,而是趋向于抒情的客观化和间接性,所表现的内容,也从个人的情感,转为表现人的内心世界和潜意识。

主智,是现代主义诗歌的主要特征;但是不是所有的中国现代主义诗歌都具有智性特征？是不是中国现代主义诗歌，只有智性诗这样一种类型？主情诗，就不是或不能成为现代主义诗歌吗？显然不能这么简单地划分。中国现代主义诗歌的多样化和复杂性之一，就是有主智的，也有主情的。

在孙玉石、骆寒超先生等人的著作中，都是把艾青的抗战时期诗歌归入现实主义诗歌和诗潮；虽然也指出艾青诗歌在形式上受现代主义影响，有现代主义色彩。但都把艾青抗战时期的诗歌，排除在现代主义诗歌之外。这里，是不是潜藏着把以智性诗作为衡量中国现代主义诗歌的基本标准？因为艾青抗战时期的诗歌不是智性诗，而是主情诗，表现的是抗战之情，所以被归入现实主义诗歌？

其实，新诗史上，也有不同的看法。王光明对文学史家把艾青定性为现实主义诗人，提出异议："艾青并不是一个所谓的现实主义诗人，（当然也不是主要是以城市和学院为背景的纯粹的现代主义诗人），而是一个接受了现代的自由、民主思想，以及象征主义诗歌的感受与想象方法影响的现代中国抒情诗人。"[16]著名诗人彭燕郊，他也持另一种的中国式现代主义诗歌的标准。他认为："30年代末到40年代前期，我们终于迎来了新诗的高潮，艾青的《北方》和《旷野》以及以'七月派'诗人为中心的众多诗人在艾青、田间的带动下共同建立了中国式的现代主义——可以称为现代的现实主义的现代主义。"[17]

邱景华在《"群体性呼唤"与"新诗戏剧化"——艾青抗战时期叙事诗的艺术探索》[18]，引用袁可嘉先生的"新诗现代化不等于新诗西洋化"的理论，来解读艾青诗歌，提出新的观点：艾青诗歌不是现实主义诗歌，而是更富有创造性的中国现代主义诗歌。被誉为现代主义诗歌理论家的袁可嘉，早在20世纪40年代就提出：新诗现代化不等于新诗西洋化。袁可嘉认为：必须严格区别"新诗现代化"与"新诗西洋

化"的差别，后者是横向的移植，前者则是在新诗传统的内部发展产生出来的。[19]

邱景华认为：抗战爆发后，"一切为了抗战"，曾经是文艺界压倒一切的共识和中心任务。于是，为了配合抗战，"标语口号诗"曾一度流行并发展到极致。对此，青年艾青极为反感和不满，并努力探索一种新的现代诗。抗战时代需要热血沸腾的激情，需要诗歌鼓舞民众去追求中华民族的光明和希望。一句话，需要激荡心灵和情感力量的"群体性呼唤"。但"群体性呼唤"，又不是口号似的呐喊。新诗发展到三十年代，已经形成"新诗戏剧化"的传统。可"新诗戏剧化"的客观性和间接性，又与"群体性呼唤"的主观激情相矛盾。青年艾青，正是在这两难的艺术矛盾中，创造出一种抗战时代的新诗艺：就是用"新诗戏剧化"，融合象征手法，表达"群体性呼唤"。

由于当年青年穆旦深受英美现代派诗歌"戏剧化"的影响，同时，也在思考如何用这种"戏剧化"，表现本土的抗战内容。他在艾青《吹号者》和《他死在第二次》这两首叙事诗中，看到"新诗戏剧化"的手法，并且创造性地把叙事和抒情相融合，形成一种深沉有力、鼓舞人心的"群体性呼唤"。所以，他在1940年的两篇诗评中，赞誉艾青《吹号者》和《他死在第二次》，是他所提出"新的抒情"的样榜；而对卞之琳《慰劳信集》则有所批评。[20]穆旦对艾青的诗作，还予以学习与吸收。随后创作的《在寒冷的腊月的夜里》和《赞美》，明显受到艾青的启示和影响。

青年穆旦的慧眼，提醒我们：艾青抗战叙事诗并不是"现实主义叙事诗"。

新诗发展到30年代，已经形成"新诗戏剧化"的传统。"新诗戏剧化"作为一种诗学理论，虽然是袁可嘉1946年提出来的。但"新诗戏剧化"作为一种艺术实践，作为一种对新诗抒情诗过度滥情和感伤的纠正和调节，则是从闻一多的《死水》开

始、中经徐志摩，再到卞之琳《鱼目集》，已经有了近二十年的探索和实践。艾青抗战诗歌也受到这种新诗"戏剧化"风气的影响，同时，还接受戴望舒的启示。戴望舒师承法国后期象征主义，又有新的创造，用现代口语，把象征主义的晦涩和神秘，变成单纯而明朗。如《乐园鸟》、《寻梦者》，以整体的象征来抒情。20世纪30年代的新诗，戴望舒是主情的代表，卞之琳是主知的代表。艾青显然也是偏于主情这一路，师法和发展了戴望舒"散文化"的主张，同时又根据抗战时代的审美需要，采用"戏剧化"，把叙事和抒情融合一体。要言之，艾青是在新诗传统的基础上，加以创新和发展。就是用"新诗戏剧化"，融合法国后期象征派凡尔哈伦的象征手法，表达"群体性呼唤"。这就是艾青抗战诗歌的现代化，是在新诗传统中发展起来的。

邱景华认为："新诗现代化"之所以不等同于"新诗西洋化"，是因为"新诗西洋化"，只是移植西方现代主义诗歌手法；而"新诗现代化"则不仅吸收西方现代主义诗歌的营养，而且根据所写的中国题材的审美需要，融化新诗传统以及中国古典诗歌传统，在三者的化合中，创造出具有中国特色的现代诗。如果把中国现代主义诗歌，理解为是"新诗现代化"的诗歌；或者说，真正"新诗现代化"的诗歌，就是中国现代主义诗歌，而不仅仅是借鉴西方现代主义形式的诗歌；那么，艾青的抗战时期诗歌，就是中国现代主义的诗歌，所谓的现实主义，主要是指他的题材，（我们能把奥登表现抗战的诗篇，简单地定性为"现实主义诗歌"吗？）其实，艾青抗战时期诗歌中的叙事诗《吹号者》、《他死在第二次》、《火把》，以及长诗《旷野》等，都能根据题材的特点，创造新的形式，并且与西方现代诗的客观性和间接性，包括诗剧的美学精神相通，比卞之琳和穆旦，更具本土性和创造性。所以才产生了影响巨大

的"艾青时代"，不仅是在抗战时期，而且一直影响到当代，到21世纪。

艾青抗战时期的诗歌，是"新诗现代化"的典范，也是中国现代主义诗歌的另一种的成功类型。

四

如果说，骆寒超先生是以对智性诗的新观点取胜；那么，青年学者姜涛则是以新方法，对中国现代主义诗歌的宏观研究，提出问题和质疑。

比起众多食洋不化的青年才俊，姜涛最大的本领，是真正吸收并消化了众多的西方理论，特别是后现代理论，并加以融会贯通，化得了无痕迹，这在中青年学者中，是罕见的。他那本获得诗界广泛好评的著作《"新诗集"与中国新诗的发生》，㉑表面上看，是采用文学社会学的方法，对早期新诗集的编撰、出版、阅读、传播、评论、论争等各个方面展开细致的讨论；实际上，还内含福柯考古学／谱系学的方法。研究新诗的发生，其实也就是新诗的起点、起源。之所以不用起源，是因为谱系学拒绝研究"起源"，因为研究起源很容易导致"前后"（因果关系）的线性逻辑和连续性；"起源论"还会导致目的论和同一性。谱系学反对线性的"起源"研究，而采用"共时性"研究，既同一起点的多样化。在姜涛关于新诗发生的研究中，得出令人信服的结论：胡适《尝试集》与郭沫若《女神》，原本出版时间相近，是两本完全不同的诗集，代表着新诗发生的两种不同的可能和方向。可是在文学进化论的思维中，两者却变成线性的进化关系：《尝试集》是开端，《女神》是发展，后者胜过前者。这样就把原本"共时"的对峙，变成"历时"的线性进化。也就是把新诗发生的多种可能性和多样化，变成单一的线性发展。

在起源的"共时"中，研究多样化和复杂性，反对线性进化的单一性，正是福柯

的理论和方法。只是姜涛的著作没有引用福柯的理论，并且是与文学社会学，还有其他理论和方法融化在一起，形成他自己综合性的独创方法。他非常重视方法，但又不为方法所拘。他说："不同的对象要求不同的方法，方法是跟着问题走的，本身不是自足的，光是强调方法，也可能带来一些负面作用。"㉒换言之，能根据所研究对象的问题，而采用并创造与之相适应的综合性的新方法，这就是姜涛"方法是跟着问题走"的高明处。

福柯理论对姜涛的影响是大而深远的，比如姜涛对新诗发生的多种可能性和多样化的思考，一直没有停止。近年来，他通过对周作人"病中的诗及其他"的分析，找到了新诗起源的另一个可能："周作人眼中的新诗"。周作人认为：新诗作为一种激进的青年文化产物，是所谓"病中的诗"；而他所向往的则是"成年"的诗；所以，他后来不再写新诗。也就是说，周作人所希望的"成年"的新诗，也就未能在新诗史上出现。㉓虽然如此，但周作人所向往的"成年"新诗，也让我们省悟到新诗在发展中，原来还潜藏着多种的可能性。

姜涛在《"中国式"的现代主义诗歌：该如何讲述自己的身世》㉔，这篇对30多年来的中国现代主义诗歌研究，从宏观的角度进行深刻的反思。这种反思，主要是运用后现代主义的方法，发现问题，提出新的观点。姜涛采用福柯考古学/谱系学的方法，强调新诗的非连续性和断裂性，对孙玉石先生建立起来的中国现代主义诗歌"谱系"，提出不同的看法。在姜涛看来，孙玉石先生所建立起来的中国现代主义诗歌谱系，忽视了新诗进程中的偶然性、非连续性，把新诗现代主义诗歌的多样化和复杂性简化了。为了建立完整的开端、发展、高潮的线性逻辑过程，很可能把本来不是连续性的诗潮，主观地"焊接"在一起。

他举例说："在中国现代主义诗歌的'身世'讲述中，40年代诗歌往往被看做是30年代诗歌基础上的超越于开拓，但这种连续性的构想就曾在诗人郑敏那里，遭到了激烈的拒绝。她认为40年代的现代主义诗歌与30年代《现代》杂志没有明显的联系，更多直接受到当时世界诗潮的影响，'因此一提到中国现代主义新诗就和30年代的《现代》杂志联系在一起是一种很大的误解。'"㉕

姜涛的分析，还深入到对目前高校教科书讲述中国现代主义诗潮模式的质疑："……将中国现代主义诗歌的'身世'，当做一种'安全'的知识不断加以完善，这或许暗示了这一话题与历史的紧张关联，已被学术生产的流程所掩盖。……以五四时期零散的诗学译介、表述为开端，以象征派、现代派、九叶派等诗歌流派的交替为线索，采用一种整体性眼光，将新诗中的现代主义思潮、台湾的现代诗实验，以及朦胧诗之后的当代诗歌，串联在一起的'身世'讲述，是目前通行的著述体例……"㉖

换言之，孙玉石先生对中国现代主义诗歌的研究，主要集中在40年代以前；而后来的研究者在他的基础上，把台湾现代主义诗歌作为弥补建国后中国现代主义的"断裂"的一个时期，也整合到"谱系"之中；再加上朦胧诗，后新诗潮，形成一种具有百年历史的"完整"的中国现代主义诗歌谱系。姜涛质疑："当'现代主义'的历史在西方文献中，越来越扑朔迷离，在有关它的起源、特征、是否终结等问题上，越来越难以有统一答案的时候，中国新诗的'现代主义'却有了一个如此完整的身世，而且在挫折与排　中竟有了百年的寿命，甚至仍然在强劲展开，这不能不让人有点惊讶。"

姜涛在对今后的中国现代主义诗歌研究，还提出展望："时至今日，有关中国现代主义诗歌的研究，似乎已接近'饱和'，很难再发生新意，这当然源于现代主义话题整体上的衰落,但与现代主义诗歌历史主体的自我空洞化、贫乏化也不无关联。如果继续执著这个话题,还要有所掘进、突破的话,那么摆脱现有的惯性思维模式和一种整体化的研究思路,在特殊的问题意识驱动下,发现普遍'身世'背后的另类命运,则是一条可行的思路。"㉗

我理解,所谓的"另类命运",就是对偶然性和非连续性的关注,是对多样化和复杂性的探询。那种称卞之琳和冯至为"九叶"现代主义诗歌之父,其实也是一种先入为主的连续性思维的想当然。像"九叶"的老大哥辛笛,很难说,他的诗歌与卞之琳和冯至有师承关系。辛笛作为"九叶"的另类,在常见的中国现代主义的叙述中,其独特性和重要性,常常找不到位置。因此,作为"九叶"的代表,不是他,而是穆旦和郑敏。但对辛笛这个"另类"的研究,确实能发现中国现代主义诗歌的一些复杂性。(后面叙述)

总之,姜涛的《"中国式"的现代主义诗歌:该如何讲述自己的身世》,这篇宏文具有强烈的"问题意识",对中国现代主义诗歌,提出了诸多富有启发性和开放性的问题,大大开拓了我们的思考空间。让我们警惕长期流行的文学进化论的连续性思维模式,对新诗多样化和复杂性的简化和遮蔽,打开了我们思考中国现代主义诗歌的另一个广阔空间,引导我们对新诗现代主义诗歌多样化和复杂性的关注。也让我们反思:中国现代主义诗歌,也应该是多种可能、多种形态,不只是智性诗(知性诗)这样一种模式。

五

郑敏先生认为:"后现代主义方法是多元并置的,而非直线进步的。启蒙的范式、革命的范式、还有市场的范式,结合成一个看中国问题的复杂的知识的网络。这种结合总比从一个中心看问题要得出更多的东西。所有的范式都有盲点和不同之处,解构的方法就在于找到这些盲点。看不到新范式的盲点容易陷进又一轮的乌托邦,但盲点也不是那么容易找的,你确实有站得住的根据,否则就成了'深刻的片面'了。""一种新范式之所以被接纳,在于能包容而不是取消旧范式。"㉘

同理,对中国现代主义诗歌的研究,本文列出几种不同的观点和方法,并不是要以其中一种观点,取代另一种观点;而是希望这几种观点(还有其他观点),能形成一个知识的网络,即多维视野,希望以此能看到一些中国现代主义诗歌的多样性和复杂性。其实,中国现代主义诗歌的复杂性,不是只有一种观点和方法能说清楚、看明白的。各种观点和方法,虽然都有局限和盲点,但都有长处,都能从某种角度,发现一点"复杂性"。

比如,把孙玉石和骆寒超的观点摆在一起,就会对中国现代主义诗歌的智性(知性)特征,有更深入的理解和思考;注意到智性诗中很容易出现概念化的理性诗,必须辨析智性诗与理性诗的不同,才能整体上提高智性诗的水准。如果把姜涛的观点和孙玉石的观点相参照,就会对中国现代主义诗歌进程的复杂性,有更多的思考。比如,姜涛更多的是从"非连续性"中,来寻找复杂性;而孙玉石先生则是从"连续性"中寻找复杂性。比如,他认为40年代的"中国新诗"派与30年代现代派诗潮有着"连续性"。他以丰富的史料,从三个方面:人的关系层面;理论认同的层面;对于象征主义的深层接受层面,作了分析和论证。㉙从诗派的整体上看,是这样的;而姜涛则从个体诗人的层面上讲,如前面他所例举的郑敏的话。郑敏主要是受冯至和里尔克的影响。两人的视角不同,所看到的自然也不同。

孙玉石先生还善于在丰富的第一手资料中,发现中国现代主义诗派的复杂性。比如,他对后来被称之为"九叶"诗派的命名,并不认同;而命名为"中国新诗"

派，就是一个成功的范例。一些研究者，常常将《诗创造》和《中国新诗》作为"九叶"的刊物。孙玉石先生经过细致的梳理，指出：《诗创造》尚不属于"中国新诗"派所有的流派性刊物。发起和集资办刊的是杭约赫、臧克家等几位友人，这个刊物显出一种"兼容并包"的特色。在此发表作品的作家和诗人有一百多位，风格也多种多样，而且是以反映现实生活题材的现实主义为主。"由于《诗创造》内部的分歧，杭约赫退出编辑工作，另与辛笛、陈敬容、唐祈、唐湜，办《中国新诗》丛刊。穆旦、杜运燮、郑敏、袁可嘉等，也成为刊物的主要作者。该刊于是1948年创办，标志着以辛笛、穆旦为代表的确40年代的现代派诗人群体的走向正式诞生的阶段。"因为这个杂志充分显示了一个流派的群体特色，所以我们把这个诗人群称之为'中国新诗'派。"㉚

这样言之有据的分析，让我们懂得："九叶"诗派的命名，是一种后来的"追认"；而称之为"中国新诗"派，更符合历史的真实情况。与"七月"诗派一样，同样是以"刊名"命名。但由于"九叶"诗派已经叫响了，"中国新诗"派，却少有人认同。可见，一个时代的流风所至，常常比历史真实更难以抵挡。

我认为：新诗几个阶段的现代主义诗歌，既有连续性（新诗传统的连续性），也有不连续性；不可能只有不连续性，而没有连续性。比如，卞之琳对闻一多的继承，艾青对戴望舒的师法，穆旦对艾青的师法。中国现代主义诗歌艺术的积累，就是一种连续性的积累过程。当然，这些连续性和不连续性，有的是明显的，有的则看不见，有的还与其他因素纠缠在一起，极其复杂难以厘清。比如，晚年的郑敏回忆：中学生的她，也曾喜欢徐志摩的《偶然》、戴望舒的《雨巷》，特别是废名带有禅意的诗。也就说，郑敏与30年代的现代派诗潮，并不是毫无关系。㉛

如果把袁可嘉的"新诗西洋化不等于新诗现代化"的观点，作为一种评判中国现代主义诗歌的新标准，那么，我们对现代主义诗歌的视野，不仅会扩大。如果把艾青的抗战时期的诗歌，看成是中国现代主义诗歌，那么，我们对现代主义诗歌的多种可能和多种形态，就会有更开阔的视野和更深入的理解。

按新时期流行的观点：卞之琳和冯至，是中国现代主义诗歌之父，是"九叶派"的导师；艾青作为"落伍"的现实主义诗歌的代表，则不属于现代主义诗歌之列。但令人不解的是：被誉为中国现代主义诗歌首席代表的"九叶"诗人穆旦，为什么要批评现代主义之父卞之琳，而赞扬现实主义诗人艾青？

换言之，青年穆旦并不是师承卞之琳，倒是一度师法艾青。卞之琳的《慰信集》，虽然也是采用"戏剧化"，但是受奥登《战地行》的重大影响，采用"机智"手法，来表现抗战题材。《慰劳信集》并不是没有"抒情"，也充满着对抗战人物的赞美。但由于卞之琳性格内敛，不喜欢在诗中表现奔放的激情，而选择更适合表达理性思考的十四行体。所以，《慰劳信集》缺少艾青那种波澜壮阔的"群体性呼唤"，缺少"新的抒情"，这就是穆旦批评卞之琳的理由。

穆旦之所以能成为大诗人，并不是只有早期受奥登过于明显影响的诗，（这也是"新诗西洋化"的一种表现）；穆旦了不起的地方，恰恰是在从新诗的传统中，努力寻找可以表现他心中所设想的"新的抒情"的中国现代主义诗歌（注意：是"新的抒情"而不是"新的智性"），他从艾青和卞之琳的抗战诗歌比较中，看到两种不同的表现，而选择艾青的艺术方向。穆旦对艾青的赞扬和对卞之琳的批评，恰恰是中国现代主义诗歌复杂性的一个表现。

当代研究者的关注重点，多认为穆旦诗是"主智"；而"主智"的青年穆旦，却提"新的抒情"，并称赞艾青的抗战诗歌，作为他"新的抒情"的代表。可见,在诗人的创作实践中,"主智"与"主情",并不是截然分开的,常常是交织纠缠在一起。

再如,卞之琳是主智的代表,但废名在他的《新诗讲稿》中,所选的卞之琳11首:《道旁》、《航海》、《车站》、《倦》、《归》、《水分》、《雨同我》、《无题》(一、二)、《淘气》、《灯虫》,却基本是主情的。废名并且明确指出他的选诗标准:"有的观念跳得厉害而诗不能文从字顺者不选,不普通者不选,如《圆宝盒》、《距离的组织》、《鱼化石》等篇是。卞之琳跳动的诗而能文从字顺,跳动的思想而诗有普遍性,真是最好的诗了……"㉜

这真是耐人寻味:为什么废名不选卞之琳主智诗的代表作,而选卞之琳不为人所关注的主情的诗?而废名自己所写的诗,却又被人认为是主智的诗?废名选诗,还启发我们:卞之琳作为主智诗的代表性诗人,其实也有写主情的诗,并且在主智诗人废名的眼里,这是卞之琳最好的诗,超过他主智的诗。如果把废名不选卞之琳的智性诗,与骆寒超先生对卞之琳译艾略特《传统与个人才能》之后转向的否定,联系起来思考,又可能打开一个隐秘的空间。

以上这些,像绕口令一样的相互缠绕,不就是中国现代主义诗歌复杂性的一个个生动而具体例子吗?

中国现代主义诗歌的主情代表,不仅有青年艾青,而且还有"中国新诗"派的老大哥辛笛。值得注意的是:两人都是受戴望舒主情诗的影响。

辛笛生于1912年,小卞之琳和艾青两岁,可以说是同时代的诗人。辛笛是先接受了中国古典诗歌的影响,并具有深厚的修养,而以后在清华大学外文系和英国爱丁堡大学再攻读英美现代诗歌。他写于1933至1936年的"珠贝集"中的《怀思》、《生涯》,有浓厚的古典意味,《航》则是在新鲜的现代意象和境界中,内涵智性的冥

想。在爱丁堡留学期间,所写的"异域篇"(1936至1939年):《挽歌》、《秋天的下午》、《再见,蓝马店》、《刈禾女之歌》、《杜鹃花与鸟》、《月光》、《巴黎旅意》等;虽然也是受艾略特的影响,但又吸收了法国印象派的艺术营养,能根据题材的特点,创造出各种现代主义诗歌形式。"珠贝集"和"异域篇"这两集,都是以抒情为主;"手掌篇"(1945至1948年):则是回国后,步入社会,人到中年,知性加强多于感情,如《风景》、《手掌》、《布谷》。

辛笛的创作,是先主情、后主智,但其在新诗史上的影响,是主情诗胜过主智诗。换言之,辛笛诗歌的成就,主要是在30年代;而"中国新诗"派的其他诗人,因为年龄小于辛笛,他们的成就,主要是在40年代。这里不仅存在着一个时间差,而且他们的诗歌艺术风貌也极不相同。所以,在评价"中国新诗"派时,虽然也提到辛笛,但因为研究者一般是用现代主义诗歌的智性标准,多以穆旦和郑敏为代表。所以说,辛笛是"九叶"的另类,(陈敬容在九叶中,也是主情的另一个。)呈现出中国现代主义诗歌的另一种可能,另一种复杂性。

总之,中国现代主义诗歌的复杂性,还表现为:除了主智的一大批诗人,还有主情的一群,如30年代的戴望舒、何其芳、艾青、辛笛、陈敬容等,并且在不同的阶段,主智的诗人也写主情的诗,主情的诗人也写主智的诗歌,并不是截然分开的。只是流行的观点强调了主智的诗,而忽略或轻视主情的诗。这其实是受"一个中心"思维的影响,即以主智为中心。其实,中国现代主义诗歌,是多中心:主智的;主情的;还有像林庚、吴兴华等那样的特殊类型;而且这多中心相互影响,相互渗透。如青年穆旦喜欢艾青的诗;何其芳的《预言》第二辑,也受艾略特的影响,但主要是"荒原意识",是美学观念,在写法上,还是主情的。辛笛也受艾略特

《荒原》用典艺术的影响，但他能将中外四个典故，化为新的诗境，同样是主情的写法，如著名的《挽歌》。㉝是诗人的自觉选择，决定了不是简单地移植西方现代派的诗（即新诗西洋化），而是根据自己的美学思想和题材的需要，进行有选择的独特综合之后的再创造（即新诗现代化）。

郑敏先生所提出的"多元并置"的后现代主义方法，为我们更深入的研究和思考中国现代主义诗歌提供了极好的视野。后现代主义的方法，并不是只是一度流行的某种理论和方法，而是有总的精神，那就是"多元并置"，这样才能避免后现代主义的理论和方法，再次成为"以一个中心，代替另一种中心"的重蹈覆辙。应该用多元并置的方法，形成一张知识的网络，来寻找和发现中国现代主义诗歌的多样化和复杂性，而不应将它线性化，简单化和逻辑化。

注释：

①孙玉石：《中国现代主义诗潮史论》，北京大学出版社 1999 年版，第 4、5 页。

②③孙玉石：《中国现代解读学的理论与实践》，北京大学出版社，2007 年版，第 3 页、第 14 页。

④孙玉石：《中国现代主义诗潮史论》，北京大学出版社 1999 年版，254 页。

⑤骆寒超：《诗学散论》下，《骆寒超诗学文集》第 11 册，人民文学出版社 2009 年版，第 302 页。

⑥骆寒超：《二十世纪新诗综论》，《骆寒超诗学文集》6 册，人民文学出版社 2009 年版，第 293 页。

⑦李媛：《知性理论与三十年代新诗艺术方向的转变》，《中国现代文学研究丛刊》2002 年 第 3 期。

⑧骆寒超：《二十世纪新诗综论》，《骆寒超诗学文集》第 6 册，人民文学出版社，2009 年版，第 312 页。

⑨孙玉石：《中国现代主义诗潮史论》，北京大学出版社 1999 年版，259 页。

⑩骆寒超：《二十世纪新诗综论》，《骆寒超诗学文集》第 6 册，人民文学出版社 2009 年版，第 306、307 页。

⑪骆寒超：《诗学散论》下，《骆寒超诗学文集》第 11 册，人民文学出版社 2009 年版，第 308 页。

⑫骆寒超：《二十世纪新诗综论》6 册，人民文学出版社 2009 年版，第 295 页。

⑬骆寒超：《骆寒超诗学文集》第 6 册，人民文学出版社 2009 年版，第 293、294 页。

⑭孙玉石：《中国现代主义诗潮史论》，北京大学出版社 1999 年版，第 444 页。

⑮骆寒超：《二十世纪新诗综论》，《骆寒超诗学文集》第 6 册，人民文学出版社，2009 年版，第 304 页。另见：段从学《回到穆旦的丰富性和复杂性》中认为：骆寒超的分析是"一个令人信服的例子"。见张桃洲、孙晓娅主编《内外之间：新诗研究的问题和方法》，社会科学出版社 2012 年，第 250 页。

⑯王光明：《现代汉诗的百年演变》，河北人民出版社 2003 年版，304 页。

⑰彭燕郊：《虔诚地走进诗》，《彭燕郊诗文集》（评论卷）湖南文艺出版社 2006 年，第 192 页。

⑱邱景华：《"群体性呼唤"与"新诗戏剧化"——艾青抗战时期叙事诗的艺术探索》，《星河》2016 年冬季号。

⑲袁可嘉：《论新诗的现代化》，三联书店 1988 年版，第 21 页。

⑳《穆旦诗文集》第二册，人民文学出版社 2006 年版，第 48 至 58 页。

㉑姜涛《"新诗集"与中国新诗的发生》，北京大学出版社 2005 年版。

㉒《重新回到新诗的起点》，张桃洲、孙晓娅主编《内外之间：新诗研究的问题和方法》，社会科学出版社 2012 年，第 38

页。

㉓姜涛:《病中的诗及其他——周作人眼中的新诗》,《新诗评论》2008年第一辑。

㉔㉕㉖㉗姜涛:《"中国式"的现代主义诗歌:该如何讲述自己的身世》,《新诗评论》2006年第1辑。

㉘韩毓海、郑敏:《清华问学录》,《上海文学》1995年第9期。

㉙孙玉石:《中国现代主义诗潮史论》,北京大学出版社1999年版,第312至317页。

㉚孙玉石:《中国现代主义诗潮史论》,北京大学出版社1999年版,第309、310页。

㉛邱景华:《郑敏早期诗歌的多重艺术来源》,《长沙理工大学学报》(社会科学版)2015年第6期。

㉜废名《新诗讲稿》,北京大学出版社2008年版,第333页。

㉝邱景华:《新诗"活用典"的范例——辛笛〈挽歌〉细读》,《诗探索》理论卷,2016年第2辑。

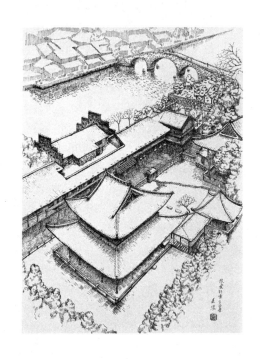

白桦1950年代的诗歌创作

●白　耶

一

　　白桦是个多面手。他能写小说：短篇小说、中篇小说、长篇小说都写；他能写剧本：话剧、电影、电视剧本都写；他能写散文：即兴小品、特写、传记、游记也都写；当然，他也能写新诗：短诗、长诗、十四行诗、长篇叙事诗同样都写。可贵的是：他在每一种体裁的写作上，都有值得珍视的成绩。不妨这样说：一部中国当代文学史如果写成分体史，在谈及各体的创作成就时，白桦都是绕不过的——这其中也包括他的新诗。迄今为止我所见到他公开出版的新诗集就有《金沙江的怀念》(1955)、《鹰群》(1956)'《热芭人的歌》(1957)、《孔雀》(1957)、《悲歌与欢歌》(1978)、《情思》(1980)、《白桦的诗》(1982)、《我在爱和被爱时的歌》(1987)、《白桦十四行抒情诗》(1992)、《长歌和短歌》(2010)、《白桦诗选》(线装本，2013)，还有为数不少已发表而未编成集子的散诗。这样数量的新诗作品，无疑相当可观了。

　　这位诗人的登上诗坛，虽不能说是和共和国的诞生同步的，却倒也可以作这样的认定。从现有的资料看，白桦正式面世的第一首诗是写于1952年春天的《把边江畔的大爹和姑娘》。这可是离新中国在亚洲的东方出现仅两年多点时间发生的事儿，这不就几近同步了吗？所以说白桦隶属于新中国培养出来的第一代诗人，是合乎实际且值得庆幸的，庆幸他来自于一个大有可为的诗歌创作生态环境。

　　那末，这是怎么一个环境呢？

　　白桦出道时的中国当代诗坛，其创作生态环境可以从诗人队伍与诗情内涵的两大结构系统中见出。

　　先看诗人结构系统

　　中国人民革命力量解放了除台湾以外的国土，为各族人民创造了大团结的条件，也促成了中国当代诗坛各路诗人的大会师。大致说这场大会师的队伍可分三路。

　　长期战斗在革命根据地的诗人是首要的一路，他们中既有早已活跃在1920—1930年代的，如柯仲平、曹葆华、艾青、何其芳田间、严辰、鲁藜等；也有从1940年代开始活跃起来的，如贺敬之、李季、魏巍(红杨树)、方冰、戈壁舟、胡征、侯唯动、阮章竞等。这一路长期生活和战斗在根据地的诗人，对缔造新中国怀有来之不易，值得珍视的切身体验。由于一直生活在革命大家庭中，现实的政治斗争经历教育了他们，也决定了他们的诗歌创作总多一点为政治服务意识的制约，所以进入新中国后，他们不得不从习惯于战争年代的严酷转为歌唱新中国的美好，这就有一个熟悉新生活、拥有新感受的过程，从而使他们在主题新探、题材选择上有如何改变旧调的困惑出现。

　　长期生活在国统区的诗人是又一路。他们中有更多从1920年代起就活跃于诗坛的，如郭沫若、冯雪峰、冯至、胡风、臧克家、卞之琳、力扬、亦门、徐迟等，也有从1940年代开始活跃起来的，如陈敬容、穆旦、袁水拍、唐湜、绿原、牛汉、青勃、吕剑等。这一路诗人由于一直挣扎在国统区，切身体验过专制政权的黑暗统治和追求民主自由的艰难；但对"解放区的天是明朗的天"也还缺乏贴切的感知，所以进入新中国后，他们不得不从习惯于揭露旧社会的丑恶转为赞美新世界的美好。这就有一个感受新时代的情感积累过程，从而使他们在运思新探、艺术调整上有如何确立新风尚的困惑。

值得强调地提出来的是第三路。这一路诗人是在人民解放战争已成势如破竹之势的建国前夕或"中国人民已经站起来了"的建国初期才正式进入诗坛的。他们在这期间几乎都是无名小卒，虽然其中有一些人在正式进入人民大解放战斗行列之前也曾发表过一些作品了，影响却还不大，可举出李瑛、丁芒、沙白、公刘、岑琦、邵燕祥、未央、高平、梁上泉、孙静轩、高缨、周良沛、胡昭等。这一路诗人对建国初的当代诗坛来说，可说是一支生力军：诗龄不长，有些人甚至是在投身革命队伍后以单纯的浪漫情怀感受着昂扬的时代氛围而不自禁地歌唱起来的。他们在创作中无论思想情感或者艺术格调，传统的积习比上两路诗人要少得多，对新世界、新生活感觉特别敏锐、新鲜而强烈。因此，像公刘在《西盟的早晨》中抒写的那样，他们总是怀着"迎接美好生活中的又一早晨"的心情走向每一个生活日的；也诚如艾青在《公刘的诗》一文中所说的：公刘和他所代表的这一路诗人和千千万万辛苦地劳动者的人民的心境一样，在从事着"通身都是健康的一种新的歌唱"。鉴于他们比前二路诗人都要年轻，且都是在保卫祖国和建设新中国的实际岗位上战斗着、工作着、具体地体验着"解放区的天是明朗的天"那种社会情调、时代风貌的。如有人要问那些年当代诗坛抒情的纯度最高、歌唱得最真切而热烈的是谁，我说那就是这一路诗人。

白桦就是这个系统的第三路诗人中的一员，和李瑛、公刘、邵燕祥他们一个队列。

再看诗情结构系统。

建国初期，诗坛用以具现创作倾向性的诗情内涵，大致说有三类，一类是回顾革命来路，高扬继续战斗精神；另一类是感悟时代转型，吟咏社会生态和谐；再一类是体察现实情势，赞美以枪捍卫安康。

回顾革命来路、高扬继续战斗精神是这期间新诗创作中最被看好的诗情，一时间革命往事的抒写成了热门。岑琦于1953年开始根据自己投身革命队伍、参加人民解放斗争的经历，写下了长篇叙事诗《向导》，1956年定稿。写的是解放战争年代浙闽交界区一位红色交通员"老张"的事迹。这老张在人民解放战争的那几年中，一直出没在浙闽交界区护送着一批又一批追求革命的青年去括苍山游击根据地，但在一次执行任务中遭遇敌情，负着重伤送"我"进入根据地后就因伤重而牺牲。诗篇最后写到人民解放队伍全线出击而走在胜利的路上时，"我"这样说："沿着这条熟悉的山路，/我们大队人马开下山。/人马呵，像暴发的山洪，/快乐地唱着：向前，向前……//沿着辽阔的平原，/只见一面红旗向前飘飞。/红旗领先，劈开雾霾，/那个扛红旗的正是你！"这里有革命斗争严酷的表现，更有继续战斗精神意志的高扬，文本真挚贴切而又强烈深沉的抒情，能给人以灵魂的震撼力。李季把革命斗争的往事与现实社会的社会主义大建设在继续革命、永远战斗的精神意志高扬中结合了起来，写下一批短诗和长诗。三部曲的长篇叙事诗《杨高传》就是回顾革命来路，高扬继续战斗精神的全景式抒叙。虽然第三部《玉门儿女出征记》写开发油田的战天斗地情节比较概念化，但把革命斗争延伸到大建设斗争，还是比较自然的。令人遗憾的是这种"延伸"成了他构思的套路，在他写的一些短诗——如

《师徒夜话》、《厂长》、《理想》等作中常见一种巧合，把"革命——建设"在传承战斗精神上作了硬性的"二结合"，这种有意为之的高扬战斗精神一当推向极至，也就出现了与天、与地、与人争斗其乐无穷的抒情追求，出现了郭小川的《投入火热的斗争》那样的诗，张扬斗争哲学："斗争/这就是/生命/这就是/最富有的/人生。"说白了，也就是要把新中国的"新"建筑在"生无宁时"的社会斗争生态上。

但建国初期的诗坛也相对应地出现了感悟时代转型、吟咏社会和谐的创作倾向。首先本能地感到并付之于笔墨的是胡风的长篇组诗《时间开始了》。牛汉在和绿原对话《胡风诗全编》时曾说到这首长诗，认为胡风写它是"怀着对中国共产党和社会主义祖国的纯真的情愫"的，是一首"充满感激和幸福的赞歌"。绿原则补充说：胡风在这首长诗中甚至"对小草、雪花、晨光、土地等新生事物的青春生命充满了纯真的感激"。的确，在共和国正式宣告成立不过两个来月就写了出来的这首长诗，不仅整体立意很高，构思恢弘，格局完整，且颇有一些篇章写得相当动情。特别是第三章《青春曲》，用拟喻的象征意象来抒发主体对新生祖国的感受，就有这种艺术魅力。该章的第三曲《雪花对土地这样说》那种投身新生祖国、报效再生民族的情感已到炙热程度；第四曲《月光曲》抒唱主体漫步在"开花的祖国的大地"上时那种梦幻似的和谐幸福感也很真挚；第五曲《醒了的村庄这样说》对解放了的村庄"梦着阳光闪闪的彩色"的抒情也十分投入。所以这首诗反映着胡风已有一种自发地追求社会生态和谐的创作倾向。随之是当年的绿原与牛汉也有了这方面的觉识。绿原在《人之诗·自序》中说：1953年他和牛汉在北京时曾"约定摆脱一切习惯上和陈规上的束缚，试写一些新式的直抒心意的抒情诗，来歌颂我们盼了几十年的新生活"。这就是说他们要从日常生活中去发掘社会生态和谐美来作抒唱。于是绿原写了《夜里》、《雪》、《小河醒了》、《火车在旷野上奔跑着》、《快乐的焰火》等，牛汉也写了《我赞美北京的西郊》等。如果说胡风是自发地走向了对社会生活和谐的抒唱，绿原、牛汉作这方面的追求已有一定的自觉，那末艾青则是对这项追求作全面展开了。艾青感应敏锐，且富于智慧的概括能力，在共和国一成立就本能地转向对社会生态和谐的抒唱。1950年春天，他写了《春姑娘》一诗，已显示了这种动向。随后，又写了《西湖》、《双尖山》、《致乌兰诺娃》、《鸽哨》、《下雪的早晨》、《长城》、《赛汉塔拉》、《草原婚礼》、《小河》等，还有国际题材的《奥特堡》、《车过贝加尔湖》、《西伯利亚》、《写在彩色纸条上的诗》、《写给小睡车里的婴孩》等。1954年7月，他出访智利，当飞行在大西洋上空时，曾即兴吟成小诗一首：《这是一个晴朗的早晨》。该诗第一节说："这是一个晴朗的早晨/飞机在高空中飞翔/一朵朵白云像在微笑/我的心是阳光满照的海洋。"他从现实生活中超越出来，在宇宙中去感受生态和谐美。但随即他又写了第二节："我写过无数痛苦的诗/一边写、一边悲伤/如今灾难总算过去了/我要为新的日子歌唱。"他又从宇宙生态返回，要如同赞美宇宙生态的和谐一样赞美现实生态的和谐。这些类似心灵独白的声音，宣告了艾青决心要把自己的抒情笔触转向对"新的日子"——存在于和谐生态中的人生作抒唱。当然，这种创作倾向也就理所当然地被看成是革命热情衰退，丧失战斗意志。可憾者是当年就没有人考虑到从生态文学的角度去评估这一场抒情转向的合理性及其在放歌新中国中的价值。

但是在独特的时代环境特别是在共和国建立的初期，国家机器的内部"零件"还不很齐备，组装得也还不很有机，而外部的敌对势力又时刻在威胁着我们之际，机械地强调社会生态的和谐，单纯地唱"解放区的天是明朗的天"——这样的诗情和时代安康的实际要求，实事求是讲，还难说是合拍的。于是也就有诗人对这段时间的这一类创作倾向有所调整：立足社会生态和谐而让吟咏社会生态和谐与高扬继续战斗精神叠合成一体。这一来，也就有了诗情内涵的又一个结构层次。具言之，即体察现实情势，赞美以枪捍卫安康。在这方面，孙静轩建国初期的创作倾向与运思路子是起了某种启发作用的。他的《祖国的眼睛》一诗以扫瞄大海的探照灯喻示"祖国的眼睛"来展开抒情，很值得玩味：夜晚，大海静静沉睡了，只有海岛上的探照灯清醒着，它像一个哨兵在守护海洋一样，耀眼的电光不时在海面移动。在诗人的心目中这可是祖国的眼睛在监视着黑暗，它的惊惕缘于黑夜时分"千万人在作着和平的梦"。这就是立足于社会生态和谐而让这种和谐与提高惊惕而不忘战斗相叠合、"以枪捍卫安康"的运思路子的体现，在这方面，贺敬之在《放声歌唱》中有更全面、深刻而动人的显现。诗中以设问的句式推出了一串意象，如："那放牛的孩子/此刻/会坐在研究室里/写着/他的科学论文。""在怀仁堂里/那老年的庄稼汉/和政治局委员们/一起/研究着/关于五年计划的决议。"特别是如下这个："在村头的树荫下/那少年飘泊者/和省委书记/一起/讨论着/关于诗的问题。"这种非常态且气势不凡的意象充分地象征出了社会生态的和谐。但贺敬之的抒情逻辑并不满足于单纯的和谐美抒唱，他随之又推出一串意象来和和谐的社会生态叠合，并藉此对社会生态和谐作了映衬，这样说："省港大罢工的/呼号声/在我们的/鼓风炉里/正呼呼作响"，"南昌起义的/鲜血/在我们的/炼钢炉中/还滚滚跳荡"。正是这一场叠映，也就显示为立足于社会生态和谐而又让这种和谐与继续战斗精神的叠合，从而深一层喻示出体察

现实情势，赞美以枪捍卫安康的诗情内涵。建国初诗坛总体诗情结构也就以此为最高层次，作了有机的完形，

白桦登上诗坛时所怀的诗情，就来自于这个结构系统。他占领了这个诗情结构的最高层次，显示出值得我们珍视的创作倾向。

就这样，白桦以共和国培养出来的第一代诗人的身份，怀着立足于社会生态和谐而又让这一和谐追求与继续战斗相叠合的诗情意绪，向当代诗坛走来了。

二

白桦立足于社会生态和谐而又让这一和谐追求与继续战斗相叠合的诗情觉识走向当代诗坛，并非凭空而来的，是由这之前他特殊的人生经历所决定。这里值得一引他在《说说我自己》中的一段话：

1938年，懵懂的八岁，（我）成了亡国奴。1942年，屈辱的十二岁，拜别被侵略者活埋在故乡泥土里的父亲，远走他乡。1946年，骚动的十六岁开始写诗，和自己的同好一起义愤填膺地融入方兴未艾的学生运动。1947年，激动的十七岁，怀着视死如归的决心，踏上奠基民主中国的战场。

1950年，自信的二十岁，进入文坛……

在这段简略的经历中，说"1947年……踏上奠基民主中国的战场"，是值得补充几句的。这是指白桦在这一年秋天按中共地下组织的安排离开正在就读的信阳师范，参加了人民解放军，同年冬天就随解放中原的野战部队攻打豫西重镇镇平；随后，又参加淮海大战和渡江战；横渡长江解放南京后，又按"乘勇追穷寇"的指令，随部队开赴大西南追剿滇缅边界处的国民党残部。在这一系列战斗生涯中，

白桦经受了枪林弹雨中的生死考验,反映出了他对"奠基民主中国"的激情。在为纪念淮海战役五十周年而写的抒情长诗《雪原落日》中,他这样抒唱了革命战士昂扬的战斗精神和无畏的血战英姿:"士兵像种子聆听第一声云雀啭鸣声那样/等待着紧急冲锋号把天空撕裂;/立即从壕堑里一跃而起/把枪火当做终身渴望拥抱的太阳,"随之他也凸显出了自己的形象:

> 冲锋中的进退,乃至生死,
> 已经不是我个人的悲欢了!
> 即使我已经中弹倒地,
> 也必须让敌人在我瞑目前一秒钟死去;
>
> 为了这决定性的一秒钟,
> 我才心甘情愿地活到十八岁。

这里高扬着一种誓死为"奠基民主中国"而战斗的亢奋情绪,在《为什么我没有在十九岁那年死去》中,他抒叙了自己在滇缅边境追击国民党残部时经历的一场传奇性事件:在经过夜战迎来1949年十月的第一个破晓时分,"我"竟然把团队抛在背后,进入一片壮丽情景中:"一眨眼,夜已经裹着紫色的披风悄然隐去/一个从天上垂向地面的大幕骤然升起",眼前出现了"瑰丽而深邃"的"南中国海";她正"捧起一轮硕大无比的太阳",像一顶"授于我的"金冠。这时,"大海之上是一座火海,桔红色","波涛在蓝与红之间唱起深情的颂歌","我"则在颂歌声中蓦然思及此时北京的天安门广场上第一面新中国国旗已在徐徐升起。于是,"这天,这海,这太阳,这整体的辉煌"组合成天地间一片生态大和谐,"使我恍然不知此身在何处"。就在这时,一艘企图登陆的敌舰发现了"我",立即集中火力扫射过来,同时"我们的团队"也已赶到,战友们厉声喊"卧倒",可"我"没有这样做:"一代又一代中国人为之白骨盈野/为之眼泪淌下的不就是今天的到来吗?""我"只"想唱","想喊","想拥抱土地,拥抱海",想"把祖国留在我幼稚但十分虔诚的祝福中"而挺起胸膛,冲向穷寇。就这样,敌舰竟然掉转头逃了……这一场传奇经历反映着抒情主体对新中国生态大和谐的神往,也正是这种理想力量主持着,才使他"没有在十九岁那年死去"。从这首诗强烈的直觉情绪表现来看,当年的白桦灵魂深处对新中国怀有生态和谐的神往,是出于本能的,因而也是虔诚的。

所以,白桦走向诗坛首先怀有两类既真实又强烈的诗情意绪:把青春生命付予为革命事业战斗,把诗美理想寄于为生态和谐咏唱。

这在白桦最初的两本诗集《金沙江的怀念》和《热芭人的歌》中,得到了充分的体现。

白桦这期间为"奠基民主中国"张扬战斗意绪的诗,最引人注目的无疑是诗剧《热芭人的歌》和抒情长诗《金沙江的怀念》。《热芭人的歌》写的是一对类似茨冈的热芭男女少年从受尽凌辱的饥寒交迫者转为有人的尊严和生活温饱的国家的主人公这一命运的历史性转变。全作以热芭男孩悦喜与热芭女孩朗玛合唱、对唱或独白的诗剧形式来展开表现,其情节虽不复杂离奇,也缺乏点戏剧冲突,但对这一对人传统命运及其转变的抒情却相当感人,是白桦早期诗中艺术性较高的文本。全作可分三个场景,第一场景是悦喜与朗玛合唱与对唱形式倾诉自己苦难的命运。他们是"一双无亲无友的孩子",在饥寒交迫的日子只求在"官家那松木门槛"内"借门板挡挡风寒",却也被官家的兵指为"小贼头"而遭驱逐。悦喜一怒之下离开朗玛,偷偷去焚烧官家粮仓,结果被捕投入土牢。第二场景是朗玛到处流浪寻找"哥哥",而悦喜则在牢中结识了一个汉族政治犯,教会他"怎样争取做自由的人",并一起砸碎枷镣,冲出牢门,上山参加了"红色游击队",从而使他有了这样的觉悟:"在争取解放的战斗队列中/我才坚信各民族人民能得到解放。"第三场景是这一对苦人儿终于"相逢在胜利的大道上",悦喜告诉朗玛:"不落的太阳已经出现/我们不但有一个松木的门/世上所有的门都开在我们面前",而且"谁也不敢指着鼻子骂我们是贼"了。继而两人合唱作终曲。显然这是一首写流浪卖唱为生的热芭人在民族大家庭中受到应有尊重的命运大转折之歌。全诗强调的是如下这点:必须通过反抗斗争,被压迫者才能改变自己的命运,所以文本凸显的是战斗意绪。《金沙江的怀念》写的是金沙江边人对贺龙率领的红军在长征时经过他们村寨的往事的深情怀念。正是这一支向旧世界宣战的队伍,以其反抗斗争的实际行动启发、教育了金沙江边人,从此团结起来,组成队伍而展开翻天覆地的战斗,终于获得了解放。但无可否认全作的抒情不免流于浮泛。在白桦这些为改变命运而高歌的诗篇中,写得最具深意的是《一棵仙人掌》。这首诗抒发的是新一代战士立在金沙江边一座红军坟前的心情。诗的结束处说:"安息吧/站在你和祖国面前的是我们/——你的子弟/你的继承人。"直率中给人以深意的回味:为改变民族命运的战斗必须持续下去;这种精神意志也得代代相传。

值得指出:白桦这期间张扬战斗意绪的抒情,大多以边防战士的战斗生涯体现出来。这当然同他当时作为云南边防部队成员独特的生活语境有关。这个生活语境中获得的素材,大都离不了边境守哨,密林巡逻,雪山露宿,军民联防,等等,就其实况而言,是普泛的。不过,在白桦笔下,这些素材却通过典型化运作而概括成一个个意象组合体,用来对一种强烈的战斗意绪作了感兴象征之用。《轻!重!》一诗虽表现的是"活跃在深深的林海里"的边防兵因隐蔽得"无声无息"而在一般人的印象中恍现其"轻"。其实不然。他们常年累月、白天黑夜"迎着黑色的骤雨狂风"巡逻边境,此中捍卫边地人民的安康,其意义能说轻吗?不!主体可是切身体验到:千年冰川"也会在雷电中崩裂";万年雪山"也会在暴雨里震动",但"我们站在神圣的国境线上/每一个哨岗都是一座不移山峰"!的确,在边防兵的战斗行动中,充分体现着担负祖国神圣使命而生那种坚韧不拔、坚定不移的战斗意志之重。这种从边防兵生活素材中提炼出来、用以象征战斗意绪的做法,在白桦这期间另一首诗《露营在雪雪山上》中,有更具体且境界更其扩展的表现。可以说这首诗是白桦在云南边防部队生活了一些年月后的收获。如果没有这方面的生活体验,他是写不出这样的诗来的。为守卫边境,边防军不得不日夜在崇山峻岭轮流巡逻。也就不得不"露营在雪山上",这可是对巡逻兵的战斗意绪作另一生活层面上的实况表现。主体却敏感到这一点,并且竭尽全力对这场雪山露营的事儿作了高扬理想主义的精神渗透,使生活实况竟然从严酷苦辛中闪发出一片温馨美妙。诗中说篝火摇曳的雪山营地"下有冰雪和枯叶编成的毡毯/上有繁星和雪树织成的篷帐",还说"夜越来越深了/柔软的床越来越下降;星越来越明了/美丽的帐篷越来越宽敞"。竟把战士的体温溶化了冰雪,以致"柔软的床越来越下降"所折射出来的险恶环境,描绘成了一个神奇美妙的童话世界。而在沉睡中的边防兵也竟然觉得自己是"躺在故乡五月的草场上",梦见了月夜,田野,拖拉机边清亮的笑声,"一个常使他惦记的姑娘走到他身旁"……当云雀唤来曙光,把"巡逻兵的篷帐"揭开,他们又"像每天早晨那样/告别了被他们体温暖化的床",让"马儿踏着冰硬的雪面",而他们也就"紧握冰冷的枪",踏上了巡逻的新征途——"沿着祖国边境/沿着各族人民大家庭的红墙"。这一场化严酷苦辛为温馨美好的雪山露营,是一个极具感兴功能的意象象征体。白桦是如此巧妙地扩展了、也神异化了新一代战斗者的存在境界,这是现实化的心灵境界,也是心灵化的现实境界,更是这二者的双向交流,从中升华出来的则是高昂豪迈、乐观无畏的战斗意绪。至于这样的意绪,则是被扩展得如此壮阔瑰丽的境界氛围着的。值得指出:这首《露营在雪山上》本来写到第八节(即第三十二行起那一节)也就可以结束,但白桦还添了三节,共12行,以致从诗的组织有机和诗情纯度来要求不免给人画蛇添足之憾。不过这添上的三节也还是有价值的,因为它们是抒写巡逻兵的战斗行动给后方广大的祖国带来了和平,给亿万人民带来了安乐的生活。因此这一添加反映着诗人似乎有点迫不及待要把他渴望社会生态和谐的那一份心,随战斗意绪的高扬而顺势推宕出来。这样的抒情心态倒也值得肯定。

由此说来主体对《露营在雪山上》作这样的构思布局,确反映着他对社会生态和谐的抒唱更感兴趣。而他这期间创作的新诗,数量最多的也正是对社会生态和谐的抒唱,这也足以证实这一点。

在诗集《金沙江的怀念》中收有一首与白桦其它诗的艺术格局不太同的诗叫《慢点飞吧,可爱的云雀》,据诗人自己在附注中说是"根据傣族民歌发展而成",怪不得这首诗有一种园美流转的情味,正是这场"傣族民歌发展"的结果。它的四个诗节由于具有宽式对称的结构特色,形成了复沓回环的节奏体式,所以像是歌词。它每节的中心意象虽有变化,但据此抒发的诗情意绪——作为主旨的社会生态和谐,却是一样的。所以这首诗对社会生态和谐的神往之情作了反复四次的咏唱。第一节是这样:"慢点飞吧,可爱的云雀,/你应该在我们的上空唱一支歌,/中国的群山变得那么美丽,/你别还像以前似的轻轻飞过。"这当然是对新中国生态和谐

的咏唱,随后第二节是呼唤出境的小河慢慢流出国境,新中国的田野已十分富饶,值得多逗留;第三、四节分别呼唤"星星"、"夜莺",新中国的大地已变得光亮,星星"别还像以前的冷冷清清";新中国的人民已变得愉快,夜莺的歌声"无论何时都需要"。这样一场和谐主旨的回环咏唱,凸显出新中国生态的无比美好。如果说这首诗对新中国生态和谐的这种咏唱是横向扩展的,那末《山野里的"货郎"》则对此项咏唱作了纵向的延伸。这首诗写国营百货店送货下乡的"货郎"拉着马,摇着铜铃,长年累月奔走在盘山驿道上,一层层盘山而上,把各种货物送进一个个少数民族村寨中去:"当我在村口榕树下摆开百货,/向我生疏的顾客们唱起了歌;/他们像走进了美丽的花园,/不知道最需要采哪一朵。"正是这个"山野里的'货郎'",使傣族孩子见到领袖像如见亲人;使佤族老爹攒亮手电筒像得到夜明珠;使景颇老妈摊开花布如见孔雀开屏;使爱伲姑娘见到镜子才发现自己是仙女……一件件货物从下盘向上盘送,给一个个民族村寨一次次带去对新中国的美好感受。诗篇在结束处这样说:"'货郎'拉着马,摇着一串铜铃,/走过山村到山村,/我行走在山野里并不孤单,/我的歌率领着百鸟齐鸣!"这确是对社会和谐生态的咏唱纵向的延伸。

当然,单就这两首诗看,它们社会生态的概括面虽是深广的,但历史的厚重感还不足。能显示历史厚重来的,是白桦为此项主题探求而写的另几首诗,如《送别》、《婚约》和《小白房》等。《送别》、《婚约》属于一个系列之作,它们表现为云贵高原一代少数民族青年在历史大转折中因群体命运的改变而进入社会和谐生态后的特征。《送别》写滇西北一批藏族青年被新中国选拔去北京读书,离乡那天拂晓绯徊在女友窗外恋恋不舍作告别的情景:"在草原的朝霞里,/青年们跨上骏马,/挥手高呼:/再见了,朗玛! 娜吉! 珠玛

……"可是女友们并不现身,也不应声,不过小窗洞里却露出了她们含愁而又万分期待的眼睛。含愁可以理解,期待什么呢?是昨夜告别时她们已向心上人叮嘱过了,这就是:"那碧绿的草原,/早已不满足只有这么多牛羊群";"你们得到了知识的钥匙,/可别忘了自己家乡还关着文化的门"。不应声是有潜台词的:看你们的表现怎样——多讲不如少讲,给他们心理压力。所以这场不见送别者出场也不闻应声的别离情境,还蕴含着更深刻的内涵:一代少数民族青年已有改变家乡面貌的觉醒,也有深信家乡一定能改变面貌的美丽期待与追求。这种情爱无言的交融,是建筑在心心相印的基础上的,因此这样的道别也就更真切地表现出这个时代社会和谐生态潜在内涵来了。把这首诗和《婚约》联系起来看很有意思。《送别》里姑娘对小伙子的期待,到这首颇具喜剧意味的《婚约》里是得到实现了。也就是说:闭锁深山的小伙子被选拔去大城市学文化、技能,终于学成归来,把家乡建设得如同月宫搬到了地上那般美好。于是,有一对青年男女在两小无猜时女方曾戏言男孩子若能把月宫搬到人间那就嫁给他,这场婚约终于也成了现实。由此可见:新中国的少数民族由于命运已发生了历史性的转折,确使这些落后、闭塞、麻木的山村有了觉醒,有了改变现状的追求,从而进入社会生态无比和谐的境界了。值得再提一提的是《小白房》这首通过个体人在历史大转折中改变了命运、从而反映出社会生态和谐美的诗,写的是彝家村寨盘山公路上有一幢道班工人住宿的"小白房",是十个大姑娘的起居之所。夜夜这里总是亮着灯光,但如若小伙子们弹着琴来造访,总得失望。因为小白屋总是空无一人的。姑娘们哪儿去了呢?原来她们正在公路上巡逻。暴风雨之夜为了车行畅通还得抢险,把挡在车道上的坍方以最快的速度搬走。这些已到了不能平静的时光

的人儿,却从不计苦,也不讲累。因为她们"是野菜拌着眼泪长大的",当年在这条还没有改成公路的驿道上,未成年时的她们就为老板驮货:"驿道啊,无尽头的驿道!/灰尘掩盖了我们的青春;/我们不如磨房里的老驴,/因为山间的路比磨道更无止境。"而正是新中国,改变了她们的命运:"就像宽阔的公路掩盖了狭窄的驿道,/今天的欢乐埋葬了往日的悲伤。"于是她们有了正式的稳定工作,有了做人的尊严,住进了宽敞的小白房,也"又得到了青春":在那些依在窗旁、弹着四弦琴的小伙子面前,更有了嫁妆……这种以抒唱众多个体命运的改变来反映社会生态和谐之作,是更显魅力的,《小白房》就是这样的作品。

记得我们在前面谈及《为什么我没有在十九岁那年死去》一诗时认为这首诗反映着白桦对世界的生态和谐有一种极其敏锐的直觉感应,而这种感应现象的发生则同战斗氛围的烘染分不开。这样的判断看来还是靠谱的,不仅《为什么我没有在十九岁那年死去》如此,白桦其它咏唱社会生态和谐而颇具魅力之作,莫不是和高扬战斗意绪联系着的,或者就说这类诗是立足于社会生态和谐而让生态和谐与战斗意绪叠合在一起的一种咏唱。而其中写得最成功的则是《夜》和《马蹄声》。

《夜》顾名思义是抒唱新中国的"夜"。全作包括两个诗节的第一章与包括三个诗节的第三章都是写心怀高亢战斗意绪,眼含高度警觉的目光的巡逻兵在国境线上风雨无阻、彻夜巡逻的生活,由此激发出来的战斗氛围则紧紧包孕着共七节的第二章。这一章所表现的是一个个和平安康之夜的后方生活场景。这里有火车满载着一个个乘客安逸的旅梦在畅行无阻地疾驰,有钢铁厂蓦然红霞满天里铁水奔流出"真正的幸福",有气象观察员与仪器在交谈风云变幻,有邮务员在向许多人家分送远方的微笑与慰安,更有科

学家在注视试管里显现的伟大而微小的未知数，而柔和的灯光下诗人正在为我们壮丽的时代用心灵歌唱：巡逻兵守卫的就是这样一个夜的时空世界，这里"多少人为明天的劳动和学习在休息，/也有许多只为着明天通宵不眠"，而

　　——这就是我们和平国度的夜，
　　无论它是暴风雪或是星斗满天。

不言而喻，这是以枪守卫着的既平凡又安康的、洋溢着生态高度和谐的温馨之夜，诗意之夜。这样的诗是建国初期的一代心灵歌手对新中国怀着理想主义激情而唱出的心声。记得当年这样的心声在两首诗中体现得最热烈而深沉，它们是两个边防战士诗人写的。这就是公刘的《我穿过勐罕草原》和白桦的《马蹄声》。它们很可作一比较。《我穿过勐罕草原》一诗，主体在一开头就说自己每当穿过这片草原，心儿里就被一串奇特的感觉充满："每踩一踩这块土地，/就能感觉到音乐，/感觉到辉煌的太阳，/感觉到生命的呐喊。"因此他如实地描绘着这片南方边陲地自然的美景和地域风情："那野生的浆果""像燃烧的火焰"；澜沧江流到这里异样的温柔，"每一片涟漪都是一双慧眼"；还有那"芒果、椰子和木瓜"，"那扎着花头巾的姑娘们的笑靥"……但他更梦想着的则在这片黑土地上"拖拉机扬起手臂"，澜沧江边也"架起高压线"，有机械化的操作，有电气装备的生活。正是这些，使诗人"走着，走着，脚步好像踏着琴键"，并且听到了"一定会有那一天！一定会有那一天"的"雄壮的曲子"。这种种充分表达了公刘对新中国的社会生态和谐美的赞颂。不过，在他心目中这种和谐生态感受是单纯的，赞颂也是单音阶的。白桦的《马蹄声》就不同。这首诗也是对新中国社会生态和谐美的赞颂，他的此类感受却并不那么单纯，因而赞颂也是复调的。诗中展现出

来的是在巡逻兵彻夜的马蹄声中化出了新中国边境和谐生态的一个个动人镜头："傣族娃娃在妈妈膝盖上做梦"；彝族女孩在爱人的胸前低低歌唱；"藏族孙儿在爷爷肩膀上吹着竖笛"，而这特别动情的笛声几乎代表了迎来黎明的各族人民共同对远方的向往之情：那里"有一座宝石的京城"，"永远闪烁着/普照大地的太阳"。于是，就在"母亲由衷的微笑"里，"姑娘含情的回顾"中，"老爷爷眨眼的刹那"间，"马蹄声又消逝在远方"了。这首诗就以"马蹄声"叠映在三个意象组合体上，来形成一片感兴氛围意境，把一场现实中的梦想与梦想中的现实双向交流形成的新中国安康境界，作了立体的展示，达到了白桦所追求的那种立足于生态和谐而又让生态和谐与战斗意绪叠合，从而具现为以枪捍卫新中国和谐安康生态的咏唱。相比较而言，《马蹄声》的生态和谐咏唱无论思想意蕴或者艺术境界，比《我穿过勐罕草原》要高一层次——虽然后者的单音阶和谐生态咏唱也很有新意。

白桦在诗歌创作的起点阶段，立足于咏唱社会生态和谐并让这种咏唱与高扬战斗意绪叠合的主题探求，是值得珍视的。

三

查阅相关资料发现，1955年白桦不见有诗发表，而此前的1954年与此后的1956年则发表的诗很多。这是什么缘故？这同他的一段特殊经历有关。1955年他和公刘都调到北京，成为总政创作室的第一批成员，但随即发生了反胡风事件和肃反运动。白桦曾因1953年在部队作家与地方联合组成的作家代表团中结识胡风。1954年他出差滇西北，在大理买了几方砚台分别邮寄赠给胡风、罗烽等老作家，因此受到牵连，隔离审查到这年年底才结束，所以这一年他也就没有能写诗。但经历这一场严峻考验，一经解放，倒也

于轻松之余,精神上得到巨大的鼓舞,所以在紧随而来的1956年他决定了潜心创作。而这一年中央对知识分子政策得到落实,宽松的政治环境又进一步鼓动起他的创作积极性。所以在这短短一年中他写出了不少作品。单就诗歌而言。就写了一本前已论及的短诗集《热芭人的歌》,还完成了两部长篇叙事诗《鹰群》和《孔雀》。这样的创作数量是惊人的,质量也不容低估。可以说这些新作表明了如下一点:白桦在新诗创作上已探索到一条开阔的路,在把握与表现真实世界方面有了新的突破。

凭我的阅读经验,上面提及的两本白桦短诗集《金沙江的怀念》与《热芭人的歌》,风格上并不一致。白桦写诗,洪子诚、刘登翰在《中国当代新诗史》中说"有着明显的叙事性",我觉得有道理。不过,《金沙江的怀念》中的诗虽也重叙事,其实是对一个个孤立的对象(景象、物象)的叙述,除了个别文本,大都无整体的"事"可叙,所起的是把这些孤立的对象作感兴意象之用,并以直接抒情来调节,把它们串联成一体。所以,这本诗集大都属于抒叙交织的抒情之作,而不是一个完整而有序的整体事件的宽式象征。这也就决定了这批诗是重在叙述,《把边江畔的大爹和姑娘》《金沙江的怀念》《夜》等都可作为标志。《热芭人的歌》才算得上是重叙事的。这本诗集中的作品所写的大都是对一个个有过程的事件,它们很少用直接抒情来点化,凭的是事件(或故事)本身的感兴机制来把诗情意绪兴发感动出来,《婚约》《春的绿茶》《写生画》等都是有过程性的事件,诗剧《热芭人的歌》更不用说了。这类诗目的不是让人去感兴,而是在情节冲突性关系中去寻味。看得出白桦这本诗集的诗风,多少受了点俄罗斯诗人伊萨可夫斯基的影响,这才是真正重叙事。从《金沙江的怀念》到《热芭人的歌》在叙事策略上的这种变化,对白桦前期诗

歌创作的进展有相当重要的意义。如果我们承认真正意义上的诗歌创作是一场心灵事业的追求,同如《白桦诗选·自序》中所说的,它"留下了我心灵跳动的轨迹",那末这期间白桦诗歌艺术风格上的这种重叙述向重叙事的悄悄儿转化,岂不也就是他"心灵跳动的轨迹"在艺术表现方面的呈示;或者从另一角度说:他这种艺术表现上的新变化,岂不也正反映着他为之"心灵跳动"的事业,也有了新的追求!

情况确实如此!

从叙述转向叙事也就是从孤立的物象、景象表现转向复杂有序、具现为逻辑过程性的情节事件的表现,是在把握与表现诗歌世界上扩展幅度的征兆,而这也表明创作主体已有一种欲求扩大社会生活面的内驱力滋生。看来,青年白桦的"心灵跳动"要显现出一条新的"轨迹"了。

果然,白桦仅以半年来时间的速度,于1956年6月写出了一部4000行的长篇叙事诗《鹰群》。在这本诗的《后记》中,他告诉了我们为什么要写它的原因:由于贺龙率领的一支红军部队在长征路上经过滇康边境,给这里的藏族人民"留下了希望——真理",所以从那以后近二十年间,这里一直在展开武装斗争,用鲜血记录下了"一页壮丽的历史","流传在牧民们的歌曲里,热芭人动人心弦的琴音里"。而那时,作为生活在那个地方的边防兵白桦,听久了"常常激动得流出了眼泪",以致"为这个英雄民族的胜利而兴奋","为这个诗歌民族的以往而辛酸",也"为这个勤劳民族的今天而欣慰"。于是他才用自己"心底里的兴奋、辛酸和欣慰写下了这一部诗体故事"。可见这是白桦在受了这些往事强烈的刺激而决心记录这"一页壮丽的历史"的心情来写这部长篇叙事诗的。所以,从把握诗歌真实世界的角度看,白桦实在是在追求一种史诗性写作;而从表现诗歌真实世界的角度看,他从叙

述转向叙事的风格追求，则恰到好处起了与之相应合的作用。

《鹰群》展现的是解放战争即将全面胜利前夕，西南边陲的少数民族在中国共产党引导下终于奋起反蒋以争取自由解放的全景式社会大变革。由于它是在民族关系极为复杂、斗争环境十分壮阔的背景上对一批英雄的成长展开表现的，所以说《鹰群》是一部现代史诗，也未尝不可。如下几点在我看来很可注意：

一、这部长诗通过激烈、残酷而又具有高度历史感的社会阶级斗争，展现了培楚这个英雄典型的成长历程。培楚是苦水泡大的，自小就切身体验到只有紧跟中国共产党领导的红军才有为人的尊严与生存的出路。1936年春天，一个藏族猎人和他无娘的儿子带着贺龙指挥的第二方面军长征部队通过滇康边境的大雪山，临别时贺龙以自己的指挥刀相赠，猎人要七岁的孩子跪拜致谢，"将军猛然把他抱住——高高举起"，然后说："往后你见谁也别下跪，/人和人谁不比谁低"——这话就深深烙印在当年还只七岁的小培楚心里。返家途中猎人遭追击而来的国民党军队射杀，无爹无娘的小培楚从此在草原上流浪。十一年后他长成一个倔强的少年，当做地下工作的共产党员李文来草原游说人间关系必须平等，人应该"掌握自己的命运"的革命道理，并说服千总阿皮一起组织藏族骑兵游击队，配合进军大西南的解放大军进行反蒋时，怀着深仇大恨的培楚立即站到"草原中间升起的红旗"下，告别已为他怀有孩子的情人洛娃，奔向战场。后来阿皮动摇，拉走一部分队伍回乡，培楚听从政委兼团长李文的决定，临危受命，率众大败敌兵。但在获胜之夜因部分骑兵"茶会"事件而放松了惊惕，结果遭敌军偷袭而受挫。作为骑兵队队长，培楚虽斥责"茶会"牵头人洛娃的弟弟兼自己的好友顶珠，但在李文面前他又狠狠自责，反映着一个英雄在血火考验中一步步走向成熟的复杂艰难性。特别是老旺阶投入千户阿皮率领的叛军骑兵队和培楚他们隔江对峙的血战前夜，偷渡过江找儿子顶珠劝降，顶珠和他大闹一场而决裂，培楚得知此事后一方面严批顶珠不分敌我放走父亲，而自己内心又对老旺阶一片温情，彻夜难眠。这一部分抒情浓烈，使这个英雄人物在人性层面上显出了形象的丰满、可亲和真实，或者说在血与火的考验中，这个英雄形象站得更高了。

二、这部长诗对"鹰群"——作为英雄群像的多姿多彩造型也是值得称颂的，李文团长有智慧而为人诚恳，且亲和得有几分谦卑；作为党的化身，说教味难免，却不多，多的倒是人情味，特别对触犯军纪而造成战局失利的顶珠，作了满含人情味的处理而使这个形象特显得新颖。顶珠单纯、热情而善良，他作为一个过惯散漫游牧生活的牧民一下子进入纪律严明的军队，一开始难免不适应，以致闹出乱子。"茶会"事件就是一例。不过他知错懂改，且改得彻底：在一场决战的最后关头，为扭转战局危机，他以侦察兵的身份暴露自己，献出生命以告诫后续部队，以此来显现他忏悔的真诚。他形象是高大的，这高大也更多来自于革命人情味。特别值得一提的是顶珠父亲老旺阶。这是个从敌对阵营转变过来的英雄。这场转变是付出了血泪代价的。老旺阶年轻时是老千户帐下一员骁将，和敌人打过多次仗。他不相信任何汉人，所以得知那个汉人"教书先生"李文把儿子顶珠、准女婿培楚也游说了过去，为汉人共产党打仗，他仇恨；推而广之从此也仇视儿子和准女婿了。所以，当千户阿皮听信国民党残部的谗言，改弦更辙，把从藏人骑兵队中分裂出来的势力重新组成一支叛军骑兵队，旺阶立即参加，决心要和儿子他们打一仗。当叛军骑兵和培楚率领的藏族骑兵隔江对峙时，碰到好几桩事情刺激了他：他曾在黄昏时分偷渡到对岸找顶珠，企图说服儿子跟自己走，结果反被儿子说得心动，无所适从怏怏而返；亲见热芭妇女娜吉抗拒受辱而被恼羞成怒的国民党军官当场打死；特别是双方开仗前夕，阿皮的叛军收到隔江射来劝降的响箭，军心动摇，纷纷提出不打这一仗而要求回乡，而阿皮也表示听从大家而被国民党军官竟开枪打死，这一桩血淋淋的事件使旺阶终于觉悟，带引同伙掉转枪头，配合培楚的藏族骑兵队，打垮了国民党残部，而他也就和儿子、女儿、准女婿团聚，成了藏族骑兵队的战士。在争夺大菁口之战中，他毅然和儿子一起深入敌阵侦察；儿子牺牲，他忍痛奋战，炸哑敌方重机枪，为培楚他们开辟出一条杀向敌阵的血路。就这样，老旺阶终于也在人性觉醒的烘托下展示了自己的英雄形象。所以白桦笔下的"鹰群"，作为有革命意识觉醒的战斗英雄，革命意识是和人性人情味辩证地结合在一起的。

三、这部长诗有一个全景式的社会生活概括，把国共的斗争、民族的矛盾、牧主与牧民的分野、纪律与自由的对抗、群体利益与个人欲求的冲突等多条线索交织成整体，从而呈现出一个具有现实广度与历史深度的诗歌真实世界，显示出了白桦艺术概括方面的气魄。当然，这场全景式生活概括会导致内容的复杂。这种复杂如果艺术上处理不当，则会使文本内容庞杂。那不可取。如果艺术上处理得有机，给人以井然有序之感，那这种复杂是大好事，能显示出创作主体把对象挖掘得深透的功力。白桦这部长诗的内容无疑十分复杂，却也反映着他有条不紊处理的功力不浅。且以他塑造千总阿皮来看，就让人能感受到那分挖掘对象臻于深透的功力。作为藏族上层分子，千户阿皮既统治着所辖的一方，"有许多牛群、羊群和马队，/还有许多世袭的奴隶"，却也得听命于国民党政权："今天伸手向他要马拉，/明天又向他要毛皮"，因此他也有一份心："立志要树立民族的尊严。"这个既是统治

者又是被统治者的人物，处在政治斗争激烈的动荡年代，也就会顾此失彼，茫然不知所终。加之他出于千户养尊处优本性，始终是以满足个人私利——生活首先要过得舒畅和有尊严感为行为法则和先决条件的，所以也必然会闹出些严肃的荒唐事儿来。白桦正是对这个人物挖掘得深透，把握住了阿皮复杂性中有序可求的单纯性，即顾此失彼，茫无所从的性格内在逻辑。白桦正是掌握了这种内在逻辑，才在情节设计中给了这位千户立场极端相反的两场出尔反尔政治戏：两次出兵，第一次助共反蒋，第二次竟转为助蒋反共。这两次出兵对他来说都是被动的，第一次迫于牧民反蒋的叛乱情绪和自己对蒋政权横加压迫的不满，第二次迫于国民党绥靖司令的软硬兼施。但两次退兵返乡却是主动的，原因只是一个："思乡的情绪冲淡了英雄的幻想，/舒适的回忆溶化了崇高的概念"，从而使他发出自我责问："这算是什么战争！/哪个鬼迷住了我的心跳"？"我是为了珠宝金银？/我是为了威武的名誉？/还是无可奈何的出征"？就这样，在第二次作出退兵返乡决定时，他也就被国民党残部的团长枪杀了，这些情节冲突的发生与进展跌宕起伏，十分自然，合于生活逻辑和人物性格逻辑，所以全作也就头绪众多而有条不紊。

综上所述，我认为《鹰群》是白桦前期诗歌创作中一个标志性文本，标志着他已在走向全景式的生活概括，抒情路子也已能把现实的广度与历史的深度打通。不管是出于有意还是无意，这个文本使人感到白桦已在探求一种现代史诗的写作，这是令人兴奋的。当然这个文本的全景式概括，也避免不了有主次搭配不匀的缺憾。藏族骑兵游击队成长的过程写得不充分，脉络也不清，而"茶会"事件却渲染过度；单增这条线可漫画化却写得过细；热芭人这条线——特别是奴隶娜吉流浪生涯与人的觉醒值得铺写却匆匆带过，都

让人感到顾此失彼，严谨不足。也还得指出：这个文本虽情节展开及前后呼应都十分有机，结构堪称园美流转，却也掩盖不了局部地方为追求奇特效果所作的矫作性安排，特别是洛娃这条线上一些事件，如洛娃负初生儿子千里寻夫，在火线上激励藏族骑兵队英勇出击，又潜入敌方说服叛军中的父亲与众乡亲，在激战前夜特定"语境"下能出现这种事让人难以置信，因而感到不自然。不错，这个文本在艺术上已显得成熟起来，作为一部以叙事为基本表现要求的长篇叙事诗写作，白桦深谙抒叙关系上的辩证法，叙写战斗中的激情抒发，重大决策前的心境表达，能采用少数民族民歌的改编本作"幕后合唱"式的穿插，都相当成功，却也不可忽视形式上自由体或半自由体导致的散漫，拖沓，反映着当年的白桦似乎还没有意识到长篇叙事诗须讲究点格律，以和谐匀整的节奏来辅助叙事，按部就班进展的必要性与重要性。

《鹰群》虽是白桦年轻时的作品，艺术经验还不足，写得还粗糙了一点，是一部早产的现代史诗，但它在中国当代新诗史上的意义是值得重视的，新中国初期也就是1950年代，以发扬革命传统精神的长篇叙事诗写作盛极一时，择其要者可举出田间共七部的《赶车传》，李季共三部的《杨高传》，闻捷共三部（只发表了两部，第三部原稿已遗失）的《复仇的火焰》，还有阮章竞的《白云鄂博交响诗》，郭小川的《深深的山谷》《白雪的赞歌》，等等。其中规模最大的是《赶车传》、《杨高传》、《复仇的火焰》，它们都是贯串新民主主义革命到社会主义革命的革命史诗写作。特别是闻捷的《复仇的火焰》是影响最大，评价最高的。何其芳在《诗歌欣赏》中说："这样广阔的背景，这样复杂的斗争，这样有色彩的人民生活的描绘，好像是新诗的历史上还不曾出现过的作品。"徐迟在《谈谈动荡的年代》中则就称它为"史诗性的作品"。但不能不说《复仇的火焰》无论是题材、主题、全景式的生活概括，多条线索复杂交错的宏大叙事、一支少数民族革命队伍成长过程的传奇式表现与英雄的造型，边陲风情的渲染，等等，都可见出它深受《鹰群》的启发。当然，《鹰群》的艺术表现较粗疏，比之于《复仇的火焰》要逊色，这也是无可否认的。不过新诗研究界和白桦本人只看重这期间他写的另一部长篇叙事诗《孔雀》，而对《鹰群》不作一顾，倒是令人困惑的。

《鹰群》是1956年6月初定稿的，随之白桦又投入《孔雀》的写作，于这一年的8月完成了这一部近2000行的、根据傣族民间传说改编成的长篇叙事诗。

白桦所改编的就是《召·树吞和喃·穆鲁娜的故事》，依据是1931年召·比召翁的手抄本。这个手抄本原是用傣文写的，白桦在两位西双版纳朋友协助下译成了一个有一万多字长的汉文本来改编。在今天出版的《孔雀》中，白桦有一个短短"前记"，曾说："写诗的时候，我并没有局限于译本和一些传说故事内容和思想内容，在结构和形式上汲取了傣族文学和'赞哈'（民间歌手）的一些特点。"还说他这场改编是"做了许多努力"才完成的。由此可见这并非一般的改编，其实在很大程度上是一次再创作！

《孔雀》的故事和《鹰群》多条线索交错的做法却成对比，只以一条线索贯串始终，写的是勐板扎国王子召·树吞和勐奥东板国七公主喃·穆鲁娜的爱情故事。像通常所见的民间传说一样，这个涉及王子、公主浪漫恋情的故事也是用"好事多磨"和"有情人终成眷属"相结合的模式写成的。大致的情节是这样：勐板扎国王子召·树吞成年后，出落得英俊潇洒，使许多王公大臣暗暗相中为乘龙快婿，贵族少女引以为梦中情郎，而老王也指望他能和某一大臣联姻，以永保江山不致于落入非亲非故的异人之手。可是召·树吞整天纵马游猎，从不考虑此事。某日，他游猎到"一座万约大湖"边，密林中窥见有七个美艳无比的仙女飞临湖边，卸下她们的孔雀羽翅，去湖中浮游。这个场景惊呆了召·树吞王子，特别是被众女呼为喃·穆鲁娜的那个最年轻的，使他一见钟情。原来她们是邻国勐奥东板国的七个公主，闲来飞临大湖嬉水。王子的惊呆窥视，使她们有所察觉，但七公主喃·穆鲁娜却对六位姐姐的怀疑——作了否定，而其实她对此察觉得更早，也"比姐姐们更为不安/因为她看见了一颗发烫的心"。可见她对王子也心有所动了。所以，当七姐妹飞回去时，她特意把"一根翠蓝的羽毛落在王子手心"。惊呆的召·树吞通过他一个勇敢而又智慧的猎人朋友求助无所不知的龙王，龙王告以七天后的持斋日再来大湖边等候并预言美事必成。果然，七天后她们又来湖中嬉水，王子"抱起喃·穆鲁娜的翅膀"，使这位七公主"不能乘着云雾飞翔了"。这可也是她心甘情愿的。因此两人定了终生，牵手返回勐板扎京城，受到满城民众的欢迎，但老王因王子不听话自找对象而不高兴，大臣则出于嫉忌而反映冷淡，因此婚事颇为草草。但喃·穆鲁娜安慰丈夫说："只要你和我在一起/生活的意义就是快乐。"料不到的是婚后次日，有一邻国入侵勐板扎，老王命召·树吞带兵出征。在此期间，同样是出于嫉忌的巫师在老王面前诬陷王媳是妖，于国于王均有灾祸，必须立即处喃·穆鲁娜以死刑。老王同意并下了处决令，亏得满城民众保护，七公主振翅飞回故国勐奥东板。过不久，召·树吞凯旋而返，不见公主，识破阴谋，乃只身跋山涉水，征服众多险阻，寻到勐奥东板，又通过该国老王——七公主的父亲设置的桩桩考验，方得以与日夜思念着他的妻子重聚。诗的最后，也就是《告别歌》中，诗人这样写：

　　年轻的听众，对对的情人，

　　你们像花间蜂蝶正在热恋；
　　当你踏着光亮的路去赴幽会，
　　光亮的路曾经是荆棘丛生。

　　这就点明：通向美好的路总是险象环生、步步艰难的，只有勇敢无畏、坚持追求者才能进入幸福的境界。所以这首长诗不仅歌颂了召·树吞和喃·穆鲁娜纯洁、坚贞的爱情，也点明了：人应该确立坚持不懈地作追求的人格操守。诚如白桦在《孔雀·重版后记》中所说的：只有"勇敢和坚定才能获得幸福和爱情"。

　　由于《孔雀》的故事情节是单线的，并不那么复杂，所以白桦把精力集中在各个点上而不是在过程中展开，这就和《鹰群》的写法有所不同，又回到重点上的叙述而不重过程的叙事（如婚后次日风云突变，邻国入侵，王子率兵出征而凯旋归来，前因后续都让人感到无头无尾，硬性插入）。既然如此，那就为主体在各个点上展开景象、物象的铺陈及情绪的感发创造了条件，而由此带引出来的则是文本的抒情性大为加强，诸如公主们在大湖中嬉耍和王子在密林中窥视的场景，既铺陈又渗透着浓烈的激情；公主临刑前随夜色转为曙色的心境变化，也特具伤感得凄艳的抒情味，等等，都可见出长篇叙事诗作为诗的本色。虽然这个文本出于傣族民间传说的改编，在有一些情节设置、表达上不免有民间文学程式化的倾向，让人有稚拙、单调之感，却因抒情性的加强而能对其因单调而生的乏味感有所冲淡。

　　1950年代的新诗坛，如同前已论及的，有个特点：长篇叙事诗盛行，特别是出于革命传统教育的需要而提倡的长篇叙事诗，更其盛行。与此同时，却也不容漠视由民间神话传说作题材的长篇叙事诗写作也相当受诗人们青睐，譬如艾青的《黑鳗》、韦其麟的《百鸟衣》、公刘的《望夫云》、李冰的《巫山神女》、阮章竞的《金色的海螺》等等，而白桦也就在这股热潮中写出了这部《孔雀》。统观这类以民间神话传说改编的长篇叙事诗，给人一个总体印象似乎是主体欲藉此类和现代社会实际生活有相当距离的题材来作一场打擦边球式的人性抒情，有意无意地对太接近现实的政治传声筒式写作作一定程度的超越。如果这个判断有某种合理性的话，那么我们可以说：白桦通过《孔雀》的写作已开始对自己的诗歌创作太忠于为政治服务倾向进行反思了。

这样的反思对这时的白桦来说，是潜意识中的事儿，出于自发之举。而令人感慨的是他这种人性追求意图还没有提高到理性层面，也就在1957年不平凡的夏天被打入另册，他的诗歌创作也出现了断层——

一晃，二十来年的空白！

他一直在探求的路上

——论赵丽宏的诗歌创作

●吴欢章

赵丽宏四十多年的诗歌创作道路,跨越了两个世纪和两个历史时期。他曾经自述:"这些诗行中,有我人生的屐痕,生命的印记,是我在文学之路上探索前行的足音,也是我的生活的时代在我心灵中激发出的真实回声。"(《感谢诗》)赵丽宏从事诗歌创作,正处于中国重大的历史转折时期。他面对的是怎样一种时代生活呢?在《摇篮》一诗里他曾经表达过内心的感受:

都说海洋是一只摇篮,
一只什么样的摇篮?
它哺育生灵,它是生命的摇篮?
它埋葬航船,它是死亡的摇篮?
它拥出旭日,它是光明的摇篮?
它酝酿风暴,它是黑暗的摇篮?
它蕴藏珍宝,它是财富的摇篮?
它吞噬垃圾,它是渣滓的摇篮?
……
世界本身就如此纷繁,
海洋里,包容着生活的所有内涵。

的确,诗人所面对的就是这如海洋一样错综复杂的时代生活。它既有历史曲折所造成的山重水复,又有走出历史曲折而来的柳暗花明,它一切领域都充满善与恶、光明与黑暗、改革和保守、前进和滞退的矛盾和斗争。马克思说过:"人在其现实性上,是一切社会关系的总和。"作为多情善感的诗人,生活的复杂性就敏锐地转化为心灵的丰富性,各种喜怒哀乐的情感

错综交织于其中,互相矛盾着又不断转化着,激荡起层出不穷的诗意,绽放出缤纷多彩的诗歌花朵。

综观赵丽宏的诗歌,有几个显著的特征一直贯穿在他的整个创作过程中。

第一个特征,就是丽宏在抒写自己的感情时,总是把生活的艰难困苦和对美好生活的执著追求辩证地表现出来。他开始诗歌创作是在"文革"浩劫时期,当时乌云翻滚,黑暗统治着大地,生活中暗流汹涌,危机四伏。《哑巴》一诗正是这种生活阴影在内心的投射:"我不是天生的哑巴,/却渐渐忘记了说话。/声音使我产生隔膜和恐惧,/隔膜和恐惧使我闭上嘴巴。"那时魑魅横行,人妖颠倒,风云变幻,世事难料,《问号》一诗正是这种现实的写照:"昨天是神,今日成鬼,/世态的轨迹谁能预料?"风谲云诡的生活,确曾使诗人陷于苦闷和迷惘:"身和心在黑暗中分离,/我不知道该上升还是下沉。"(《梦境》)然而在当时"黑云压城城欲摧"的情势下,诗人也没有绝望,没有对整个生活抱着虚无主义的态度。他看到即使如"寒风里萧瑟的芦苇,""然而在泥土下/有冻不死的芦笋/有割不断的根须","在寒冬的泥土之下/绿色的梦仍在蔓延/冻不死割不绝的梦啊"(《友谊》、《江芦的咏叹》)诗人更没有在浓重的黑暗中沉沦,没有随波逐流而无所作为,而是激发出拼搏奋斗的热情。他大声宣告:"是的,宁愿在风景里/冒险,搏

斗，/也不愿在静默中/停滞，死亡！"（《帆》）他用嘹亮的歌声回答世界："宁愿是乌云中的一道闪电，/为大地献出辉煌的一瞬；宁愿是寒夜里的一颗流星，/燃烧着走完生命的旅程。/是的，宁愿活得十分短暂，/绝不能黯然无光地乞讨长生。/创造一个光明灿烂的世界，/当然要依靠众多闪光的生命。"（《人生》）是的，诗人赵丽宏坚信黑暗是短暂的，而光明就在前面，一首《背影》正表达了他这种坚定的信心："我仿佛彳亍在/黑夜的山路上，/远方，有一盏闪烁的灯……/……是的，只要/还在我前头走，/你的小小的背影，/就会留给我/无穷的希望，/无尽的憧憬……"，显然，这灯火，这背影，就是引导诗人在荆棘丛中奋然前行的动力。我们可以看到，丽宏在感情抒写中，把迷惘转化为求索，把痛苦转化为抗争，把对现实的正视转化为对未来的展望，这样就创作出一系列既深入生活真实又提振人生境界的诗歌。

在观察和反映生活时，能够把前进中的曲折和曲折中的前进对立统一地表现出来，是赵丽宏诗歌创作另一个显著特征。他从不孤立而静止地观察生活，既不因前进的阻滞而垂头丧气，也不浮游在生活表面一味唱些轻飘飘的赞歌，他总是从动态中去把握生活，热情讴歌克服艰难险阻而前进的生活。这种精神在那些以自然为题材的诗作中反复表现出来。他歌赞黄河："你是那么顽强地在不平的大地上流淌，/纵有千丘万壑，挡不住前赴后继的阵营，/你是那么坚韧地在起伏的山峦间奔腾，/纵有九曲十八弯，磨不灭追求大海的雄心。"（《啊，黄河！》）他歌赞古栈道："不管悬崖如何险峻，/不管蒺藜如何葳蕤，/只要有坚硬的岩石，/它就顽强地嵌进峭壁，/像一条割不断的青藤。"（《古栈道》）这种精神在他那些以社会生活题材的篇什中也别致地表现出来。在运动比赛场上，他偏偏和失败者对话："不要懊丧，朋友/失败并不是最可怕的对手/可怕

的是绝望的沉沦/要流泪就痛痛快快地流/流完了泪水，站起来/继续你的腾跃冲刺和搏斗"（《不要懊丧》）"能不能把本能得到的欢乐/变成一颗种子呢"（《赛事之后》）这里所显示的依然是生活必然在曲折中前进的信念。面对这种生活的辩证法，诗人可贵地表现了一种迎难而上、奋力拼搏的精神。他在《山路》上呐喊："不怨你曲折，不怨你盘旋，/不怕你陡峭，不怕你峻险，/沿着你不倦地攀登，/我要步入云缠雾绕的青天！"他在《娄山关》前宣言："不怕巉岩峭壁的威胁，/不理乌云迷雾的纠缠，/寻得路，便直达青天，/上得关，便一往无前！"正是基于这种生活哲学，萌生了赵丽宏一种美学观念："曲折中有美/美在曲折里/但愿天下人生路/也如九曲溪/顽强地奔流/执著地寻觅/纵然千曲百折/永不与美分离"（《九曲溪》）在纷纭复杂的世界里，这是一种勇者的生活姿态，一种清醒而又积极的精神境界。

赵丽宏的诗歌创作还有一个显著的特征，那就是讴歌人格的极端之美，将极端艰苦的外在条件和极端可贵的内在品格对比鲜明地表现出来。他许多感物咏志的诗篇大都采取了这种相反相成的构思方式。他讴歌在艰难境遇中屹然独立的品格，写剑兰"劈开顽石/岩缝里窜出倔强的枝干/刺破云雾/峭壁上绽开皎洁的花瓣"。他赞美冬青，"当大雪纷纷扬扬/我才发现/你的深沉执著的热情/给肃杀的季节一星绿/给苍白的大地以生命之火/给萧瑟的心灵以春的憧憬"。他也颂扬那种历经岁月磨练而在时间长河中坚定不移的操守，请看他笔下的宋桂："哦，屹立了一千年/一千次开花吐艳/一千次悄悄预告/橘红柚黄的秋天/你的语言，从未有变/不管人间地覆天翻/芳馥如故清香依然……"。他甚至为那种生死不渝的顽强精神大唱赞歌，请看《生命》一诗："虬根已断裂，躯干已蛀空/萧条的枯枝上早已褪尽青绿/可谁能说这是一具树的尸体/谁能说

生命已经离它而去//那昂扬的树干分明在呼唤天空/那垂落的枝芽分明在拥抱大地/是的,死也死成一座雕像//以不屈不挠的形态解释生命的意义"。他借物以咏志,也借人以传情。他的《路呵,路呵》一诗,写了一位失去双腿的青年修鞋匠,虽然自身失去行走的能力,却为了使更多的人能够更好地走向四面八方而勤奋地工作。这位残疾青年,"背靠冰凉的花岗岩墙,/他起劲地摇着缝纫机,/把手中的蜡线,/扯得很长,很长——/呵,仿佛淌出了无数道路,/一条条,在手中流淌……"他心里想着什么呢?"是的,他失去了双腿,/但他的路还很长很长/他要叫所有健全的人们/走得更好,走得更稳,/他要让所有可走的道路/通向遥远/通向四面八方……"。诗篇通过身残志不残的悖论,塑造了一个身为弱者却心为强者的高大形象。赵丽宏用极而言之的方式,歌颂这种极端的人格美,是基于对生活的复杂性和艰巨性的认知,他激励人们在曲折前进的漫漫长途中,要保持坚韧的意志,顽强的精神,不懈的勇气和不倦的热情,排除万难而奋然前行。

写到这里,我们不禁要问:那推动丽宏在创作道路上不断前进,促使他在生活中永不疲倦地热情歌唱的精神动力究竟是什么呢?其实答案就存在于他的诗歌本身。我们可以看到,他热爱祖国。在丽宏的诗篇中,处处洋溢着对祖国的深情,他爱祖国美丽的河山,广袤的大地,悠久的历史,他为祖国的苦难忧伤,也为祖国的进步欢乐。《祖国啊……》一诗,可说集中地倾注着这种感情。值得注意的是,他在这首诗中着重颂扬了中华民族那种永不言败、永不停滞的坚韧不拔传统:"你是三峡绝壁的栈道/中断而又开凿/你是黄河岸边的堤坝/倒塌而又垒筑/你是远航的风帆/从古至今/高扬不落/穿过千滩万壑",并由此倾诉了自己的心声:"你无声的指点/引我向前探索/走向未来没有通衢大

道/只有开拓才有生路",这样诗人就把对祖国的热爱和自身寻求生活真理、探索创作道路紧密联系了起来。我们又可以看到,他执著理想。复杂多变的生活,虽然使他尝到失望的苦涩滋味,作为一个跋涉者,也"常常迷失在风雨途中",但他心中希望的火种却从来不曾熄灭。通过《憧憬》这首诗,我们不难集中地看到那燃烧在他内心深处的坚信美好、坚信未来的熊熊火焰:"火种呵,憧憬的火种,/在我心灵的视野里烧得通红,/它使我的目光穿透雾障绝壁,/看见了彩色的希望在远方闪动,/它使我的胸中鼓满春天的信风,/理想之帆,翩翩然振翅高冲……/心儿,永远憧憬着未来,/未来,那里有我的大地和海洋,/未来,那里有我的绿洲和琼楼,/未来,那里有我的黎明和晴空!"坚守对未来的憧憬,就是相信生活也可能变得更美好,由此可以看出诗人对待生活的满怀热望和满腔热情。我们还可看到,他善于向人类一切优秀文化汲取精神养料。他把目光投向中国和世界许多杰出的艺术家,和他们对话,同他们交流,向他们寻求生活和艺术的真谛。他仰慕李白:"登山看瀑布/下海逐长鲸/走长江,下黄河/攀天姥,踏昆仑/行万里路,写万首诗",因而"在神游中,倾听你的歌唱,/追寻你遥远的脚印……"。他钦佩屈原:"挺一身桀骜不驯的傲骨/怀一腔忧国忧民的祈愿/叩大地,问苍天,/把求索的足印刻遍海北天南……"。他称赞雪莱:"从幽暗的深渊里,/伸出捕捉光明的手,/你的眼睛,/是启明的星星,/你的歌喉,/是不会暗哑的百灵,/你的心/是一轮皎洁的月亮。"他也与拜伦灵犀相通:"是的,只要人类/依然向往自由,/依然热爱祖国,/依然渴望爱情,/依然崇仰正义,/你的声音和脚步/就不会消逝!"显然,热爱祖国,热爱生活,向人类优秀文化吸取乳汁,正是诗人赵丽宏在诗歌创作道路上永不停步的精神源泉。

赵丽宏最近一部诗集,用内视的眼

光,富有诗意地回顾了他的艺术历程。这部诗集题名为《疼痛》,看来"疼痛"是一个关键词,是一个核心话语。他在诗集中用象征性的语言,诠释了自身"疼痛"的各种表现形态。《舌》是"依赖它们的敏感/尝遍了人间苦辣酸甜";《声带》是"世间的任何气息/都会使声带颤动";《疤痕》是"遍体鳞伤的果实/蕴藏着多少秘密";《耳膜》是"人间的所有响动/都会在我的耳膜/引起或强或弱的共振"。在《疼痛》一诗中,诗人更是直接具体地抒写了"疼痛"的感觉:"有时一阵清风吹过/也会刺痛骨髓/有时被一双眼睛凝视/也会如焊火灼烤/有时轻轻一声追问/也会像芒刺在背"。在这首诗中,诗人直接明确地表示了对"疼痛"的态度:"我时常被疼痛袭扰/却并不因此恐惧/生者如此脆弱/可悲的是生命的麻木/如果消失了疼痛的感觉/那不如一段枯枝/一块冰冻的岩石"。由此我们对诗人所谓的"疼痛"可以得出这样的理解:"疼痛",就是诗人对生活的积极面和消极面的一种强烈的感知能力以及由此产生的一种艺术敏感;"疼痛",就是诗人不断调整主观和客观的关系,使自己的认识和表现不断由必然向自由转化的艰苦努力;"疼痛"就是诗人在创作视野上不断由窄而宽、由浅而深的坚韧探索。总而言之,"疼痛",实际上就是诗人努力保持和时代生活的血肉联系,努力保持同人民的喜怒哀乐息息相通的艺术修炼过程。

综而观之,赵丽宏用全部艺术实践为我们塑造了一个真正诗人的形象:他热爱祖国,热爱人民,热爱生活,继承和发扬人类创造的先进思想成果和优秀文化传统,为时代而嘹亮高歌;他内心充满与生活复杂性相对应的感情丰富性,用他自己的话来说,包括"痛苦、欢乐、悲伤、忧愁、愤怒,甚至迷惘"(《感谢诗》),但他痛苦而不绝望,迷惘而不颓丧,在各种内心矛盾的对立和激荡中,始终起主导作用的是改进生活的热望和追求光明未来的信心;他爱憎分明,敢于直面生活的真实,不回避生活的矛盾和曲折,不回避生活的阴暗面和消极面,但他又从未减弱对生活的热爱,从未失去对未来的信心,而能从乌云中透视蓝天,通过曲折而前进。他的歌声洋溢着个性的真诚,但又回响着人民的心声。他的歌声视野开阔,题材多样,在艺术探索上从不停步,永远向高峰攀登。赵丽宏用辛勤的创作,向广大读者贡献出有筋骨,有温度,有力度的诗歌作品,打动人心,抚慰人心,又振奋人心和提升人心。像他这样和人民在一起而又能引领读者前进的诗人,才可称之为真正的诗人。

丽宏在省视自己的生命历程时,曾在诗中多次提出这样的疑问:"我在哪里,我是谁"?根据迄今我所看到的他的全部诗歌创作,我想试着回答这一问题:你是谁?你是于生活有助、于人民有益的真正的诗人。你在哪里?你立于时代潮头又沉潜在生活深处,你就在那把生活推向更美好未来的队列里。

2017 年 10 月写于上海

历史悲壮回声

——读峭岩的长诗《遵义诗笔记》

◉ 绿　岛

峭岩长诗创作最富标志性的代表作，无疑是被诗评界誉为"当代史诗三部曲"的《遵义诗笔记》《烛火之殇》和《跪你一千年》。如果说《遵义诗笔记》是对英雄集体（红军将士）以及由这个群体在特定地域（遵义）所发生的那场革命历史事件的诗化缅怀，并借此以达到给人情感、灵魂以启迪的话，那么《烛火之殇》则是以诗人强烈的英雄崇拜情结，对传主（李大钊）的形象进行了倾情的讴歌，而《跪你一千年》则借99朵玫瑰为媒介对诗人精神之恋的爱人——文成公主，所作的呈献，完成了从情感到意志、现实到历史的咏赞。三部作品分别代表着峭岩长诗不同主题、不同艺术追求所达到的高度，也以三足鼎立的态势支撑和架构着诗人诗歌艺术新的走向和质的嬗变。这里，我想专对《遵义诗笔记》谈一谈读后的体会。

《遵义诗笔记》是诗人进入新世纪之后的2011年创作的。它充满正能量，向往正义、真理和自由，更在字里行间渗透着缅怀红色英雄集体的激情，给人以铁血的阳刚之气。诗人刻意用诗歌的触须重温那段血与火的历史，并再现了当年英雄将士浴血奋战的壮烈场面。这种种对当下信仰缺失、物欲横行的迷惘现状来说是能起一种洗涤灵魂的艺术效果的。

面对红军长征的人间奇迹，诗人在作品中创造性地将这支革命军队诗化成一群"红星铁匠"。这个壮伟的意象一经生成，就顿时给人以硬朗、高大、坚强、威武的艺术感受。原来，这是一群头戴红星帽、用无产阶级革命意志锻造生命的特殊铁匠，是一群发誓要用铁锤砸碎旧世界，创造出一个光明、自由、平等来的新世界真理斗士。

于是在诗人的笔下，一群"红星铁匠"上路了。他们行进在贫瘠而又战火纷飞的土地上，用血和泪浸染着每一个黄昏和黎明，为诗人的诗篇涂上了壮烈殷红的底色。诗篇展开的一幅幅壮烈画面即使在今天，也仍然保存了历史的温度和铁匠们叮叮当当打铁的声音。

"红星铁匠"这个意象一经确立，不要延伸、递进下去。于是一群在硝烟战火中浴血奋战的英雄出来了，他们带着急促的呼吸和未来得及包扎的伤口，走进诗人的文字。不能不说这是一种艺术上的创新，也是长诗《遵义诗笔记》的最大特色。

说到打铁，我不由自主就想到那个桀骜不驯的晋代诗人嵇康。嵇康的打铁是在锻打自己怀才不遇傲视不公的天性，而诗人笔下的这群"红星铁匠"则是在打造一个新的世界，新的天下。显然"竹林七贤"的嵇康远远不及这群现代铁匠的风流倜傥，正当这群打铁将士一路拼杀地来到遵义，来到赤水和乌江时，峭岩的诗篇也就开始了两万五千里长征。这里且扎引两段诗：

怀揣火焰的人/从七月出发/大地被红光普照/他们俯瞰山峦大泽//春天来了

他们把自己打成镰刀斧头的图案/飞升到一片红里/那红映照寰宇/那红点燃大地/化作理想的图腾/轰轰烈烈/他们点燃自己的热血/照亮远方的呼唤/导演出旷世绝伦的人间正剧/转过身/他们个个头戴红五星/他们挥动锤头——打铁/叮叮！当当/叮叮！当当/这锤头的每一下/都打在自己身上/他们是一群红星铁匠/他们改造世界又改造自己/锻打的哲学无限光芒/钢铁做成的身躯/纯正无瑕的灵魂/通向大同的理想/朗照暗夜

——(《遵义诗笔记》之一：七月，怀想红星铁匠们)

事实证明，这群头戴红星帽的"铁匠"们是在用血肉之躯锻造着自己，是在用镶嵌进骨头里的信念忘我地锻造着生命中最大的理想。这理想就是让阳光的温暖普照大地，自由的气息走进每一个温馨的家园，孩子们的脸上绽放出天真的笑容，所有的老人在夕阳下安详而宁静地生活……

就这样，诗人带着一群拥有钢铁般意志的红星铁匠上路了，他们要在锻造诗歌的同时，重新锻造人们的记忆和良知。

读一读如下的诗句是必要的，它会让我们知道什么叫做虔诚，什么叫做良心——当然，我是说一个诗人的艺术诚与良知：

有些人的名字要蘸着血写，
用刀刻在青铜上。
有些歌要用心去唱，
像唱神曲、圣经。
那么有些诗呢？
要跪着写，
献给我的悲壮。

诗人应具有的艺术品位、人生良知与社会担当，不仅仅体现在观念和意识上，更重要的是展示、再现、凸显在作品中。

在此，我们不禁要问，诗人峭岩何以要与自己的文字一同穿越冰冷的时光隧道，跋涉在时空的茫茫疆野，将现实的体悟、观察与历史的断代、沉默对接。用诗人自己的话来讲就是："当我一步步走向遵义，走向赤水，走向山路，走向阵地，走向一个个红军前辈，走向一件件血染泪浸的历史文物的时候，我才惊讶我的存在，庆幸我的今天。"于是，在他的内心深处也就生成了"精神还乡"与"灵魂回家"的意念和诗性表述的欲望。

原来，峭岩要用诗歌来抚摸那段殷红的历史，他要让灵魂回归到生命的起点，再一次接受英雄壮举的检阅和洗礼；他要让记忆在现实的泥土上生根发芽。总之，他所要做的这一切，就是在寻找正义与真理的身影。于是，他不顾一切地钻进历史深处，去探寻、辨析、考证、挖掘英雄前辈的呼吸和足迹，去用诗歌还原、见证那段历史的惨烈与真实。

这里特别要提出长诗中写娄山关的那一章。而在谈到对娄山关的抒写时，且让我们先来看看峭岩如下一段"题记"：

娄山关的高度，只有鹰知道。鹰，逼视山峦，如火焰扑下，炮声诞生诗行。

好一个"娄山关的高度/只有鹰知道"！

娄山关战役是红军长征中的第一次大捷，所以峭岩的长诗《遵义诗笔记》怎能不写娄山关呢：诗人不但浓墨重彩地描写了娄山关战役，还用了这两句非常经典的诗句，概括了娄山关的风骨、高度和不同凡响的格调。

娄山关的高度，表面是指娄山关的海拔高度，实际是用来暗

象征娄山关险峻、挺拔的精神风貌和人格化的高蹈境界，另外也暗指娄山关战

役的白热化程度和重要性。

为什么只有鹰才知道它的高度,燕雀不能知道?是由于鹰飞翔速度每小时为1700米,最快时速可达3525米,每小时上升的高度最高达1200米,而燕雀只能在几十米的高度飞行。

诗人当然不是在说动物界的鹰隼,表面上看是指鹰,与前面的娄山关形成对应,实则这里的"鹰"是指毛泽东或泛指无数红军将士,但是在这里主要是特指毛泽东。作为鹰的毛泽东不但清楚娄山关的高度,更知道中华民族的高度,知道中国革命的高度。没有这个韬略和胆识,就没有当年红军长征的胜利,就没有新中国的诞生,这是历史的事实。

所以,在娄山关战役胜利后,毛泽东就写下了著名的诗篇:《忆秦娥·娄山关》。他虽然没有正面写战争的惨烈、悲壮,只是用了"马蹄声碎、喇叭声咽"两句来衬托、折射出战役的残酷,但已够感人,可以不朽了。一个"碎"字,一个"咽"字,两个动词的运用,既准确又形象;至于末尾两句"苍山如海,残阳如血",可视为一代伟人当时心境真切的展示。

峭岩用高度凝练、概括、形象的两句诗,为毛泽东这首《忆秦娥·娄山关》,做了人格化、精神化和诗意的诠释,这是从哲学和诗歌美学的高度所作出的一场最简练最完美的解读。

写红军长征,写遵义,就必然要写到红军将士,其中也不能不写到位数不多的女红军。她们是当时红军队伍里的闪光点,中国革命的闪光点。应该说,她们是母亲,更是出生入死的战士。峭岩就这样重笔写到她们:

她们的名字也许没有多少诗意/却有着人性最美的光环/女人是地球上的花朵/长征中的女人/是花朵中的花朵//一个都不能少啊/上帝保佑/世上所有的苦难加起来/堆起来/一座山/她们都扛//世上所有

的辛酸都汇起来/合起来/一条河/她们都喝//她们是男人最敬重的女人/她们是女人最温柔的部分

诗中还写到遵义的一条"红军街",这样激情满怀地唱,"站在红军街/我更想做一名歌手/把心掏出来/把情撒出来/把血烧起来/把爱倒出来/歌一曲绝唱。"

我曾和峭岩到过那条"红军街",我很能理解诗人面对那里所引发出来的感受和绵绵思绪。沿着长长的街道前行,峭岩情不自禁地为我讲解红军街里的每一个故事。我们驻足于那间普通的"红军书屋",感受到那份通过图书对红军将士的缅怀。我们还矗立在街头仰望那颗硕大的"红军树"(法国梧桐),不禁想起峭岩写这棵树的诗句:"今夜啊,我要站成一棵树,/或者,把这里的传奇研磨入血,/化成我血质因子,然后割破/接通树身,/输进不眠的枝枝叶叶,/在风中舞出火焰。/树从历史的沟壑深处把我认出,/我从一声鸡鸣,鸟啼,号角,马蹄的交响声部里/闪出,做了遵义的儿子……"

总之,作为诗人的峭岩凭着庄严的使命感和自觉的艺术良知,以强大的社会担当和诗性的感悟,钻到了历史的骨头里,去探寻、挖掘一段已经沉淀了的故事,去了那个红色圣地——遵义,做了一次精神的还乡和灵魂回家之旅。当他疲惫地走出那段炮声隆隆硝烟弥漫的历史,奉献给社会、读者的不是空洞的感慨和老生常谈的泛泛锻字,而是接近真理和正义的心跳所发出的铿锵心声,是洋洋五千行的血与火的诉说与情感跌宕起伏的宣泄。

应该说《遵义诗笔记》开创了峭岩长诗创作的一个崭新的历程,显现出诗创作一次质的飞跃;是峭岩长诗自觉地走进历史、走进英雄、走进自我时代的开始,是"当代史诗三部曲"的开篇之作,具有深远的诗性审美意义。

洪迪:跳动的诗心没有老

●徐忠友

只要有缘,总能相会。采访洪迪先生的念头,是2013年春听诗人柯平介绍后产生的。因为几个月前台州市举行了洪迪先生的作品研讨会,诗人邵燕祥等多位名家也应邀从北京赶来出席,这是很难得的。因平日工作太忙,我一时没去采访他,但我心里一直惦记着采访洪迪先生这件事。

儿时受书香、艺术熏陶

前不久,笔者终于来到台州临海古长城下的洪迪先生家中。这是一幢很普通的老房子,楼梯比较狭窄,有些台阶已经驳落了,爬上5层让人有点气喘。走进门见是套两室一厅的房子,房间不大,里面装修也很简陋,这与我想象中的曾经当过台州市党政机关局级官员的居室有较大落差。但陋室中却让我看到洪迪先生富有的宝藏:那就是几个房间都有藏书,特别是书房里的书排成一堵书墙,还挂有几幅书画。有诗书画做伴,我感觉到生活在书墙下的洪迪先生心里是充实而宽绰的。

笔者在洪迪先生的书房里坐下来,听他聊起与诗的故事。1932年12月(农历初二),洪迪出生在台州临海一个刻章的人家里,父母为他取名叫郑宏杰,洪迪是他后来取的笔名。他的祖籍是与临海相邻的黄岩县(现为区),从爷爷那一代开始为人刻章,后来搬到临海县(现为市)营业。到他父亲郑德庸这一代,虽然只读过几年私塾,但勤于自学,刻章的水平已经

显著提高,以至于在当地被圈内人称为书法家、篆刻家,并与当年篆刻大家方介堪有过书信来往,经常交流篆刻艺术。郑老有颗一见方的石印,上篆全篇的《桃花源记》,参加过上世纪30年代杭州西湖博览会展出。因此,在台州出版的一些画册里,大多有郑德庸先生的篆刻作品。郑老去世后,《书法报》主编吴丈蜀特约临海博物馆馆长徐三见撰文并在该报头版头条刊出,重点推介其书法和篆刻作品。

受爷爷和父亲的影响,儿时的洪迪,喜爱诗歌,诸如唐诗宋词,他都能背诵不少。在上中学时,他还读过一些先秦典籍、诸子百家、诗词曲赋,《三国演义》《水浒传》《西游记》《七侠五义》等明清章回小说也颇多阅览。此外,还认真阅读了五四以来鲁迅、郭沫若、巴金、艾青等名家的许多文学作品,使自己受到了中国文化的熏陶,并为此后的诗歌创作打下了初步基础。

在工作中学习创作

1949年5月临海解放后,洪迪不久就加入了当时还处于地下组织状态的新民主主义青年团,次年担任回浦中学团支部书记。1951年下半年因学生中报名去参军的人较多,临海的回浦、振华高中毕业班合并到台州中学,他仍为学校的团支部书记。毕业后的寒假,台州和宁波的高中普师应届毕业生集中政治学习,这所学校是由台州高中师范、宁波高中师范等3所

学校合并起来的,当时集中在振华中学学习,有好几百人,洪迪担任了学习班团总支副书记,成了学生的头头。

学习班结业后,除少数要求参加工作者外,一律保送到当时的浙江师范学院专科班就读,并特地挑选了15名品学兼优者,由台州专署文教科分派到各中学任教,洪迪是其中的佼佼者。1952年初,他被分派到在温岭的台州农校任学生生活指导兼数理教师。次年暑期,他奉命与三位老师带领学生将学校搬到黄岩城关九峰山。在农校他教过数学、语文、政治、调查研究、物理等课。1959年他加入了中国共产党,并于1959年担任了台州农校党委委员、副校长。

在教学之余,洪迪便开始文学创作。1956年12月,他在《人民文学》上发表了一篇创作谈《眼睛与头发》,举了王蒙等人的作品作例证。1957年7月,全国性的第一本诗歌刊物《诗刊》创刊后,洪迪便以自己的祖母为原型,写了一首题为《祖母》的上百行长诗。几天后他又写了一首长诗,投寄给《诗刊》编辑部,没想到在《诗刊》七、八月号上连续发表出来了,这是他的诗歌处女作。

随着国家形势的转变,大跃进期间台州农校升格为农业专科学校。1962年又退回为黄岩农校,且把规模缩小了,并将学校农业科的20多个教师划出来设立农科所,仍归学校党委领导,洪迪便由学校副校长改任农科所副所长,经常在田野里劳动,并下乡参加一些农业科学调查。

在"文革"期间,有一次"红卫兵"来抄家。洪迪因1956年12月在《人民文学》上发表的那篇短文和《诗刊》1957年、1958年发表的几首诗歌的样刊被抄出,结果被打成"漏网的'右派'"和"反革命修正主义文艺爪牙",还在黄岩农校农科所的"顽固派"火头上大加其油,受到了大会批、小会斗,几乎在"红卫兵"的棍棒下殒命。正是他那善良而勇敢的结发妻子吴玉蓉,冒死将他救出,用手拉车将奄奄一息的他从黄岩拉至黄岩城郊一所骨伤科医院稍作治疗后,又秘密转辗到温州农村,才算保住了一条命。在温州乡间养伤的日子里,他面对的是没有书、没有交往,黑暗阒然无声的世界,反而对社会和历史获得了洞若观火的新视力、新感知和新境界。

正是文革期间的遭遇,洪迪才真正开始了反思和求索:对人、生活和社会,生与死,历史与现实,意识、存在和美。恰恰是混乱年代的幽微之光,使洪迪看到了普遍的光明和希望,而人世间的光怪陆离,各种人物的粉墨登场,特别是"被打翻在地才真正看清人的面目"的感觉,使他对现实和历史有了透辟的观察和理解。

到"文革"后期,洪迪以副组长的名义带领几位科研人员在仙居县农村蹲点。直到1974年,时为台州地区(现为市)生产指挥组的副组长(相当于现在的副市长)崔文彬,指名派洪迪到黄岩大浦大队总结高产经验后,看中了他这个人才,便把他调到台州地区农业局,主管农业局秘书组的工作,期间他起草了《如何种麦子》等一些农业技术资料。

被"吓"出来的《雨后新叶》

粉碎"四人帮"后,洪迪的人生终于出现了新的转折点。1978年,他被落实政策,任命他为台州市主持工作也是当时唯一的文化局副局长。1979年,他又调到台州市委宣传部担任办公室主任。不久,他又被提拔为台州市委宣传部副部长。这期间台州市文化局提拔了一位副局长,负责日常工作。洪迪在文化局的原职仍兼着,照顾着局里的大要事。

洪迪终于重新与文学结缘,1981年浙江省召开文代会,他率领台州代表团出席会议,并当选浙江省文联委员。后来,他又当选浙江省作家协会理事。

1980年底,省里举行一次浙江诗会,

会议的地点放在舟山的普陀山,被分在浙江省作协诗歌组的洪迪也去参加会议。不料报到后,就听有人在问:"这洪迪是谁?他是从哪里来的?"边上有人回答:"好像是台州市文化局的头头。"于是有人在心里便以为他是来混饭吃的。接下来会议又布置,要求参加诗会的每位诗人都要拉出新作来,在诗会结束前的诗歌晚会上朗诵,这一招真让他"吓"得心头直打鼓。

经历了"文革"那场灾难,洪迪是发誓不再碰诗歌了。但既然来参加诗会,总不能真当"南郭先生"。幸好这次在海上和岛上尽情玩耍了七八天,他的诗情也像大海的波涛一样被激发出来了,一连写了十来首诗。结果在晚会上被人拿去朗诵后,获得了热烈的掌声鼓励。

随后,《东海》《西湖》等文学刊物的编辑,分别把洪迪的诗歌拿去发表了。此后,他又参加过几次诗会,写了一些诗。到1994年浙江文艺出版社给他出版了一本诗集《雨后新叶》,还荣获浙江省1983年–1984年度优秀文学作品奖。

投入诗歌研究和评论

也就是在1984年,洪迪被调到台州师范专科学校(现为台州学院)担任副校长,分管学校图书馆和学报工作,喜欢教学的他还教了一门现代文学课,潜心教书育人读书写作,直到1993年退休。

在台州师范专科学校的10年间,洪迪写诗同时也作了诗歌的研究。经历了"文革"的大风大浪,更经历了六七年在宣传、文化部门为改革开放冲锋陷阵,他成熟了。他的目光之犀利、深刻和透彻,胸襟之博大、宽容和悲悯,情感之真切、仁爱和谦和,意识之独立、进取和融汇,都是人所共识的。对人的本质、人生"意义"或"无意义"的理解,也是在这段日子完成的。于是,他开始研究诗歌,主要是为了写诗而研究诗歌。

大约在1989年,洪迪对诗的研究有了些独特的成果。他写了《无解的司芬克斯之谜》《诗,旋转于多重怪圈中的豹子》《意蕴美:从意义到意味》《情感美,中介与内驱力》《形象美;诗美时空的幻象》《形式美:生命律动的外化》等文稿,投寄给了在当时有"先锋派"之称的《诗歌报》编辑部。很快,稿子被发发表出来了,读者特别是诗歌创作者为此叫好。

在这当中还有个插曲:有些读者希望了解洪迪本人的情况,《诗歌报》的编辑在一期洪迪的文后还作了个介绍,称"洪迪是位青年诗评家,在台州水文站工作。"洪迪一看赶紧给编辑部寄去一封信,信中写道:"编辑同志,你报介绍我是青年诗评家,其实我已过花甲。我的工作单位是在台州师范专科学校,我寄信用的信封是我爱人工作单位的,这让你们误会了,真不好意思。"后来《诗歌报》的编辑在一期报纸中把诗人牛汉的诗与洪迪的诗放在头版发表,在编者按中讲"这是两位老诗人的诗",算是作了间接更正。以《诗歌报》发表的系列文章为基础,后来他整理扩增为几部诗学专著。

一本诗集与一场研讨会

在采访中,洪迪拿出了一本他的诗集《超越存在》。这部厚重的诗集是2012年7月由作家出版社出版的。全书分为《超越》《拓荒》《长江》三卷,汇集了洪迪先生50多年创作的《蔚蓝》《大海》《小尼姑》《鱼》《渔港》等200多首短诗和一首名为《长江》的长诗。

对这本诗集,最有发言权的就是被洪迪先生称为"小朋友"(忘年交)的浙江工商大学公共管理学院副院长王自亮教授。王自亮早年曾当过台州行政公署的秘书科长、《台州日报》总编,1997年至2005年任浙江省政府办公厅研究室主任。同为诗人、作家且有 30 多年甚密过往的他,对洪迪的创作情况了如指掌,他在《"永远激荡的创造性流动"——〈超越存在:洪迪诗集〉序》中,对洪迪先生的诗歌作了如下精彩的评价:

洪迪诗歌创作生涯长达 50 年。虽然他自称"时断时续","不成气象"和"作品很少",以他这 200 多首诗歌的分量,却堪称是汉语诗歌的骄傲。洪迪诗歌早已达到了中国诗坛精神标杆的高度,他的重要诗篇放到一流诗人方阵一点也不逊色,他的代表作《超越存在》和长诗《长江》更是空前之作,但中国诗坛对洪迪仍然关注太少。人们对洪迪的茫然无知,诗坛对洪迪有意无意的冷落,有着更为深刻的原因和时代因素。

即令低调地予以评价,洪迪诗歌也为百年中国新诗史奉献了一片并不显赫却独一无二的诗美天地。就这部《洪迪诗集》来说,若能静心品读,恐怕其中任何一首,都能给人以诗美享受和精神启迪,且有韵味永长,绕梁三周之感。在解读洪迪诗歌的过程中,我们会惊喜地发现,他的诗歌风格深沉而幽微,同时拥有深刻的历史意识与强烈的现实感,兼具宏大叙事的铺陈与玄奥奇妙的诗思运行。这些貌似对立的诗美建构方式和语言现象,在洪迪身上如此契合并高度融汇,浑然一体,形成极为独特的诗歌魅力。

王自亮对称其为老师的洪迪的诗,不妨引短诗《蔚蓝》以见一斑:

蔚蓝　蔚蓝是大海的无际
无际中消溶着风的温煦
隐动以鳞为羽的飞鸟
更深藏多枝桠的珊瑚夜明珠
于蚌贝的幽闭中默默圆润

潮音平缓若禅定之呼吸

蔚蓝是某种情感的颜色

一匹马散步于如茵芳草
随意嚼啮而前行
忘却来　漫无目的
惟缓缓举蹄而轻下

蔚蓝是我此刻的心境

《蔚蓝》表面上是写一片海景,实为某种心境之投射,而且将情、景、意三者融为一体。"蔚蓝",这种令人喜爱的颜色,因为与海的联系,成为某种深沉的情感之色,更为一个深邃、平和的世界所笼罩。事实上,这个世界是神秘的、具备内在激情的,它千变万化,流动开放,有珊瑚、蚌贝和飞鸟,彼此穿越,但由于蓝色基调的统领,显得如此沉潜和宁静,而潮音就是海的呼吸,浩渺无涯的海,其呼吸也有如禅定,足见其一动一静,皆为天地大事。而诗歌的画面上接着出现了一匹马,随意嚼草,忘却来处和去向,"惟缓缓举蹄而轻下"——是神来之笔,使整首诗顿时有了异样的勃勃生机。这时大海、马匹和心境高度谐和,动与静匹配,神秘与朗照皆宜。当我们轻轻诵读这首美到极致的诗时,得到的不仅是音韵之美、情致之美、意象之美,更是情景之美和内心幻化之美,而这种美的背后,也许是浩劫之后的宁静,变幻之后的复归。不管怎样,"蔚蓝"由此成为一种意识深处的颜色。

从王自亮的序言中,笔者看出他对洪迪的长诗《长江》是赞赏有加的:

洪迪近年的力作,就是宏伟奔放的长诗《长江》。这是一首穿透过去、现时和未来的精心之作,深入民族和历史的底部,进行一系列探寻和追问,同时倾吐了内心的块垒,形成了层层递进,波澜壮阔的精神奇观。

1983 年游历长江之后,洪迪就萌发了

写作史诗式诗歌《长江》的念头。当然在这二十多年中,洪迪也经过了一些思想上的进退反复。在不断积累情感、思绪和有关长江的历史现实素材的同时,洪迪有几次还准备取消这一写作计划。长江要进入诗歌,成为诗歌,并非易事。不过"长江"已经在他心中孕育了好多年,可以这样认为,自他进入诗歌创作起,长江就已蛰伏在他内心深处了。所以,洪迪的朋友——包括王自亮,当初就已认为,洪迪的这条长江一定要从他笔下奔腾而出,化为汉语诗歌的一道光芒,一次精神远征,一个新的航标。最后洪迪在我们这些忘年之交的"催促"下,更在他内心的召唤下,《长江》诞生了。

年届八旬,却要创作如此篇幅浩繁、气势雄伟、结构复杂的巨作,本身就近乎生命奇迹。

《长江》以神话传说、历史事件与人物为经,以山川形胜和流经之地为纬,滔滔汩汩,一路奔涌。长江被赋予一种历史规律和精神力量,更涂抹了一层神秘而辉煌的色彩。写长江就是写华夏之魂,写民族的兴盛、危机和指归,写人站立和行走的历史。洪迪的长江,不是"咫尺波涛永相失"的长江,也不是"江风白浪起,愁杀渡头人"的长江,而是一条将现实与历史、理性与欲望、山川与内心、瞬间与永恒焊接在一起的长江,是时空交织、人神穿越,历史暮色中包孕未来曙光,失落与获取交替出现的共时性长江——

　　水　水　水……
　　祭坛。寒冷琢成时间的神圣
　　挚爱。大地努起灼炽的吻唇

　　不必骇异。祭典的乐章里
　　有出殡的铜锣,婚礼的唢呐
　　牺牲。本是生与死的合一

　　献给大块。献给空无。献给我的你

献给终结和起始献给希望玫瑰的零点

献给无理数的明天

牺牲。献出自己。也献给自己

他和她　又一次四相对
天地间一切语言便成多余

一把扯去拦腰兽皮
长啸惊落炎炎红日

轻轻抹净胸际花叶
乳白灰濛云雾四起

雾霭里,一对人首龙身的神物
躺卧。自天地吻接处蜒伸东去
下身交缠藤萝的亲密

最谐和的神曲奏起深邃的静谧

蜿蜒。袅袅并肩
藏尾昆仑。昂首日出天边

爱是一种圣洁的重量
一条乐于佩戴的黄金锁链
再也不肯须臾离开
广袤而厚实的大地

龙鳞片片。漾动银光点点
大野和山岳日渐绚丽葱翠

一切都从这里吮吸
繁衍了禽飞兽突虫爬鱼弋

欢乐的涌动
仁慈的浩荡
求索的汹涌
孳生万物的元素
哺育生灵的流体

龙的传人
从波涛中捧起晃荡陶罐
捧起弥满的造化玄机
倾泻了全身的裸赤
水珠渗进发黑泥土
一滴
一滴
滴
滴

长城方块砖
史册方块字
……

在洪迪的视野中,长江惟其"长"、"大"和"悠久",它的包容性和波澜起伏,足以提供一个恢弘的历史舞台。广袤疆域的诸多民族,千百年来的各种人物,无不在长江这个大舞台登场,上演了一幕幕激情四溅、悲欣交集的活剧。在长江的流动中,在长江的催生下,汉民族和其他民族一起,生生不息,各领风骚。在洪迪这首长诗中,长江即人,长江即历史,长江即意识深层的涌动与奔流方式,生命、历史、神话、人物、语言和山川,瞬间结合并亘久流动……

洪迪的诗集出版后,便引起了诗坛的关注。2013年12月22日至23日,在洪迪80大寿之际,中共台州市委宣传部、浙江省作协诗歌创委会、台州学院和台州文联等单位联合举办了"洪迪诗歌研讨会",在临海市新华侨大酒店隆重举行。邵燕祥、唐晓渡、陈仲义等,共50多人参加了研讨会。

研讨会分"洪迪诗歌作品研讨、洪迪诗歌朗诵和洪迪诗歌理论研讨"三部分,与会者围绕洪迪长达55年的诗歌创作实践,结合中国诗歌创作与理论实际展开深入讨论,认真总结了他的《蔚蓝》《超越存在》《长江》等代表作的成功所在。与会人员高度肯定了洪迪的诗歌创作成就,认为

洪迪诗歌具有丰富的社会与历史内容、深刻的哲学与文化意蕴,体现出题材的广泛性、主题的多样性和艺术的创新性,洪迪诗论自成一家。邵燕祥评价洪迪的诗集《超越存在》和诗论著作《大诗歌理念和创造诗美学》道:"两部姐妹著作,堪称诗界双璧"。无疑,这次研讨会的成功举办对于推动浙江诗歌繁荣和台州文化发展具有积极意义。

《超越存在》,还荣获浙江省作家协会"2012—2014年度优秀文学作品奖"。2016年12月,台州市委宣传部还给予两万元的奖励。

诗学理论再出新

洪迪先生1993年退休后,仍坚持在诗坛上积极耕耘。他深挖诗歌理论,猎射诸子百家,对历史和哲学颇有研究。因此,分别出版了诗学专著《现代诗美创造》《大诗歌理念和创造诗美学》,历史随笔《天马嘶云》(与人合作),系列散文式断代史《唐唐大唐》,传统文化专著《中国文化太极:老子与孔子》等文史哲著作。

在采访中洪迪告诉笔者:从1917年胡适等人发起白话文运动至今,中国新诗已经走过100年。为了纪念新诗100年,我在《现代诗美创造》《大诗歌理念和创造诗美学》两本诗论集的基础上,扩增为一本新的《诗学》,即将出版。书中专设《百年新诗二十七家》一章,对百年经典新诗人作了一己的评价。

对于洪迪先生的诗学研究成果,王自亮是这样评价的:洪迪的诗学,究其实质,就是最高意义上的"人学",或曰"生命–社会–存在"艺术哲学。这种诗学,是对人的自我异化的积极扬弃和人向自身和社会的复归,也是一种本体论意义的诗学。洪迪的诗学,是他"完成了的"人道主义的强烈体现,也是他长期形成的历史–审美意识的充分展示。这在他的诗学专著《大诗

歌理念和创造诗美学》中得到有力阐述。

洪迪以自己的诗歌实践并从诗歌史的维度,对诗美创造的理念、本体、结构和语言等,作出了具体诠释和理论阐发,他认为:诗以创造诗美为宗旨,是生命的羽化和结晶,也是对存在的超越,对荒谬和悖论的消解。追寻诗本体,最终获得四个关键词:生命、创造、诗美、语言,于是他把"诗"界定为人的生命体验、创造和超越,人的生命力高激发状态的语言创造,也是诗人用自己的生命自由创造出来的审美生命。

"创造"是洪迪诗学观念的核心。创造生成性的诗语言,创造与生命同构的艺术生命,这就是诗歌创作的根本。而诗美创造可以归结为诗美时空建构,亦即诗美境界的创造。在这里,诗美创造必定落实在诗的语言呈现上,洪迪把诗语言概括为以日常语言为元符号的,生成性的情感符号系统,而诗美境界是自大地升腾的超现实的幻像世界,亦即诗性空间。

在洪迪看来,好诗的标准既复杂又简单,愈接近纯诗美愈好。而纯诗美则要求诗的意蕴、情感、意象、形式、韵律、结构、意境、语言等等通体皆美,使诗美质体处于"永远激荡的创造性流动"中。

笔者在与洪迪先生经过交流后,觉得王自亮先生的评价是非常确切的。洪迪先生不仅诗歌写得好,而且从他向我介绍一套又一套的诗歌理论中,其诗歌研究成果真可谓自成一体,更是与时代的脉搏同步律动。因此我说:与诗歌默默相伴一生的洪迪老先生,那颗跳动的诗心永远不会老。

稿　　约

一、欢迎抒情诗、叙事诗、散文诗、诗剧等不同体裁的新诗创作,欢迎诗学理论、新诗史探、个案专论、文本解读、史料钩沉、诗坛掌故、诗人访谈及域外译作。

二、欢迎自由体新诗,也欢迎格律体新诗,尤其欢迎自由格律体新诗。

三、欢迎与新诗建设有密切关系的中国传统诗学、域外诗学专论。

四、抒情诗一般不超过30行,叙事诗一般不超过200行,长篇抒情诗和长篇叙事诗不受此限。

五、来稿文责自负,本刊保留技术性处理权。

六、本刊人手有限,一律不退稿。凡来稿三个月内不见录用通知,作者可另作处理。

七、本刊只收电子稿件,来稿邮箱:
18969025677@163.com

八、联系电话:0571-88083536
　　　　　　18969025677

扫二维码进入《星河》

征 订 启 事

大型新诗丛刊《星河》于2009年创刊,全年四期,国内公开发行,每期定价39元,全年起订。需订阅者请直接和本编辑部联系。

电话:0571-88083536,18969025677

邮编:310012

地址:浙江省杭州市天目山路浙江大学西溪校区内